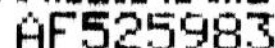

instagram.com/konstanze.42
facebook.com/1000Welten
tausend-welten.de

Über das Buch:

Was ist ein Leben ohne Schatten wert, wenn man dafür auch auf helles Licht verzichten muss?

Die Seelenschatten-Dilogie leuchtet auch die dunkle Seite des Fühlens aus und erzählt von Sehnsucht, Trauer, Schuld und Selbstzweifeln – aber genauso von echter Freundschaft und inniger Verbundenheit. ›Don't fight the Rain!‹ und ›Don't fear the Tides!‹ sind außerdem eine Liebeserklärung an die Musik der 80er.

Die Handlung von ›Don't fight the Rain!‹ wird in ›Don't fear the Tides!‹ direkt fortgesetzt.

Über die Autorin:

Konstanze Melanie Treber, Jahrgang 1976, hat ihre Leidenschaft für Bücher früh entdeckt: Im Alter von zwei Jahren hat sie sich selbst ›Aschenputtel‹ vorgelesen – im Dunklen, und das Buch stand auf dem Kopf. Folgerichtig wollte sie Schriftstellerin werden, als sie ungefähr zehn war. Sie hat dann aber doch erst etwas Anständiges gelernt und ist Buchhändlerin geworden. Es folgten ein Germanistikstudium und zehn Jahre als Marketing-Managerin in einem großen deutschen Publikumsverlag. Seit 2014 ist Konstanze freiberuflich tätig.

Außer für Geschichten aller Art – gerne auch als Serien und Games – begeistert sich Konstanze für Roadtrips durch die USA, Musik, Fußball (von der Couch aus) und Chips mit ungewöhnlichen Geschmacksrichtungen. Wenn irgendwo ›neu‹ draufsteht, kann sie nur schwer widerstehen. Sie lebt mit dem Mann ihres Herzens und zwei liebenswert verrückten Katern an einem ruhigen Fleckchen im Allgäu.

Melanie Treber

Don't fight the Rain!

SEELENSCHATTEN 1

Roman

Bibliografische Information der Deutschen Nationalbibliothek:
Die Deutsche Nationalbibliothek verzeichnet diese Publikation in der Deutschen Nationalbibliografie; detaillierte bibliografische Daten sind im Internet über dnb.dnb.de abrufbar.

Deutsche Erstausgabe 2017
Erweiterte Neuausgabe 2024

Verlag: BoD · Books on Demand GmbH, In de Tarpen 42,
22848 Norderstedt, bod@bod.de
Druck: Libri Plureos GmbH, Friedensallee 273, 22763 Hamburg
Umschlaggestaltung: Konstanze Treber
Umschlagabbildung: Konstanze Treber
Korrektorat: Korrektorat & Lektorat Judith Bingel M.A.,
www.korrekturservice-bingel.de

ISBN 978-3-7693-0776-4

Für alle, die sich schon mal
in den Schatten verlaufen haben:
Es gibt keine Schatten ohne Licht.

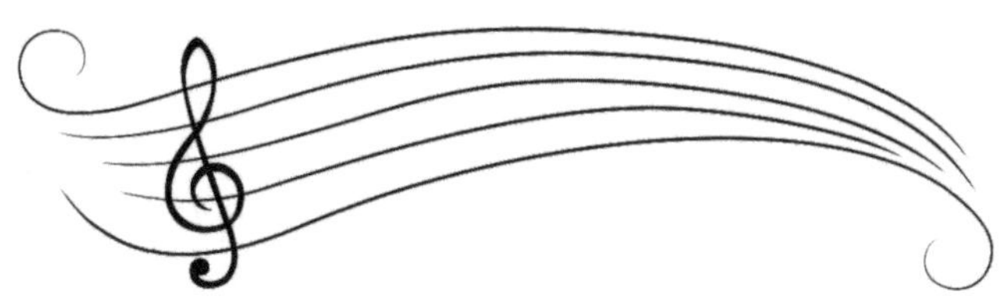

Prolog

Auf manchen Seelen liegen Schatten.

Ich kann nicht sagen, warum das so ist: Ich meine nicht die Narben, die traumatische Erlebnisse zurücklassen, oder die, die von der Krankheit Depression verursacht werden. Jedenfalls nicht zuallererst, obwohl es manchmal schwierig ist, den Unterschied zu erkennen. Ganz besonders dann, wenn Narben und Schatten zusammentreffen. Die Schatten, die ich meine, sind einfach da. Wie eine Augen- oder Haarfarbe, immer schon. Ich habe nie etwas Schlimmeres durchmachen müssen als eine schlechte Note in der Schule oder einen angebrochenen Arm im Skiurlaub. Natürlich gab es da noch Lukas – aber die Schatten, die kannte ich schon lange vor ihm. Gelegentlich trüben sie den Blick auf die Welt wie eine Sonnenbrille an einem regnerischen Tag. Das ist eigentlich nicht schlimm, man sollte meinen, man könnte die Brille einfach absetzen, wenn man weiß, dass man sie trägt. Manchmal funktioniert das sogar. Und manchmal glaube ich, dass die Welt ohne diese Schatten flacher aussehen muss, ärmer an Kontrasten, wie ein altes ausgeblichenes Foto.

Ich stelle mir die Seele gern als Landschaft vor, unkartografiert und in ständigem Wandel begriffen, mit schneebedeckten Bergen, grünen Tälern, alten Wäldern und in der Sonne funkelnden Seen. Wo die Schatten hinfallen, da wird es dunkel, das ist wahr. Aber dass es sie gibt, bedeutet, dass irgendwo auch helles Licht sein muss, oder nicht?

Die andere Wahrheit ist allerdings, dass man sich in den Schatten verirren kann. Sie können seltsame Formen annehmen. Mich haben sie schon oft genarrt, meine Neugierde geweckt und mich immer weiter in die Wälder gelockt, bis zu einem dunklen Ort, den ich den ›Abgrund‹ nenne. Er ist lichtlos und tief. Wie tief, weiß ich bis heute nicht. Und ob es da unten überhaupt einen Grund gibt oder bloß endloses Schwarz. Es ist leicht, an seinem Rand den Halt zu verlieren, abzurutschen und zu fallen – und sehr viel schwerer, wieder hinauszuklettern. Als ob er seine ganz eigene Schwerkraft hätte. Viel zu lange habe ich keine Angst vor diesem Ort gehabt. Er hat mich im Gegenteil sogar fasziniert. Wenn ich gekonnt hätte, ich hätte mir ein metaphorisches Seil geknüpft und wäre hinuntergeklettert, um seine Geheimnisse zu erforschen.

Doch dann hat Lukas mir einen Stoß versetzt, der mich weit über den Rand hat fliegen lassen, und ohne Stefans Hilfe wäre ich vielleicht nie wieder da rausgekommen. Seitdem bin ich auf der Hut.

Mit Stefan an meiner Seite ist es einfach, dem Abgrund aus dem Weg zu gehen. In seiner Welt existieren keine Schatten, seine Seele ist frei davon.

Morgan dagegen … Ich denke, ich habe es gewusst, schon bei unserer ersten Begegnung, auch wenn es damals nicht unbedingt offensichtlich war. Dass er den Abgrund kennt, viel besser als ich. Und dass seine Seelenschatten auch eine wulstige alte Narbe verbergen. Es wäre gelogen zu behaupten, das würde mir keine Angst machen. In Morgans Nähe kann ich den Abgrund spüren wie etwas, das gerade außerhalb des Sichtfelds lauert. Er will sich ja auch gar nicht davon fernhalten, nicht so wie ich. Er hat mir mal gesagt, man könne einem Teil von sich nicht einfach aus dem Weg gehen wie einem lästigen Verwandten: Wenn Tante Frieda anruft, sag ihr, ich bin nicht zu Hause ...

Vielleicht hat er recht.

Aber Morgan ist ein Mensch, der Gegensätze braucht. Ich nicht, nicht mehr.

So oder so: Wenn er mich braucht, wenn er zu fallen droht, werde ich versuchen, ihn festzuhalten. Weil er mein Freund ist und Freunde so etwas nun mal tun. Und weil ich es schon einmal geschafft habe. Vielleicht auch, weil er mir das Gefühl gibt, stärker zu sein, als ich es tatsächlich bin. Außerdem hat es dadurch wenigstens etwas Gutes, dass ich mich schon so oft in den Schatten verlaufen habe.

Ich kenne das alles doch, also wovor sollte ich Angst haben? Es gibt nichts zu befürchten, nicht mehr, seit ich Stefan habe.

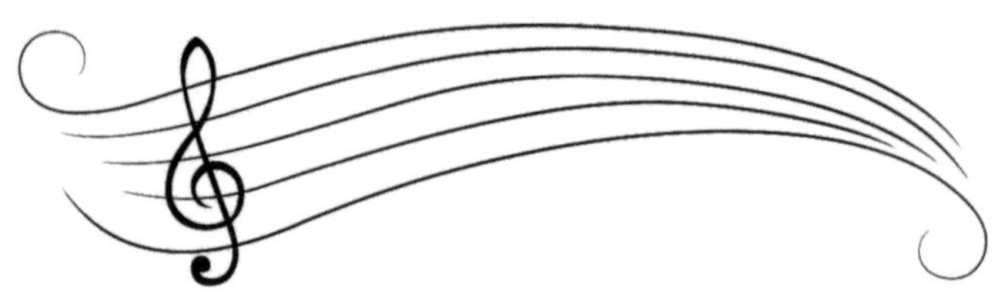

Eins

Reichst du mir mal die Marmelade?« Ich warte kurz. »Stefan?«

»Hm?« Stefan sieht von dem Artikel auf seinem Tablet auf und begegnet meinen rollenden Augen. »Oh. Entschuldige.« Er greift nach einem Päckchen Streichkäse und stellt es vor meinen Teller.

Ich beuge mich über den Tisch und angle nach der Marmelade. Dann täusche ich einen Griff nach dem Milchkännchen an, das neben Stefan steht. Im letzten Moment zuckt mein Arm nach oben und meine Finger zerzausen Stefans Haar. Ich schmunzele, weil er selbst nach zehn Jahren immer noch auf denselben Trick hereinfällt. Stefan lächelt leicht gequält und versucht mit beiden Händen, seine Frisur in Ordnung zu bringen. Mir hat sie ja etwas weniger brav gescheitelt deutlich besser gefallen, aber Stefan ist felsenfest davon überzeugt, dass »ein solches Durcheinander auf dem Kopf« seiner Karriere schaden würde. Meinen Einwand, es käme doch hoffentlich eher darauf an, was er *im* Kopf hätte als darauf, fand er nicht diskussionswürdig.

Na ja, der Erfolg gibt ihm wohl recht: Immerhin wurde er vor einem guten Jahr zum Leiter der Entwicklungsabteilung befördert. Seine Firma baut Fertigungsanlagen, automatisierte Prozesse, computergestützt, neuerdings machen sie auch irgendwas mit Robotik – die meiste Zeit verstehe ich nicht wirklich, wovon er redet. Die Produktion findet in ganz Europa statt, häufig ist er auch bei Kundengesprächen dabei. Jedenfalls haben die Geschäftsreisen seit seiner Beförderung deutlich zugenommen. Und das Tablet scheint mittlerweile regelrecht an ihm festgewachsen zu sein.

Jetzt schiebt er es mit einem energischen Ruck zur Seite. »Du hast ja recht – keine Fachzeitschriften beim Sonntagsbrunch.«

»Wie geht es eigentlich Philipp?«, frage ich, um ein Thema bemüht, das möglichst wenig mit Arbeit oder Frisuren zu tun hat. Stefans bester Freund aus gemeinsamen Schulzeiten ist vor drei Jahren nach Berlin gezogen, der Liebe wegen. Seitdem kommt er nur noch zwei, drei Mal im Jahr hier ins Allgäu, um seine Eltern zu besuchen.

»Keine Ahnung, ganz gut, glaube ich.« Stefan scheint zu überlegen, wann er das letzte Mal mit Philipp gesprochen hat.

Wahrscheinlich vor gut fünf Monaten, während Philipps Weihnachtsbesuch … Ich seufze. Philipp hatte eine ganze Clique von ehemaligen Klassenkameraden um sich geschart, aber als er weggezogen ist, hat sich das irgendwie aufgelöst. Leider bin ich nicht besser im Kontaktepflegen als Stefan: Als ich zum Studieren nach München gezogen bin, haben sich die Schulfreundschaften recht schnell verlaufen. Ein wenig könnte das natürlich auch daran gelegen haben, dass zu dieser Zeit Lukas in meinem Leben aufgetaucht ist. Mit ihm schien es irgendwie nicht wichtig, auch noch Zeit mit anderen Menschen zu verbringen. Lediglich Maike ist neben einer Arbeitskollegin so etwas wie eine Freundin geworden. Nur sitzt sie nach wie vor mit einem überstundenreichen Job in München, und ich bin hier. Beinahe hätte ich in dieser Auflistung meine Schwester vergessen, aber das ist eine andere Geschichte.

Jedenfalls bin ich froh, dass wir Morgan und Nora kennengelernt haben, und den Rest der Truppe natürlich: Sven, den Keyboarder, der lieber philosophische Fragen erörtert als etwas von sich selbst preiszugeben; und den ewig gut gelaunten Gitarristen Alex und seine Frau Susanne. Morgan, Sven und Alex sind No Way!, meine absolute Lieblingsband. Wie es dazu kommen konnte, dass sie heute auch unsere Freunde sind, ist selbst nach über zwei Jahren noch eine ziemlich unglaubliche Geschichte ... Oje, ich habe zu lange nichts gesagt, Stefans Blick zuckt schon wieder in Richtung Tablet. »Wir könnten mal wieder ins Kino gehen nächstes Wochenende ...«, fange ich an. Und werde von dem mitleidheischenden Fiepen unterbrochen, mit dem das Tablet auf den Eingang einer neuen Mail hinweist.

Stefan greift nach dem Gerät. »Ich schaue nur schnell, ob es was Wichtiges ist.«

Was Wichtiges, am Sonntagvormittag. Eigentlich bin ich nicht überrascht, als jetzt auch noch das Telefon klingelt. »Ich geh schon«, sage ich, weil Stefan gar nicht erst aufsieht.

Das Mobilteil steht in seiner Station, gleich ums Eck im Wohnzimmer, auf der Kommode neben meiner Bücherwand. Bevor ich mich überhaupt richtig melden kann, redet Nora auch schon auf mich ein – zu schnell und so laut, dass ich das Telefon ein Stück von meinem Ohr weghalten muss. Nora, deren Foto im Lexikon den Eintrag zu ›Contenance‹ bebildern müsste. Ich spüre, wie mir kalt wird, trotz der fast schon hochsommerlichen Temperaturen.

Gute drei Stunden später und etwas über zweihundert Kilometer von zu Hause entfernt stehe ich immer noch irgendwie neben mir, buchstäblich – ich komme mir vor, als würde ich mir selbst zusehen, ohne zu begreifen, was genau ich da eigentlich sehe, wie in einem schlechten Traum. Dabei ist es geradezu traumhaft schön hier: Das Haus liegt am Ende einer langen Schotterstraße, quasi mitten im Wald. Das letzte Stück der Zufahrt führt durch eine blühende Wiese, hölzerne Blumentröge stehen rechts und links neben der Haustür, den ersten Stock schmückt ein rustikaler Holzbalkon, von dem sich üppige Geranien ranken.

Das Ganze wirkt zwar ein wenig spießig für das Rückzugsdomizil des Sängers einer Elektropop-Band, so ganz anders als Morgans loftartige Villa mit den klaren Linien, wo fast alles in Weiß gehalten ist, selbst die Möbel. Irgendwie ist es aber auch gerade deshalb typisch Morgan: widersprüchlich eben. Ich fühle den Druck auf der Brust wieder zunehmen. Ich atme zu flach, mir ist fast ein bisschen schwindlig.

Vor dem Haus steht ein roter Kleinwagen; definitiv nicht Morgans SUV, aber irgendjemand ist hier. Während ich in Svens betagtem Mercedes – ich glaube, den behält er nur als stummen Protest gegen Alex' Ferrari-Sammlung –

noch mit dem Türgriff kämpfe, sind Sven und Alex schon ausgestiegen. Alex läuft zur Haustür, nimmt die drei Stufen davor mit einem Satz und drückt auf die Klingel. Sven dreht sich nach mir um, als ich es gerade geschafft habe, die Autotür zu öffnen. Er hält sie mir auf und reicht mir seine Hand, die ich dankbar nehme. »Wird schon nichts passiert sein!«, sagt er betont locker und schenkt mir ein seltenes Lächeln.

Ich kann bloß nicken. Durch meinen Kopf hallt Noras hektische Stimme am Telefon: »Franziska? Ich muss dich um etwas bitten. Ich wollte gestern schon anrufen, aber es ging einfach nicht. Ich hab ihn verlassen. Bitte sag jetzt nichts. Es tut mir so leid. Aber ich kann nicht ewig so weitermachen. Ich habe jemanden kennengelernt. Jemanden, der so ist wie ich. Ich habe ihn nie wirklich verstanden, das weißt du.« Und dann, ganz sanft: »Ich danke dir für alles, was du für uns getan hast, Franziska. Bitte schau nach Morgan, er braucht dich jetzt.« Danach das Klicken in der Leitung, als sie aufgelegt hat. Natürlich habe ich sofort bei Morgan angerufen – und seinem Anrufbeantworter mit gekünstelter Ruhe erklärt, er möge mich doch bitte kurz zurückrufen, wenn er das abhört. Dasselbe auf dem Handy.

Stefan muss aus dem, was er gehört hat, die richtigen Schlüsse gezogen haben, jedenfalls ist er rüber ins Wohnzimmer gekommen. »Hat unser Paar des Jahres mal wieder eine Krise?«

Das sollte ein Scherz sein, aber mir war nicht nach Lachen zumute. Also habe ich nur genickt, während ich zum vierten oder fünften Mal die Wahlwiederholung gedrückt habe, um doch nur wieder auf Morgans Mailbox zu landen.

Da hat Stefan mir das Telefon aus der Hand genommen und mich in seine Arme gezogen. »Du kennst die beiden doch«, hat er probiert, mich zu beruhigen. »Ist doch nicht das erste Mal. Das gibt sich schon wieder.«

Er ist fast einen Kopf größer als ich und auch nicht gerade ein Hänfling. Normalerweise fühle ich mich von seiner Umarmung beschützt. Nur in dem Moment schien sie mich fast zu ersticken. Abgesehen davon, dass ich mir inzwischen einfach sicher war, dass irgendetwas passiert sein musste. Ich habe ihn heftiger abgeschüttelt, als ich eigentlich wollte, und ihm vorgeworfen, ein herzloser Ignorant zu sein.

Stefan hat einen imaginären Krümel von seiner Hose gefegt. »Danke für das Kompliment«, hat er gesagt und darauf gewartet, dass ich lache.

Ich weiß, ich hätte darauf eingehen sollen, aber ich konnte einfach nicht.

Bevor das Schweigen richtig drückend geworden ist, hat Stefan geseufzt. »Dass du immer gleich so melodramatisch werden musst. Ein Mann, der verlassen worden ist, geht schon mal nicht ans Telefon. Das ist kein Grund, gleich auszuflippen. Wahrscheinlich ist er bei Sven oder Alex, was trinken und auf die Weiber schimpfen.«

Das hat mich immerhin auf den Gedanken gebracht, bei Sven anzurufen. Er hatte zwar weder etwas von Nora noch von Morgan gehört, meine Sorge hat er trotzdem sofort verstanden. »Ich bitte Alex, mal kurz rüberzuschauen, ich rufe dich gleich zurück«, hat er gesagt, ohne große Diskussion. Alex wohnt nur eine Querstraße von Morgan entfernt. Ein paar Minuten später hat Sven mir Bescheid gegeben, dass in der Villa niemand sei. Dann hat er vorgeschlagen, mal in Morgans Ferienhaus nachzusehen.

Ich bin im Laufschritt die Treppe hinauf und durch Bad und Schlafzimmer gespurtet, habe Schranktüren aufgerissen und ein paar Sachen zum Wechseln in eine Tasche gestopft, sicherheitshalber. Es war ja nicht das erste Mal.

Stefan saß wieder am Esstisch, sehr gerade, fast ohne die Rückenlehne zu berühren, als ich mit Tasche und Laptoptasche an ihm vorbei in den Flur gegangen bin. Für einen Augenblick kam er mir vor wie ein Fremder, als wäre ich nicht schon tausendmal die Linie seines Kiefers nachgefahren, um zu sehen, wie ein Lächeln seine kantigen Züge weicher werden lässt. »Das ist jetzt nicht dein Ernst, oder? Wir wollten heute Abend mit meiner Mutter essen gehen.«

Ich musste seinem Blick ausweichen, dem Unausgesprochenen darin, das seine graublauen Augen dunkler hat wirken lassen, obwohl ihm durchs Esszimmerfenster die Sonne ins Gesicht schien. Aus dem Flur habe ich ihm zugerufen, dass ich nach Morgan sehen müsse, dass ich es Nora versprochen habe.

»Franziska ...« Beinahe drohend. Vielleicht hat Stefan noch etwas gesagt oder sagen wollen, aber da war die Haustür schon hinter mir zugefallen.

Ich habe mich in der Nähe von Stuttgart an einer Autobahnraststätte mit Sven und Alex getroffen, von da aus ist Sven gefahren. Für die Verkehrssicherheit definitiv von Vorteil. Und jetzt stehen wir hier, vor diesem idyllischen, spießigen Haus mitten im Nirgendwo. Als Alex gerade zum zweiten Mal klingeln will, wird die Tür geöffnet.

»Hi«, sagt ein hübsches blondes Mädchen, das locker

fünfzehn Jahre jünger ist als ich; höchstens Mitte zwanzig, würde ich schätzen. Sie lächelt freundlich. »Seid ihr Freunde von Morgan?«

»Ist er da?«, fragt Alex statt einer Antwort.

Da taucht er schon im Flur hinter dem Mädchen auf. Er knöpft sich gerade noch das Hemd zu und sein Haar sieht zerwühlt aus, aber es ist der Blick in sein Gesicht, das nur aus Tälern und Schatten zu bestehen scheint, der mich zusammenzucken lässt: Es wirkt schärfer geschnitten und gleichzeitig zarter, als ich es in Erinnerung habe, als hätte ein schroffer Wind alles Weiche abgetragen und lediglich das Gerüst zurückgelassen. Seine dunklen Augen sind so tief verschattet, dass sie fast schwarz wirken. Wenigstens haben sich meine sonstigen Befürchtungen als unbegründet erwiesen.

»Gott sei Dank!«, entfährt es mir.

Sven drückt meine Schulter, wie um zu sagen ›Na siehst du, alles okay‹. Darauf würde ich nicht wetten wollen.

Morgan mustert uns, eher müde als überrascht. Dann nimmt er dem Mädchen die Tür aus der Hand und nickt uns zu. »Kommt rein, wo ihr schon mal da seid.«

Als er uns durch den Flur führt, erhasche ich aus dem Augenwinkel einen Blick auf mich selbst im Garderobenspiegel und wende den Kopf ab. Ich habe mir vor meinem überhasteten Aufbruch nicht die Mühe gemacht, mich umzuziehen, und trage immer noch meine ausgefranste, fast zwanzig Jahre alte Lieblingsjeans, dazu ein ärmelloses, locker fallendes T-Shirt. Das ist es allerdings nicht, was mich stört, das hier ist schließlich kein Geschäftstermin. Es sind auch nicht die kinnlangen Strähnen, die sich aus meinem Pferdeschwanz gelöst haben. Aber die Sonnenbräune auf meiner Haut wirkt im gedämpften Licht wie ein Anstrich, der etwas überdecken soll, und die weit geöffneten Augen, die mir aus dem Spiegel entgegenstarren, scheinen eine stumme Warnung zu enthalten.

Wir folgen Morgan an einer altmodischen Holztreppe in den ersten Stock vorbei und weiter in eine geräumige Wohnküche, wo wir auf einer Eckbank hinter einem riesigen Küchentisch Platz nehmen, während Morgan zurück in den Flur geht. Erst jetzt fällt mir das Mädchen wieder ein. Sie scheint draußen zu warten.

Morgans Stimme verstehe ich nicht, ihre schon: »Ja, schon, aber ich habe gedacht, ›eine Zeit lang‹ wäre wenigstens für ein paar Tage.« ... »Nein, hast du nicht. Schon gut, ich geh ja schon. Aber ruf bloß nicht noch mal an. Mistkerl.«

Kurz darauf fliegt die Haustür zu, ein Motor wird angelassen und ein Wagen zu schnell beschleunigt, sodass das Prasseln von aufspritzendem Kies zu hören ist.

Sven, Alex und ich schauen uns an, niemand sagt etwas. Durch ein großes Sprossenfenster und eine Terrassentür fällt Sonnenlicht schräg an uns vorbei auf Terrakottafliesen und eine L-förmige Küchenzeile aus hellem Holz. Winzige Staubkörnchen tanzen im Licht.

»Wollt ihr Kaffee?« Morgan steht wieder in der Küche, die Hände vorn in die Taschen seiner Jeans geschoben. Der schwache Schatten, den er auf die Fliesen wirft, scheint mehr Substanz zu haben als er.

»Morgan ...«, sage ich und breche ab, weil ich nicht weiß, wie ich weitermachen soll. Ich muss ihm nicht sagen, wie leid mir das mit Nora tut, und wie es ihm geht, brauche ich ihn erst recht nicht zu fragen: Er scheint nicht mal richtig hier zu sein, kaum mehr als eine baufällige Fassade und dahinter – Leere.

»Wir wissen das mit Nora«, sagt Sven, als würde er lediglich feststellen, dass morgen Montag ist. Er strahlt eine Ruhe aus, um die ich ihn beneide. Selbst Alex, der sonst immer zu Scherzen aufgelegt ist, sitzt ganz vorne an der Kante der Bank, die Unterarme auf dem Tisch aufgestützt. Fluchtbereit. Sven hat sich entspannt zurückgelehnt, wobei er Alex und mich noch immer locker überragt. Während man Morgan ansieht, dass er sich fit hält, kultiviert Alex einen kleinen Wohlstandsbauch, den er meist unter weiten T-Shirts verschwinden lässt. Heute trägt er eines mit der Aufschrift *Humor ist, wenn man trotzdem lacht*. Ich habe keine Ahnung, ob er das bewusst ausgewählt hat. Dagegen wirkt Sven mit seinen hageren eins sechsundneunzig, dem schmalen Gesicht und dem glatt rasierten Schädel wie der geborene Asket, obwohl er weit davon entfernt ist, einer zu sein. Er hat den Blick fest auf Morgan gerichtet, rückt nur einmal seine randlose Brille zurecht.

Morgan hebt die Schultern, die Hände noch immer in den Taschen, was ihn seltsam ängstlich wirken lässt. Als würde er einen Schlag erwarten, von dem er weiß, dass er ihm nicht wird ausweichen können. »Klar. Deshalb seid ihr ja wohl hier. Um nachzusehen, ob ich nichts Dummes mache. Hat sie euch drum gebeten?«

»Sie hat mich angerufen«, sage ich leise.

Morgan nickt. Dann dreht er sich plötzlich um. »Ich mache euch Kaffee.«

Da ist etwas in seiner Stimme, seiner Haltung, jeder einzelnen, übertrieben sorgfältigen Bewegung: etwas Roboterhaftes, Bemühtes, von dem ich nicht weiß, ob es für uns gedacht ist oder reiner Selbstschutz. Vielleicht bilde ich mir das auch nur ein, trotzdem halte ich es nicht aus, hier noch länger so herumzusitzen. Was wollen wir tun – Kaffee trinken und übers Wetter reden? Das wird ihm nicht helfen …

Ich bin zu hastig aufgestanden und rumpele prompt schmerzhaft gegen die Tischkante. Das dumpfe Geräusch und das ärgerliche »Au!«, das mir entfährt, lassen Morgan mitten in der Küche erstarren, mit dem Rücken zu uns.

Ich weiß ja, dass ihm im Moment gar nichts hilft. Nicht, sofern nicht einer von uns über Zauberkräfte verfügt und Noras Entscheidung mit einem Fingerschnippen ungeschehen machen kann. Ich weiß aber auch, dass ich nicht hier bin, um zu reden. Zum Reden ist es noch viel zu früh. Ich bin nur hier, um hier zu sein. Also gehe ich zu ihm und strecke die Hand aus. Für eine Sekunde schweben meine Finger leise zitternd in der Luft, dann landen sie sanft wie Schmetterlinge.

Ich blinzele alberne Tränen weg. Ich fühle mich hilflos, okay, das ist nicht schön, aber auch kein Grund, sich selbst leidzutun. Hier geht es schließlich nicht um mich, und Selbstmitleid ist ohnehin eine Gefühlsregung, der ich absolut nichts abgewinnen kann. Vermutlich, weil ich mich zu oft dabei erwische. Meine Gedanken drehen sich im Kreis, richten sich unvermittelt und mit heftigem Zorn auf Nora, während meine Hand auf Morgans Schulter liegt, ganz leicht nur, bereit, sich sofort zurückzuziehen, sobald er die leiseste Ausweichbewegung macht. Stattdessen greift er nach meinen Fingern und zieht mich vor sich, als würden wir zu einer Musik tanzen, die nur er hören kann.

Er hat den Kopf gesenkt, sieht mich nicht an, steht einfach da und wartet. Nicht auf Rettung, nicht auf Erlösung – die würde er nicht wollen, selbst wenn es sie gäbe –, nur auf eine Atempause.

Ich mache diesen letzten halben Schritt auf Morgan zu und frage mich, was mit mir los ist, was meine Brust so eng macht: Ich kenne das doch, ich weiß, dass ich das schaffe – na ja, abgesehen von der unbedeutenden Kleinigkeit vielleicht, dass ich ihm diesmal keine Hoffnung machen kann, nicht nach dem, was Nora mir gesagt hat. Ist es das?

Dann habe ich Morgan im Arm und schiebe sämtliche Gedanken beiseite, bin wirklich einfach nur hier. Er hat die Stirn an meine Schulter gelegt, aber es dauert einen Moment, bis ich seine Arme in meinem Rücken spüre: unsicher, als würden sie keinen Halt finden. Oder als hätte er vergessen, wie das geht, jemanden umarmen. Mein Blick fällt quer durch den Raum auf Sven und Alex am Tisch. Sven gibt Alex ein Zeichen und beide stehen auf. Als sie an uns vorbeigehen, legt Sven kurz die Hand auf Morgans Rücken, Alex klopft ihm auf die Schulter. »Ruf an, wenn du was brauchst, Mann.«

Ich lausche ihren Schritten nach, die sich durch den Flur entfernen, höre die Haustür zufallen und ein weiteres Mal das Anlassen eines Motors, nicht mehr als ein leises Grummeln diesmal. Morgans Brustkorb hebt und senkt sich inzwischen ruckartig, als wäre jeder Atemzug ein Kampf.

»Schon gut«, murmele ich und versuche, meiner Stimme einen ruhigen, sanften Klang zu geben, obwohl es mir ja gerade nicht einmal gelingt, mich selbst zu beruhigen.

»Lass es einfach zu, es geht schon vorbei.« Eine Zeile aus einem seiner Songs geht mir durch den Kopf und ich flüstere: »Don't fight the rain.«

... it'll wash you away anyway
Don't fight the flood
let it rush over you, let it tear you away
to the shore of another day ...

Der heisere Laut, der tief aus Morgans Brust aufsteigt, lässt mich die Zähne aufeinanderbeißen. Und weil es nichts mehr gibt, was ich noch sagen könnte, halte ich ihn einfach fest und warte, bis es vorüber ist. Als er sich schließlich vorsichtig von mir löst, sieht er mich immer noch nicht an. »Kann ich einen Moment allein sein? Bitte?«

Seine Stimme wackelt, kippt, und ich muss mich beherrschen, um Abstand zu halten. Meine Finger streifen flüchtig seinen Handrücken. »Klar«, sage ich so munter ich kann, »ich warte draußen.«

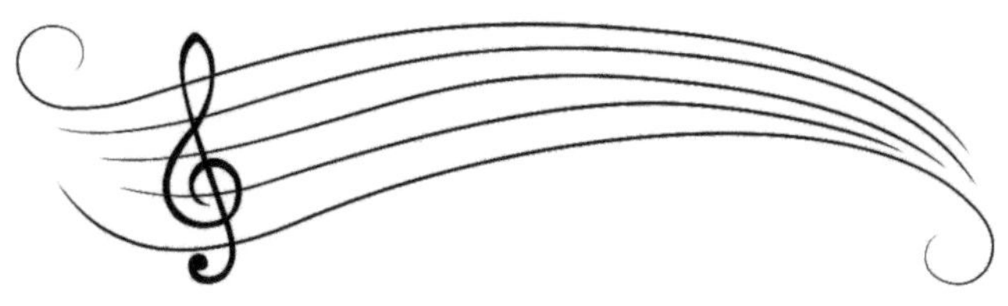

Zwei

Ich setze mich auf die Stufen vor der Haustür, obwohl alles in mir nach Bewegung schreit. Am liebsten würde ich jetzt eine Runde laufen gehen. Oder wenigstens vor dem Haus auf und ab marschieren, aber das kommt mir albern vor. Weil ich nichts habe, womit ich herumspielen könnte, knete ich meine Finger. Ich bin Nichtraucher, was in Anbetracht meiner zwanghaft unruhigen Hände ein Witz ist. Also ziehe ich mit der linken an jedem einzelnen Finger der rechten Hand, wie um zu prüfen, ob sie noch fest sitzen oder demnächst vielleicht abfallen könnten, und weiß genau, dass ich das Ganze gleich umgekehrt wiederholen werde. Eine Zeit lang habe ich es mit Fingerringen versucht, weil man die so schön hin und her drehen kann, aber die Dinger sind mir entweder zu weit oder zu eng und immer irgendwie im Weg.

Ich frage mich, warum ich auch jetzt noch nicht richtig durchatmen kann: Jeder Atemzug scheint auf halber Höhe meines Brustbeins gestoppt zu werden, als ob da irgendein Ventil geschlossen wäre. Dabei ist für den Moment doch eigentlich alles in Ordnung. Morgan kennt den Abgrund mindestens so gut wie ich, vermutlich sogar besser. Jetzt gerade ist er ihm zu nah. Was in Anbetracht der

Umstände aber auch nicht anders zu erwarten war. Und ich habe ihn definitiv schon in einem schlimmeren Zustand erlebt.

Das erste Mal war ein paar Monate, nachdem wir uns kennengelernt hatten. Damals hat er mich angerufen, nachts um halb zwölf, völlig überraschend. Wir hatten da eigentlich noch gar keinen Kontakt. Er hat sich bestimmt eine Minute lang entschuldigt, dass er so spät noch stört, dann hat er sich verabschiedet und aufgelegt. Ich saß da, mit dem Handy in der Hand, und habe ungläubig den Kopf geschüttelt. Ich hätte das Ganze abgetan, wäre da nicht dieses saure Gefühl im Magen gewesen, das nichts mit Aufregung zu tun hat, jedenfalls nicht im positiven Sinn. Gut, der Sänger meiner Lieblingsband hatte mich eben angerufen, obwohl wir uns nur ein Mal begegnet waren, rein zufällig, nach einem seiner Konzerte und der After-Show-Party, in einem Fast-Food-Restaurant, das rund um die Uhr geöffnet hatte.

Stefan hatte auf dem Heimweg Hunger bekommen, es muss weit nach ein Uhr nachts gewesen sein, also haben wir an diesem Burger King gehalten. Während er noch kurz zur Toilette gegangen ist, habe ich mich umgeschaut, essen wollte ich nichts. Das Lokal war fast leer, ein Pärchen saß in einer Ecke und drei Männer an einem Tisch am Fenster.

Vielleicht lag es daran, dass es so ein wunderbarer Abend gewesen war, dass wir nach dem Konzert noch richtig Lust auf die Party gehabt hatten und seit Jahren das erste Mal wieder tanzen waren, vielleicht an der milden Mainacht, vielleicht war die Situation auch einfach zu unwirklich, um wahr zu sein. Jedenfalls stehe ich in dem annähernd leeren Raum und sage laut in die Stille zwischen zwei Songs der leise plätschernden Hintergrundmusik: »Das glaube ich jetzt nicht!« Das Pärchen ist mit sich selbst beschäftigt und ignoriert mich, aber die anderen drei Köpfe wenden sich mir zu und ich schlage mir die Hand vor den Mund, weil ich sonst entweder wie ein Teenie kreischen oder mindestens dümmlich grinsen muss.

In dem Moment taucht Stefan neben mir auf und drückt mich an sich. »Hey, schau mal, das gibt's ja nicht!« Er zieht mich einfach mit sich, als er zu ihrem Tisch geht. Ich schaue in drei durchaus freundliche Gesichter, vielleicht sogar leicht amüsiert, zum Glück jedenfalls nicht genervt. Stefan räuspert sich. »Dürfen wir kurz stören? Ihr würdet einen großartigen Abend perfekt machen, wenn ihr ein Autogramm für meine Freundin hättet – davon träumt sie nämlich schon, seit sie siebzehn war.«

Ich war sechzehn, als ich mein erstes No-Way!-Album gekauft habe, aber das ist gerade vollkommen egal.

Sven und Alex grinsen, Morgan zeigt uns ein strahlendes Bühnen-Lächeln. »Na klar – obwohl das ja noch nicht sooo lange her sein kann.« Und dann, bevor ich Zeit habe, rot zu werden: »Wir können auch ein Foto machen, wenn ihr mögt.«

Ich bin definitiv überfordert mit der Situation, denn das Einzige, was mir als Antwort einfällt, ist: »Du sprichst Deutsch?« Und zwar vollkommen akzentfrei. Ich hatte zwar vor Jahren mal in einem Musikmagazin gelesen, dass Morgans Mutter Deutsche ist und er in Bonn geboren wurde. Nach ihrem frühen Tod sei er aber bei seinem Vater in den USA aufgewachsen. Und weil er auf der Bühne und bei Interviews ausschließlich Englisch spricht, bin ich davon ausgegangen ...

Jetzt lachen alle drei. »Nur privat«, sagt Morgan. »Wenn ihr's keinem verratet, dürft ihr euch auch setzen. Oder steht ihr gern so in der Gegend herum?«

Bevor ich Stefan auch nur einen fragenden Blick zuwerfen kann, steht Alex, der Morgan und Sven gegenüber sitzt, schon auf und zeigt auf seine Bank. »Na los, rutscht rein.« Dann setzt er sich auf den Stuhl an der Längsseite des Tisches.

Neben mir sagt Stefan: »Ich bin gleich wieder da – kann ich jemandem noch was mitbringen?«

Alex bittet tatsächlich um eine Cola, Sven und Morgan schütteln den Kopf. Und ich versuche, meinen Körper dazu zu bewegen, sich normal zu verhalten und auf dieser Bank Platz zu nehmen. Am selben Tisch wie meine Lieblingsband. In einem verdammten Fast-Food-Restaurant! Wahrscheinlich grinse ich dabei wie ein Idiot.

Ich bin definitiv völlig überdreht, aufgeputscht vom Endorphinrausch. Ein leises Summen in meinen Ohren, verursacht von zu lauter Musik, klingt wie das Echo von harten Bässen und verspielten Synthesizer-Arrangements und lässt mich rhythmisch mit dem Fuß wippen. Den dreien scheint es nicht anders zu gehen, jedenfalls albern sie, während Stefan auf seinen Burger wartet, mit mir herum, als wäre keiner von uns älter als zwanzig. Alex erzählt ›Alle Kinder‹-Witze – »Alle Kinder stehen bis zum Hals im Wasser. Nur nicht der Rainer – der ist 'nen Kopf kleiner!« –, Morgan zwinkert mir zu und kontert mit einem nicht jugendfreien Blondinenwitz, und Sven lacht so laut, dass das Pärchen irritiert zu uns herübersieht.

Vielleicht traue ich mich deshalb, als Stefan endlich neben mir sitzt, eine Frage zu stellen, die sie in Interviews immer nur ausweichend beantworten: wie sie auf den Namen für ihre Band gekommen sind.

»Das war einfach ein spontaner Einfall …«, beginnt Morgan die übliche Geschichte, aber Alex unterbricht ihn.

»Ach, komm schon, erzähl's ihr! Sie ist doch keine Klatschreporterin.«

»Wir verraten's auch nicht weiter – versprochen!« Zur Bestätigung meiner Worte ziehe ich einen imaginären Reißverschluss vor meinen Lippen zu.

Morgan seufzt zwar, lässt sich aber tatsächlich von meinem erwartungsvollen Blick erweichen. »Also eigentlich ist es nur zu profan, um eine gute Story abzugeben: Das war die Antwort, die ich meinem Vater gegeben habe, als der darauf bestand, ich solle erst mein Jurastudium abschließen, bevor ich seinetwegen ein Jahr damit vertrödeln dürfe, Musik zu machen, wenn es denn unbedingt sein müsse. Sven hat das Telefonat mitgehört und gebrüllt ›Das ist es, das ist der perfekte Name!‹ Und schon war No Way! geboren.«

Svens Miene ist unergründlich, Alex feixt ein bisschen. »Ich finde ja, das ist eine ziemlich gute Geschichte«, sagt er.

Morgan geht nicht darauf ein, sieht nach wie vor nur mich an. »Versprochen ist versprochen.« Er lächelt, aber ich kann hören, wie ernst es ihm ist.

»Klar«, sage ich, bevor Stefan nachbohren kann. Ihm ist

deutlich anzusehen, dass er wissen will, was es mit der Geheimniskrämerei auf sich hat. »Geheimnisse sind bei uns immer gut aufgehoben, oder, Schatz?« Jetzt kann Stefan nicht anders, als mir zuzustimmen. Er legt den Arm um mich und drückt mir einen Kuss auf die Schläfe, und Morgans Lächeln wird breiter, strahlend, wie vorhin.

Als wir uns gegen halb drei dann schließlich verabschiedet haben, hat Morgan angeboten, uns für die nächste Tour Backstagepässe zukommen zu lassen. Also haben wir Nummern ausgetauscht, und hey, vielleicht trifft man sich ja auch so mal wieder, hat einen netten Abend ...

Geglaubt habe ich zwar nur an die Backstagepässe, aber das allein hat mich sicher noch drei Tage lang dauergrinsen lassen. »Ohne mich«, hat Stefan geschmunzelt, »hättest du dich nie getraut, sie anzusprechen.« Womit er höchstwahrscheinlich richtig lag.

Zwischen Morgan und mir war etwas, vom ersten Moment an. Wir haben nicht miteinander geflirtet, das meine ich nicht: Stefan saß neben mir, wir haben Händchen gehalten wie frisch Verliebte, und so habe ich mich an diesem Abend auch gefühlt. Es war mehr eine Art stilles Verständnis, ein Wiedererkennen, obwohl mir das damals noch nicht bewusst war. Wie auch – damals habe ich den charmanten, charismatischen Sänger kennengelernt, der wenige Stunden zuvor eine Halle mit mehreren Tausend Menschen gerockt hatte.

Und dann der Anruf, praktisch aus dem Nichts, nach lediglich ein paar mehr oder weniger belanglosen WhatsApp-Nachrichten, wie toll das Konzert gewesen sei, wie nett der Abend und so weiter. Ein paar Minuten habe ich mit mir gerungen, habe gegen meine Schüchternheit angekämpft und mit der inneren Stimme debattiert, die mir weismachen wollte, dass ich genau wisse, was ich zu tun hätte, dass ich es spüren könne: die Säure im Magen.

Ich glaube nicht an Vorahnungen. Jedenfalls nicht daran, dass ich welche habe. Es gibt sicher Menschen mit besonderen Begabungen, aber ich gehöre nicht dazu. Ich habe lediglich schlechte Nerven und eine lebhafte Fantasie. Die Kombination sorgt dafür, dass ich mir manchmal seltsame Dinge einbilde. Vielleicht nicht nur manchmal. Genau das habe ich auch meiner inneren Stimme erklärt. Während meine Finger völlig unbeeindruckt vom Für und Wider unserer Diskussion den Rückruf gedrückt haben.

Morgan war sofort am Telefon.

»Hey.«

Schweigen. Atmen. Schweigen.

»Möchtest du reden?«

Schweigen. Dann: »Ja ... Nein, ... ich ... ich kann nicht ...« Schweigen. Atemzüge, die zu lang gezogen sind, zu angestrengt klingen.

»Soll ich vorbeikommen?« Ich weiß nicht, warum ich das sage, so einen Blödsinn, *soll ich vorbeikommen* – wir kennen uns doch kaum, wenn er jemanden zum Reden braucht, hat er sicher tausend Freunde, außerdem hat er doch gerade gesagt, dass er nicht reden will ...

Nicht kann, korrigiert mich diese nervige, rechthaberische Stimme, *und genau deswegen hast du gefragt.*

Schweigen.

Ich mache mich gerade so richtig lächerlich, ich bin doch nicht ...

»Ja.« Morgans Antwort hallt so dumpf durch die Leitung, als wäre er gerade sehr viel weiter fort als die knapp vierhundert Kilometer, die uns rein räumlich gesehen trennen.

»Okay.« Mein Herz rast. Was passiert hier gerade, was tue ich? »Schick mir deine Adresse aufs Handy, ich fahr gleich los.«

»Ist gut. Bis ... bis dann.«

»Bis dann.« Bevor ich auflegen kann, rutscht mir das Handy aus der Hand, meine Finger sind schweißfeucht. Kurz darauf piepst es zweimal, Morgans Nachricht ist da. Ich wusste, dass er irgendwo bei Frankfurt wohnt, jetzt habe ich eine vollständige Anschrift, und dazu noch einen sechsstelligen Code, den ich am Tor vor der Einfahrt eingeben soll. Es ist wohl kaum überraschend, dass er nicht in einem Reihenhaus wohnt, wo jeder vorbeispazieren kann, trotzdem macht mich der Gedanke an ein codegesichertes Tor noch nervöser, als ich es ohnehin schon war. Ich gebe die Adresse bei Google Maps ein, normalerweise sind es gute vier Stunden Fahrt, um die Uhrzeit wahrscheinlich weniger. Danach sitze ich im dunklen Wohnzimmer, das Handy auf dem Sofa neben mir. Eigentlich war ich gerade auf dem Weg ins Bett, als der Anruf kam, ich dachte, es wäre Stefan.

Stefan.

Ich kann doch jetzt nicht einfach ...

Ich kann aber auch nicht *nicht* ...

Mir ist schwindlig, ich halte mich am Sitzpolster fest, beuge mich vor und versuche, ruhig und gleichmäßig zu atmen. Was ist los mit mir? Warum will ich mitten in der Nacht zu einem völlig Fremden fahren? Weil ich ihn anhimmle? Habe ich jetzt endgültig den Verstand verloren, ich bin doch keine sechzehn mehr ...

Weil er dich braucht, sagt die Stimme.

Klar. Ausgerechnet mich. Weil ich ja was ganz Besonderes bin.

Er hat dich angerufen.

Vielleicht hat er sich verwählt, Himmel noch mal!

Dir ist schon klar, dass du dich kindisch benimmst, oder? Fährst du jetzt oder nicht?

Fahre ich?

Ja, verdammt, natürlich fahre ich! Ich weiß längst, dass ich fahren werde, ich traue mich nur nicht, vom Sofa aufzustehen, weil ich es nicht erklären kann! Mein Leben ist in Ordnung. Nicht im Sinne von ›ganz okay‹, sondern im Sinne von ›alles ist da, wo es hingehört‹. Überschaubar. Kontrollierbar. Das war nicht immer so. Mit Lukas war es genau genommen das exakte Gegenteil. Nichts von dem, was Lukas mit mir gemacht hat – was *ich* wegen Lukas mit mir gemacht habe –, war kontrollierbar. Oder erklärbar.

Praktischerweise ist Stefan gestern zu einer Geschäftsreise aufgebrochen, sodass ich es – zumindest vorläufig – auch nicht erklären muss. Praktischerweise haben wir weder Kinder noch Haustiere. Praktischerweise arbeite ich seit fünf Jahren freiberuflich von zu Hause aus, ich muss mir also nicht mal für morgen freinehmen.

Mit einem Stöhnen, als hätte ich schlimme Kopfschmerzen, stemme ich mich vom Sofa hoch. Ich schmeiße ein paar Sachen in meine kleinste Reisetasche, packe meinen Laptop ein und setze mich ins Auto. Anschließend fahre ich dreieinhalb Stunden durch die Nacht und denke bei jeder Autobahnausfahrt daran, umzudrehen und nach Hause zu fahren. Als ich vor dem massiven Tor stehe, das die einzige Unterbrechung in einer gut zwei Meter hohen Hecke zu sein scheint, ist es kurz nach halb vier. Die Navigationssoftware hat mich in eine Art Villenviertel gelotst, dort bin ich zweimal rechts abgebogen, dann hieß es, das Ziel würde sich auf der linken Straßenseite befinden.

Ein wenig unschlüssig schaue ich auf ein kleines weißes Kästchen mit gummiartigen schwarzen Tasten, das neben dem Tor angebracht ist. Darüber befindet sich ein Klingelknopf, und weiter oben hängt eine Kamera. Eine Hausnummer kann ich nirgendwo entdecken. Was könnte schlimmstenfalls passieren, falls das das falsche Tor ist und ich den falschen Code benutze? Vermutlich nichts – drei Versuche hat man doch immer, oder? Schließlich kann man sich auch mal vertippen. Ich hole Luft und gebe den Code ein. Wie von Geisterhand schwingen die beiden Torflügel auf und geben den Blick auf eine etwa zwanzig Meter lange geteerte Auffahrt frei, die schnurgerade auf ein großes zweistöckiges Gebäude zuführt. Etwas irritiert betrachte ich die Blumenwiese, die rechts und links der Auffahrt wuchert und nicht so recht hierher zu passen scheint. Links neben dem Haus ist vor der Garage eine Parkfläche zu sehen, aber ich lasse mein Auto lieber draußen stehen. Reisetasche und Laptop bleiben auf der Rückbank, Morgan soll ja nicht denken, ich wolle bei ihm einziehen. Ich habe die Haustür noch nicht ganz erreicht, als darüber ein Licht angeht, wahrscheinlich von einem Bewegungsmelder gesteuert. Mein Finger schwebt über dem Klingelknopf, absurderweise zögere ich, als ob es jetzt noch ein Zurück gäbe.

Da wird die Tür geöffnet.

Ich vermute, dass er das Licht gesehen hat. Im Haus ist es dunkel, ich kann lediglich den schwachen Schimmer einer bis an die Grenze des Sichtbaren heruntergedimmten Lampe erkennen, irgendwo in der Tiefe eines großen Raumes. Aber die Leuchte über der Haustür genügt: Morgan sieht schlimm aus; fahle Haut, tiefe Schatten auf Schläfen und Wangen, blutunterlaufene Augen. Ich kann seine Alkoholfahne riechen. Das schwarze T-Shirt über seiner Jeans ist so zerknittert, als hätte er darin geschlafen, und zwar mehr als nur eine Nacht. Barfuß steht er im Flur und hält mir die Tür auf. Für ein paar Sekunden schauen wir uns nur an, wortlos, er drinnen, ich draußen. An seinem linken Arm, der die Haustür hält, sehe ich eine etwa zehn Zentimeter lange rote Linie, eher ein tiefer Kratzer als ein richtiger Schnitt. Als er meinen Blick bemerkt, schiebt er den Arm hinter die Tür. Seine Wangenmuskeln zucken, dann zittert die Parodie eines Lächelns über sein Gesicht. Seine dunklen Augen spiegeln das Licht der Außenbeleuchtung. Und noch etwas anderes, das ich zu gut kenne, um es nicht zu fürchten.

Ich stehe noch immer vor der Tür, kann mich einfach umdrehen und gehen, nach Hause fahren. Stattdessen bin ich mit zwei Schritten bei ihm und nehme ihn in den Arm. Und er klammert sich an mir fest wie ein Ertrinkender.

Die feinen Härchen an meinen Unterarmen richten sich auf, als ich die Gegenwart einer alten Bekannten spüre. Sie strahlt von Morgan ab wie Hitze von einem Fiebernden. Aus den Schatten lässt sie klebrige Fäden wachsen, die sich um jedes Gefühl, jeden Gedanken schlingen und ihr lähmendes Gift abgeben, bis die Wälder verbrannt, die Seen ausgetrocknet und die Berge zu Staub zerfallen sind und nichts mehr übrig ist außer Einsamkeit. Es gibt keine Worte, die sie vertreiben würden – ich kann nichts tun, als hier zu sein und den Augenblick mit Morgan zu teilen. Ich denke an Stefan, daran, dass ich sicher bin bei ihm. Trotzdem kann ich den Abgrund jetzt beinahe sehen. In dem dunklen Raum, in den ich über Morgans Schulter starre, gibt es nichts, woran sich meine Augen festhalten könnten, bis auf das schwache Glimmen dieser einen heruntergedimmten Lampe. Es hängt in der Luft wie ein dickes Glühwürmchen, nur bewegt es sich nicht, als hätte jemand die Zeit eingefroren.

Ich sitze in der Falle, denke ich plötzlich und weiß nicht, warum. Für einen Augenblick kämpfe ich gegen den Drang an, mich loszureißen und zu meinem Auto zurückzulaufen. Dann rufe ich mich selbst zur Ordnung, verbanne die unsinnige Furcht, die aus den Untiefen meiner Erinnerung aufsteigen will. Mir kann nichts passieren, und es ist offensichtlich, dass Morgan mich braucht: Außer mir ist nämlich niemand hier.

Viel wird ohnehin nicht von mir verlangt; ich kann ihn nur festhalten und warten, dass der Sog nachlässt, der an ihm zerrt. In Wellen ebbt er schließlich ab und lässt mich genauso erschöpft zurück wie Morgan.

Das war es also, das erste Mal. Später in dieser Nacht hat Morgan mir gesagt, dass Nora ihn verlassen hat. Ich bin drei Tage bei ihm geblieben. Stefan habe ich nach seiner Dienstreise davon erzählt.

Erst hat er gar nicht viel dazu gesagt. Aber zwei Tage später wollte er plötzlich wissen, ob ich mit Morgan geschlafen hätte, ob das eine Art Affäre gewesen sei. Seine Frage war so eindeutig rhetorischer Natur, dass ich ihn am liebsten geohrfeigt hätte dafür. Irgendwie habe ich es geschafft, ein ums andere Mal ganz ruhig mit ›Nein‹ zu antworten: Nein, ich habe nicht mit ihm geschlafen; ja, da bin ich sicher, definitiv; nein, ich wollte auch nicht mit ihm schlafen, und nein, ich glaube nicht, dass Morgan das wollte; nein, wissen kann ich es natürlich nicht, ich kann nicht in seinen Kopf schauen und wir haben nicht darüber gesprochen, wozu auch?

Vielleicht hat Stefan gespürt, dass ich ihm etwas verschweige.

Auch auf die Frage, ob ich in Morgan verliebt sei, habe ich mit ›Nein‹ geantwortet, und das war – ist! – die Wahrheit. Ebenso wie meine Antwort auf die Frage, was zum Teufel ich denn dann da gewollt hätte: »Mich um einen Freund kümmern.«

»Ihr kennt euch doch kaum!«

»Jetzt schon.«

Es gibt immer noch eine Menge Dinge, die ich nicht über Morgan weiß: was seine Lieblingsfarbe ist zum Beispiel, in welchen Fächern er in der Schule gut war oder ob er auf der Beerdigung seines Vaters gewesen ist. Aber kennengelernt habe ich ihn in diesen drei Tagen besser als die meisten anderen Menschen in meinem Leben, mit denen ich schon deutlich mehr Zeit verbracht habe. Nur wie soll ich das Stefan erklären? Über Schatten und Abgründe brauche ich mit ihm nicht sprechen. Das will ich auch gar nicht – es ist gut, einen Ort zu haben, der frei davon ist!

Damals hat es fast drei Monate gedauert, bevor ich Morgan wiedergesehen habe, dazwischen haben wir lediglich ein paar Mal telefoniert. Beim zweiten oder dritten Anruf hat er erzählt, dass Nora und er wieder zusammen sind. »Sie lässt dir ihren Dank ausrichten«, hat er gesagt. »Sie behauptet, ich würde mich jetzt fast wie ein normaler Mensch benehmen.«

Wie auch immer man ›normal‹ im Zusammenhang mit jemandem wie Morgan definiert, habe ich lächelnd gedacht und »Gern geschehen« gesagt, obwohl ich doch eigentlich gar nichts getan habe. Danach schien es jedenfalls auch für Stefan in Ordnung zu sein.

Dann waren No Way! wegen eines Liveauftritts während einer Radiosendung in München, und wir haben uns abends alle in einem kleinen Restaurant am Ammersee getroffen: Stefan und ich, Alex, Sven und Morgan. Und Nora. Morgan hat den ganzen Abend ihre Hand nicht losgelassen, ich habe Stefan angegrinst – siehst du, wie ich es dir gesagt habe – und er hat sich endgültig entspannt und sich am Ende des Abends sehr herzlich von Morgan verabschiedet.

Ein paar Tage darauf hat Nora angerufen, um Stefan und mich nach Florida in ihr Ferienhaus einzuladen. Das Haus hat sich als säulengeschmückte Villa im Kolonialstil direkt am Strand bei Naples entpuppt, inklusive eines riesigen Pools und eines Tennisplatzes, den nie jemand benutzt, weil weder Morgan noch Nora Tennis spielen. Drei traumhafte Wochen haben wir da verbracht. Und wenn überhaupt, dann habe ich mich höchstens in Nora verliebt – obwohl sie genau der Typ Frau ist, auf den ein weibliches Wesen normalerweise mit genetisch programmierter Eifersucht reagiert: etwa eins sechzig klein und zierlich, dabei aber keineswegs knabenhaft, mit tizianroten Locken und mandelförmigen Rehaugen. Dazu noch vier Jahre jünger als ich.

Sie hat etwas Toughes unter dieser niedlichen Bambi-Oberfläche, das ich bewundere, und eine unverstellte Herzlichkeit, für die man sie einfach gernhaben muss. In den gut eineinhalb Jahren seitdem habe ich definitiv öfter und länger mit Nora telefoniert als mit Morgan. Außerdem leben ihre Eltern nur knapp siebzig Kilometer von uns entfernt. Wenn sie sie besucht – grundsätzlich ohne Morgan –, macht sie immer einen Zwischenstopp bei uns.

Es ist sicher nicht übertrieben, wenn ich sage, dass Nora meine beste Freundin geworden ist. Ich kann ihr nicht wirklich böse sein. Wenn ich ehrlich bin, bin ich nicht mal wirklich überrascht: Vor zwei Jahren hatte sie Morgan nicht zum ersten Mal verlassen. Es muss sogar das sechste oder siebte Mal gewesen sein. Nur war noch nie ein anderer Mann der Grund, obwohl es bei einer ihrer ersten Trennungen mal eine kurze Affäre gegeben hat, aber erst, nachdem sie ausgezogen war.

Warum dann diesmal? Was ist diesmal anders?

Ganz sicher hat sie nicht vor, irgendwelche Machtspielchen zu spielen, wie Alex meint. Der Typ ist sie nicht, dafür würde ich sogar beide Hände ins Feuer legen.

Aber Morgan hat ihr manchmal einfach die Tür vor der Nase zugeschlagen. Er liebt sie so sehr und hat es doch nicht geschafft, ihr den Weg zu zeigen, wenn er sich in den Schatten verirrt hat. Vielleicht, weil er ihn selbst nicht kannte.

Wenn man sich verlaufen hat, braucht man jemanden,

der einen suchen kommt. Oder auf einen wartet, am Ausgangspunkt, ruhig und unbeirrbar. So wie Stefan.

Nein, ich mache Nora keine Vorwürfe. Sie hat es wirklich versucht. Genau wie Morgan.

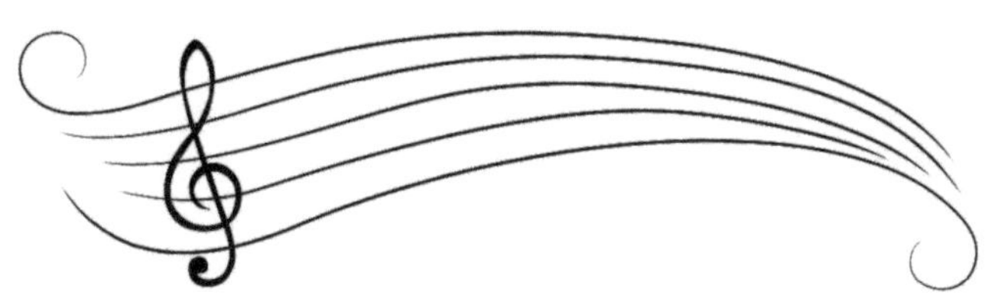

Drei

Trotzdem sitze ich jetzt hier auf der untersten Treppenstufe und betrachte bunte Wiesenblumen und helle Laubbäume, dazwischen ein paar dunkle Tannen und Fichten und darüber einen geradezu schadenfroh blauen Sommerhimmel. Erst jetzt fällt mir auf, dass kein Auto mehr vor der Tür steht: Die Blonde ist mit ihrem roten Kleinwagen ja gleich nach unserer Ankunft verschwunden, und Sven und Alex hatten mich in Svens Mercedes mitgenommen.

Also sitzen Morgan und ich fürs Erste hier fest. Er könnte natürlich jederzeit ein Taxi rufen. Und vermutlich würde Stefan mich abholen, wenn ich ihn darum bitten würde. Was ich aber gar nicht möchte. Es ist schön hier. Friedlich. Abgeschieden. Ein wenig außerhalb der Welt mit all ihren Ansprüchen und Vorstellungen von normal und vernünftig und dem, was *man* tut oder nicht tut. Von dem, was sein kann. Und was unmöglich ist.

Auf einmal verstehe ich sehr gut, warum dieses Haus Morgans Rückzugsort ist. Ich drehe mich zur Seite, lehne mich mit dem Rücken an einen der eckigen Holzpfosten, auf denen das schmiedeeiserne Treppengeländer ruht, und ziehe die Beine an. So spüre ich den Druck auf der

Brust weniger oder kann mir das zumindest einbilden. Außerdem kann ich, wenn ich mich nur ein bisschen zur Seite beuge, kleine Kieselsteinchen aufheben. Ich ziele auf eine einsame Birke, die direkt neben der Einfahrt in der Wiese steht, aber im Werfen war ich noch nie sehr gut. Immerhin sind meine Finger beschäftigt.

Die Sommeridylle will mich einlullen mit ihrer Wärme, dem Vogelgezwitscher und summenden Insekten. Kurz jagt mein Puls in die Höhe, als ich mich frage, wie lange wohl ein Krankenwagen hier raus brauchen würde, worauf mir einfällt, dass ich ohne Handy hier sitze. Und ohne Haustürschlüssel.

Aber das würde er nicht tun, nicht jetzt. Oder?

Als ich gerade überlege, wie lange ich wohl schon draußen bin, und anfange, auf Geräusche aus dem Haus zu lauschen, geht hinter mir die Tür auf. »Hey. Tut mir leid, ich wollte dich nicht so lang warten lassen.« Morgan hat sich rasiert und gekämmt, trotzdem wirkt sein Haar noch leicht zerzaust, als hätte es seinen eigenen Willen. Ein paar Wirbel am Ansatz sorgen dafür, dass ihm die Haare nicht ins Gesicht fallen, solange sie eine bestimmte Länge nicht überschreiten. Weil er sie aber immer knapp an dieser Grenze trägt, rutscht ihm eine Strähne regelmäßig in die Stirn. Er schiebt sie wahrscheinlich hundertmal am Tag zurück, ohne es selbst zu merken. Alles in allem sieht er ein kleines bisschen besser aus. Vielleicht. Nur das Lächeln ist nicht echt, und dass er es mir trotzdem zeigt, gefällt mir gar nicht. Wir haben uns von Anfang an nichts vorgemacht, keine falsch verstandene Rücksicht, keine schamhaften Lügen, um die Schatten zu verbergen. Warum also dieses Lächeln?

Morgan hat im Wohnzimmer zwei Gläser Wein auf den Couchtisch aus dunklem Holz gestellt. Das dazugehörige Sofa ist riesig, eine Wohnlandschaft aus dunkelrotem Stoff mit verstellbaren Arm- und Rückenlehnen. An der gegenüberliegenden Wand hängt ein Fernseher in der passenden Größe. Ich wusste gar nicht, dass es so große Flachbildschirme gibt. An der Außenmauer, gegenüber der Tür zur Küche, steht ein gemauerter offener Kamin mit dem obligatorischen weißen Klischee-Fell davor.

Morgan bemerkt mein Grinsen und lächelt, und diesmal ist es echt.

Während wir uns in die weichen Polster sinken lassen, stupse ich ihn leicht. »Ich wusste gar nicht, dass du auch Spießer kannst.« Ich habe immer noch seine Villa vor Augen, clean, fast minimalistisch, bis auf das hochgerüstete Tonstudio im Keller.

Morgans Blick verschleiert sich im Sekundenbruchteil. »Das Haus hat Nora ausgesucht. Und eingerichtet. Ganz am Anfang.«

Mist, Tretmine.

Während ich noch hektisch nach einer unverfänglichen Ablenkung suche, atmet Morgan tief ein und langsam wieder aus. »Aber gefallen hat es ihr hier trotzdem nie. Zu weit draußen. Keine Partys.« Er starrt auf seine Hände: lange Finger, schlank, kräftig. Gitarristen-Hände, obwohl er auf der Bühne nur selten zur Gitarre greift, das ist Alex' Domäne.

Morgans Finger bewegen sich, als würden sie etwas suchen. Er hat mir mal erzählt, dass er vor etlichen Jahren das Rauchen aufgegeben hat, weil es seiner Stimme schadet. Wenn er redet, klingt sie eigentlich gar nicht so besonders, jedenfalls weder besonders dunkel noch hell – eine Spur voller, lebendiger vielleicht, reicher an Zwischentönen. Das kann allerdings genauso gut Einbildung sein, immerhin bin ich weit davon entfernt, das perfekte Gehör zu haben. Aber wenn er singt, vibriert etwas darin, das ich fühlen kann, unmittelbar und intensiv, beinahe wie eine Berührung im Nacken, an dem Punkt dicht unterhalb des Haaransatzes, wo die Gänsehaut entsteht. Bei manchen Songs kriecht noch immer dieses Kribbeln über meine Haut, obwohl ich sie seit über zwanzig Jahren kenne und Wort für Wort mitsingen kann.

Don't fight the rain
let it take control
let it wash away
all your sorrows, all your pain
Don't fight the rain ...

Ich kann nicht sagen, wie oft Morgans Stimme mir in den letzten zwei Jahren mit Lukas Trost gespendet hat. Natürlich ist das sentimentaler Blödsinn – er wusste zu dieser Zeit ja nicht einmal, dass ich existiere. Mir ist durchaus klar, dass er nicht mich persönlich gemeint hat. Trotzdem hat es sich ein wenig so angefühlt. Als wäre ich nicht ganz so allein mit meinem Kummer, als gäbe es da draußen jemanden, der versteht, was sonst niemand zu verstehen schien.

Mitten in meine Gedanken hinein vibriert mein Handy auf dem Tisch. Ich greife danach, sehe Stefans Bild auf dem Display und drücke ihn weg. Ich werde ihn später zurückrufen, in Ruhe.

»Habt ihr Streit meinetwegen?« Morgan hat den Blick von seinen Händen gehoben. Die übliche Haarsträhne ist ihm in die Stirn gerutscht, knapp über die linke Braue. Er scheint es nicht zu bemerken.

»Unsinn!«, sage ich, vielleicht ein bisschen zu schnell. Wie kommt er auf die Idee? Und woher weiß er überhaupt, dass das Stefan war? Er hat das Display nicht gesehen.

Morgan lässt den Kopf schon wieder hängen, er spricht mit dem Fußboden. »Ich will nicht, dass ihr meinetwegen streitet. Nora hätte sich nicht einmischen sollen, ich rufe dir ein Taxi.« Aber er macht keine Anstalten aufzustehen.

Ich lege die Hand auf seinen Arm, damit er mich ansieht. »Das ist meine Entscheidung, Morgan. Stefan kommt schon damit klar. Und ich bin hier, weil ich es so will. Okay?«

Er nickt zwar, hat den Blick aber fest auf den Boden geheftet, als hätte er Angst davor, mir in die Augen zu sehen.

Ich beobachte ihn einen Moment, schaue auf seine Hände, die unsichtbare Fäden zu entwirren scheinen. Mein Brustkorb zieht sich zum gefühlten hundertsten Mal an diesem Tag zusammen, bis meine Lunge beim Einatmen mit einem stechenden Schmerz gegen die Enge protestiert. Also drehe ich mich zu Morgan, schlage das linke Bein unter und ignoriere seine schwache Gegenwehr, als ich ihn in meine Arme ziehe.

»Es tut mir so leid, Franziska. Ich wollte nicht ...« Seine Stimme klingt brüchig, ein zweckentfremdetes Werkzeug, das für seine neue Aufgabe denkbar ungeeignet ist.

In solchen Momenten kommt er mir vor wie aus Glas, als ob ihn ein einziger falscher Ton zerbrechen könnte. Und als ob er so durchsichtig wäre, dass ich seine Gefühle besser verstehe als meine eigenen. »Schhhh. Tu das nicht. Tu dir nicht selbst weh.« Die meisten Menschen reagieren instinktiv mit Wut, wenn sie verletzt werden. Meist hilft Wut über die ersten, schlimmsten Momente hinweg. Aber Morgan weiß, dass er den Schmerz verdient hat. Er glaubt es nicht, er weiß es. Er *will* sich schuldig fühlen. Selbst an dieser kleinen Unstimmigkeit zwischen Stefan und mir. Er würde auch eine Möglichkeit finden, die Schuld für schlechtes Wetter auf sich zu nehmen. Er hängt über dem Abgrund und ringt darum, nicht abzurutschen. Nur ist es ein Kampf gegen sich selbst, denn gleichzeitig sehnt er sich danach zu fallen, dem Sog endlich nachzugeben. Er braucht nur noch einen Grund, um loszulassen.

Als hätte er meine Gedanken gehört, versucht er, sich von mir loszumachen, aber diesmal lasse ich ihn nicht, nicht jetzt, nicht so. Stattdessen rutsche ich noch etwas näher an ihn heran und ziehe auch das rechte Bein hoch. Dass ich damit fast auf seinem Schoß sitze, ist mir im Moment herzlich egal, Hauptsache, ich kann ihn am Aufstehen hindern. Ich beuge mich vor und drehe meinen Kopf, es gibt ein kurzes, letztes Gerangel, bis seine Stirn an meiner liegt. Seine Augen sind offen, trotzdem weiß ich nicht, ob er mich sehen kann.

Ich bohre meinen Blick in seinen, so tief ich kann. »Morgan? Hey, bist du noch hier?«

Er nickt, kaum merklich. Vielleicht bilde ich es mir nur ein, vielleicht klärt sein Blick sich auch ein wenig. Zumindest sieht er mich an. »Hat sie es dir gesagt? Warum sie gegangen ist?« Das Kratzen einer kaputten Schallplatte.

Oh, verdammt! Das habe ich nicht kommen sehen. Und ich kann ihn nicht anlügen, schon gar nicht, während wir uns direkt in die Augen sehen. Er würde jedes kleine Flunkern sofort bemerken. Ich bin sicher, dass Nora ihm nicht einfach irgendeine Geschichte aufgetischt hat. Aber ich glaube, dass er es von mir hören will, um Gewissheit zu haben. Das kann ich verstehen, und ich bin bereit, ihm diese Gewissheit zu geben – vergebliche Hoffnung ist nur eine Wunde, der man nicht erlaubt zu heilen –, aber nicht gerade jetzt!

Trotzdem kann ich nicht lügen. Ich schlucke. »Ja.« Auf einmal ist es meine Stimme, die heiser klingt, selbst bei diesem kleinen Wörtchen.

»Dann sag es mir. Sag mir, warum!« In seinen Augen brennt etwas. Seine Stirn an meiner fühlt sich heiß an. In der Küche, da wollte er meine Hilfe, auch wenn es nicht viel war, was ich tun konnte. Jetzt hat er sich anders entschieden. Ich soll ihn in den Abgrund stoßen, ihm den letzten, nötigen Schubs geben ...

Ich winde mich.

»Sag es!« Von seinem Blick geht ein seltsamer Zwang aus.

»Sie hat jemanden kennengelernt«, stoße ich hervor. Ich spüre Tränen auf meinen Wangen, während Morgans Miene geisterhaft leer bleibt. Nur die Augen glühen wie Kohle. Ich würge an den nächsten Worten, weiß, dass er sie hören will, weiß, dass ich sie zurückhalten muss, aber seine Augen brennen sie aus mir heraus, gierig, unerbittlich.

Seine Finger graben sich in meine Schultern, er presst seine Stirn so fest gegen meine, dass mir der Nacken wehtut. »Sag es!« Ein wütendes Zischen.

Jetzt bin ich es, die versucht, sich loszumachen.

»Sag es!« Er schüttelt mich, und die Worte purzeln einfach so hervor.

»Jemanden … jemanden, der so ist wie sie, den sie verstehen kann.« Ich keuche.

Morgan lässt mich los. Seine sonst so weichen Züge sind erstarrte Lava, kantig und schroff, die Augen, eben noch voller Glut, kalte Asche. Er will aufstehen und ich weiß, ich darf ihn nicht aus diesem Zimmer lassen. Denn oben im Schlafzimmer, in dem ich noch gar nicht war, in der obersten Schublade eines Nachttischs, von dem ich nicht weiß, ob es ihn gibt, und den ich trotzdem beinahe vor mir sehen kann, liegt sie. Ich habe ihn ein Mal mit ihr hantieren sehen, in seiner Villa, die Tür zu seinem Arbeitszimmer stand offen. Ich glaube, er hat sie geladen. »Nur ein Spielzeug«, hat er gesagt, als er mich bemerkt hat, und die Pistole in einem Safe verschwinden lassen, der vermutlich für genau diesen Zweck in der Wand eingelassen war.

In meiner Hast, schnell genug hochzukommen, um Morgan den Weg aus der Tür zu versperren, verheddere ich mich und verliere das Gleichgewicht. Ich falle gegen ihn und wir landen beide wieder auf dem Sofa, ich quer auf ihm.

Diesmal ist es kein bloßes Gerangel.

Er versucht, mich wegzustoßen, ich wehre mich, mache mich schwer, kralle mich an ihm fest. Wir rollen herum, jetzt liegt er über mir und ich schlinge meine Beine um ihn.

»Lass mich, verdammt!«

»Nein. Nicht so.« Meine Stimme ist erstaunlich fest, dafür, dass mir immer noch Tränen übers Gesicht laufen.

»Morgan, bitte.« Ich erhasche seinen Blick und versuche, ihn festzuhalten. »So lass ich dich nicht gehen!«

Einen Moment lang starrt er mich nur an, als hätte er nicht die geringste Ahnung, wer ich bin und was ich hier zu suchen habe. Dann sinkt er so plötzlich in sich zusammen wie eine abgestreifte Handpuppe, allem beraubt, was Stabilität gegeben hat und einen Zweck, ein Ziel. Ich gebe ihn frei und er lässt sich neben mich gleiten, vergräbt das Gesicht unter seinem Arm. Ich höre einen einzelnen, halb erstickten Laut, sonst nichts.

Eine Kälte, die nichts mit der Raumtemperatur zu tun hat, lässt mich leise zittern. Keine Ahnung, wie knapp das gerade wirklich war, gut möglich, dass überhaupt nichts weiter passiert wäre. Manchmal will uns der Abgrund gar nicht verschlingen, sondern nur ein bisschen spielen …

Ich schlucke gegen die Schluchzer an, die jetzt machtvoll nach oben drängen, und rutsche so nah wie möglich an Morgan heran. Mein Daumen schiebt sich unter seine Armbeuge und streicht so lange über seine Schläfe, bis er den Arm hebt und seine Finger zwischen meine schiebt. Er zieht meine Hand an seine Brust und hält sie dort fest. Seine Augen zucken fragend über mein Gesicht, hin und her, hin und her. Seine Nase stupst gegen meine und ich stupse zurück.

Ich weiß, was passieren wird, weil es nicht zum ersten Mal passiert. Und wie beim ersten Mal will ich es nicht verhindern. Weil es nicht falsch ist, sondern richtig. Jetzt und hier, in diesem Moment und an diesem Ort, ist es das einzig Richtige. Ich spüre Morgans Lippen auf meinen und erwidere den Kuss. Er ist nicht hungrig, nicht leidenschaftlich. Eigentlich ist er kaum mehr als eine federleichte Ahnung. Und er schmeckt nach Tränen wie unser erster vor zwei Jahren. Trotzdem bleibt es ein Kuss, das will ich nicht leugnen.

Ich kann nicht sagen, wie lange wir anschließend einfach nur so daliegen, Nase an Nase, und uns ansehen, schweigend.

Irgendwann schlüpfe ich aus Morgans Umarmung, flüstere »Bin sofort wieder da«, als er mich festzuhalten versucht, und hole die zusammengelegte Decke vom anderen Ende des Sofas. Ich breite sie über ihn und greife unter den Rand der Sitzfläche. Dieses Riesending hat doch sicher eine Schlaffunktion ... Richtig, das Sofa lässt sich ausziehen. Ein Griff kommt zum Vorschein und klappt eine Liegefläche hoch. Ich krabble zu Morgan unter die Decke, diesmal hinter ihn, wo jetzt deutlich mehr Platz ist, und lege meinen Arm um ihn. Er greift nach meiner Hand und hält sie fest.

Als ich aufwache, weil durch zwei große Fenster und eine Glastür eine Menge sommerliches Licht hereinscheint, hat Morgan sich zu mir umgedreht und sieht mich an. Er hat die Stirn gerunzelt, als würde er über etwas nachdenken. »Ungewohnt. Aber nicht unerfreulich.« Er lächelt.

Äh ... Ungewohnt ist mein Anblick ganz sicher: Ich habe vermutlich einen wenig dekorativen Abdruck vom Sofa auf der Wange, und die Haare, die sich aus meinen Pferdeschwanz gelöst haben, dürften an ein Vogelnest vom letzten Jahr erinnern. Was daran *nicht unerfreulich* sein soll, kann ich nur raten – vielleicht, dass ich wenigstens nicht wie ein Waschbär aussehe, weil ich gestern weder

Eyeliner noch Wimperntusche benützt hatte wie meistens, und deshalb nichts verschmiert sein kann? Andererseits lässt mich der sanfte Ausdruck auf Morgans Gesicht bezweifeln, dass er mir wirklich nur ein fragwürdiges Kompliment machen wollte. Er könnte auch etwas ganz anderes meinen.

Etwas, das manche Dinge, ziemlich viele Dinge sogar, ziemlich verkomplizieren würde. Also ziehe ich lediglich eine Augenbraue nach oben – als ich neun oder zehn war, habe ich das so lange geübt, bis ich es fast so gut konnte wie Mr. Spock – und belasse es bei einem kurzen, hoffentlich unverbindlichen Lächeln.

Wir verbringen den Tag auf der Couch, die ausgezogen bleibt: ein heimeliger Raum im Raum, weich, überschaubar und sicher wie die Kissenburgen, die ich als Kind gebaut habe. Über den eindrucksvollen Flatscreen flimmern Actionfilme, die Sorte, die garantiert ohne Lovestory auskommt. Morgan verfällt ziemlich bald in Schweigen, er scheint kaum etwas von dem mitzubekommen, was auf dem Bildschirm passiert. Einmal fragt er mich, wo jetzt plötzlich der Flugzeugträger herkommt, war man nicht eben noch in irgendwelchen Höhlen unterwegs? Ich erkläre ihm, dass das ein neuer Film ist, seit einer knappen Stunde ungefähr. Er schaut eine Weile zu und driftet dann wieder ab. Das ist in Ordnung, er wird reden, wenn er so weit ist. Und so lange er hier neben mir sitzt, sicher, lasse ich ihn seine Gedanken ausloten, auch die dunklen, irgendwann muss es ohnehin sein.

Während des dritten Films hole ich meinen Laptop, ich sollte zumindest mal einen Blick auf meine Mails werfen. Das meiste sind Newsletter, ein bisschen Werbung, dazwischen eine Nachricht von Maike. Sie fragt, wie ich mit der Übersetzung ihres Psychothrillers vorankomme: Sie haben das Buch gerade zum Spitzentitel befördert und wollen die ersten hundert Seiten so schnell wie möglich intern als Leseprobe verteilen, damit Vertrieb und Marketing sich schon mal erste Gedanken machen können.

Hm. Ich habe schon fast hundertfünfzig Seiten übersetzt, die letzten drei Wochen hatte ich sonst nichts zu tun, das ist also kein Problem. Ich schicke ihr die hundert Seiten und eine dicke virtuelle Umarmung dazu. Maike, mittlerweile chronisch überarbeitete Programmleiterin, war Volontärin, als ich neben meinem Germanistik- und Anglistik-Studium im Albrecht-Verlag gejobbt habe. Ohne sie wäre ich vielleicht doch noch Lehrerin geworden, obwohl mir schon während des Orientierungspraktikums Zweifel gekommen waren.

»Warum wirst du eigentlich nicht Lektorin?«, hat sie mich eines Abends auf einer Party in ihrer WG gefragt. »Dir gefällt's doch im Verlag. Und Autoren können zwar auch Quälgeister sein, haben aber wenigstens die Pubertät schon hinter sich, jedenfalls die meisten. Prost!«

Zwei Wochen später hatte ich ein Sondierungsgespräch beim damaligen Programmleiter, der belustigt festgestellt hat, dass man sich Stellenausschreibungen in Zukunft ja sparen könne, wenn die Volontäre ihre Nachfolger gleich selbst organisieren würden. Sogar das Aufbaustudium ›Literarisches Übersetzen‹ war Maikes Idee: »Das ist bloß ein Jahr, Süße, damit kannst du dir prima was nebenher verdienen, und falls es dir im Verlag doch nicht taugt, machst du dich als Übersetzerin und freie Redakteurin selbstständig.«

Damals hätte ich nicht im Traum daran gedacht, freiwillig auf einen sicheren Job und ein festes Einkommen zu verzichten, aber das zusätzliche Studienjahr war ein willkommener Aufschub, eine gut zu verargumentierende Gnadenfrist, bevor der Ernst des Lebens tatsächlich beginnen würde. Und fünf Jahre später war meine Welt so gründlich auf den Kopf gestellt worden, dass ich bereit war, über so ziemlich alles nachzudenken. Dann kam Stefan. Ohne ihn wäre ich jetzt nicht hier.

Der Gedanke berührt etwas in mir. Er stimmt vielleicht auf eine Weise, mit der ich mich jetzt lieber nicht näher befassen möchte. Vor allem aber gilt er ganz banal im schlichten räumlichen Sinn: Stefan hat mich vor neun Jahren gebeten, mit ihm ins Allgäu zu ziehen, ins Haus seiner Eltern. Wo ich mietfrei wohne. Weshalb ich mich praktisch ohne jedes Risiko selbstständig machen konnte, als mir die tägliche Pendelei nach München zu viel wurde. Es war sogar Stefans Vorschlag, dass ich es doch einfach mal ausprobieren solle. Er war so begeistert von seiner Idee, dass er den Dachboden zu einem schicken Büro hat ausbauen lassen, noch bevor ich mich wirklich entschieden hatte.

Und er war es schließlich auch, der Morgan angesprochen hat.

Es liegt mir fern, an Schicksal zu glauben – ich hänge an der Idee des freien Willens, eines selbstbestimmten Lebens. So beruhigend einerseits die Vorstellung sein mag, dass sich schon alles so fügen wird, wie es von einer – hoffentlich wohlmeinenden – höheren Macht vorgesehen ist: Sie bedeutet andererseits eben auch, dass man keine Wahl hat. Obwohl ich zugeben muss, dass mein Leben rückblickend betrachtet ein wenig so aussieht, als hätte ich im richtigen Moment immer einen Schubs in die richtige Richtung bekommen wie eine glückliche Flipperkugel …

Nur muss ich dann auch Lukas in diese Überlegung mit einbeziehen, denn ohne ihn hätte ich mich wohl kaum auf Stefan eingelassen. Vor Lukas hatte ich sehr idealisierte Vorstellungen davon, wie Liebe sich anfühlen muss, und Stefan hat mich weder mit einem einzigen Lächeln dahinschmelzen lassen noch mein Herz mit jedem Kuss dazu gebracht, Saltos zu schlagen. Was mich zu der Frage bringt, ob ich bei Lukas eigentlich je eine Wahl hatte.

Ich schüttele den Gedanken ab – das ist eine Schublade, die ich definitiv nicht noch mal aufmachen wollte! Außerdem spielt es keine Rolle, Lukas ist seit elf Jahren Vergangenheit. Wenigstens habe ich durch ihn gelernt, was wirklich zählt: Stefan ist für mich da, wenn ich ihn brauche. Das war er vom ersten Moment an. Mit ihm kann ich mich geborgen fühlen, muss mir nicht ständig Sorgen machen, was morgen sein wird. Und er muss meine Gedanken nicht lesen können, um Verständnis für meine Launen zu haben – irgendwie schafft er das auch so, meistens jedenfalls.

Bevor ich richtig rührselig werden kann, klappe ich den Laptop zu und widme mich einer weiteren Einsamer-Rächer-Geschichte, die trotz minutenlangen Schnellfeuers und basslastiger Explosionen nicht in Morgans Gedanken vorzudringen vermag.

Gegen Abend wird er plötzlich unruhig, steht ein paar Mal auf, geht in die Küche hinüber, kommt aber mit leeren Händen wieder zurück. Nach dem dritten oder vierten Mal sagt er: »Ich muss hier raus. Kommst du mit?«

Wir laufen zwei Stunden durch den Wald, bis es beinahe dunkel ist. Manchmal folgen wir den tiefen Furchen, die schwere Fahrzeuge auf Forstwegen hinterlassen haben, die meiste Zeit aber müssen wir hintereinandergehen, weil der Weg kaum mehr als ein Trampelpfad ist. Ich muss mich immer wieder unter tief hängenden, nadelbewehrten Ästen durchducken und habe schon nach zwei oder drei Abzweigungen die Orientierung verloren. Dafür federt der Boden unter jedem Schritt, die Luft ist weich und duftet nach Harz, Moos und Kräutern, mit einer leichten, nicht unangenehmen Modernote, und Morgan scheint genau zu wissen, wo er hin will. Er schlägt ein ziemliches Tempo an, trotzdem kann ich problemlos mithalten. Wahrscheinlich liegt das weniger an meiner vom Joggen gestählten Fitness – obwohl ich mir gern einreden würde, dass meine halbherzigen Trainingseinheiten Wirkung zeigen – als daran, dass wir annähernd gleich groß sind und seine Beine deshalb keinen Längenvorteil haben. Jedenfalls muss ich nicht für jeden seiner Schritte zwei machen wie Nora.

Wir reden nicht miteinander, aber das stört mich nicht, das Schweigen hat nichts Distanziertes oder Unangenehmes, nichts, das einen nach einer Möglichkeit suchen lässt, es zu beenden.

Einmal bleibt Morgan plötzlich stehen, so plötzlich, dass ich fast gegen ihn laufe. »Danke, dass du da bist.«

Ich lächle und wir gehen weiter, wieder schweigend.

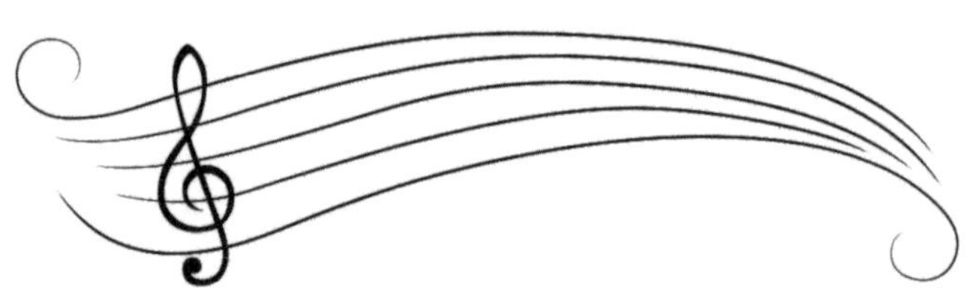

Vier

Meine zweite Nacht hier verbringe ich in einem sehr bequemen Bett in einem Gästezimmer im ersten Stock. Als ich morgens nach unten komme, ist bereits der Tisch auf der Veranda gedeckt. Der ausladende Anbau aus dunklem, leicht rötlichem Holz zieht sich über die gesamte Rückseite des Hauses und ist etwa zur Hälfte überdacht, sodass man auch bei Regen draußen sitzen kann. Sowohl von der Küche als auch vom Wohnzimmer führt eine Tür nach draußen.

Auf dem großen Glastisch, der ganz vorne ans Geländer gerückt ist, damit man die Aussicht genießen kann, steht ein Sektkühler mit einer Flasche, um deren Hals ordentlich gefaltet ein weißes Handtuch liegt. Außerdem entdecke ich einen Teller mit dicken, dampfenden, echt amerikanischen Pancakes, daneben frische Erdbeeren und eine Flasche Ahornsirup. Langsam wird Morgan mir unheimlich. Wenigstens ist er barfuß und steckt in derselben ausgebeulten alten Jeans wie gestern schon, das mindert den Eindruck von surrealer Perfektion so weit, dass ich mich wieder entspanne.

Ich war noch gar nicht richtig hier draußen, abgesehen von unserem Spaziergang gestern, und bewundere trotz des verführerischen Duftes den Blick über ein großes Stück Wiese, auch hier knapp ein Meter hoher Wildwuchs mit bunten Farbtupfern von Hahnenfuß, Klatschmohn, Kornblumen, Wiesenschaumkraut und etlichen anderen Blumen, deren Namen ich nicht kenne. Es gibt keinen Zaun, das unregelmäßige Viereck wird auf drei Seiten einfach von Wald begrenzt. An den Längsseiten, auf die Veranda zu, wird die Ansammlung von Bäumen immer luftiger, bis sie dem hellen Laubwald gleicht, der die Zufahrtsstraße vor dem Haus säumt. Am gegenüberliegenden Ende der Wiese, dort, wo der Trampelpfad verschwindet, den wir gestern genommen haben, erhebt sich dagegen eine grüne Wand, die viel dichter und auch irgendwie älter wirkt.

»Abends kommen manchmal Rehe bis fast an die Veranda«, sagt Morgan.

Er muss mich nicht fragen, ob es mir hier gefällt: Ich schätze, das sieht man. Ein bisschen fühle ich mich wie an einem dieser zeitlosen Orte in manchen Märchen.Es fällt leicht zu vergessen, dass jenseits des Waldes eine andere Welt existiert. Eine Welt, in der ich eine andere bin: rational; planvoll; kontrolliert. Aber hier, mit Morgan ... Morgan kann man weder planen noch steuern, das war so ziemlich das Erste, was ich über ihn gelernt habe. Mit ihm muss man sich einfach treiben lassen und sehen, was passiert. Ich betrachte es als kleine Auszeit vom Alltag, eine Art Abenteuerurlaub. Morgan zieht mir mit großer Geste einen Rattansessel zurück, der dafür nicht gedacht ist und vernehmlich über die Holzdielen scharrt. Seine Augen blitzen, irgendetwas hat er vor. Ich schmunzle über seine gute Laune und hoffe, dass sie eine Weile anhält. Er kann eine Pause brauchen, so, wie er aussieht: Seine Haut wirkt immer noch grau, und die Schatten unter seinen Augen verraten mir, dass er die letzte Nacht wohl eher mit Grübeln als mit Schlafen zugebracht hat.

Als wir fast fertig sind mit Frühstücken und ich mich schon frage, ob ich mich getäuscht habe und er gar nichts weiter plant, lehnt Morgan sich zurück und schaut mich an. Seine Augenbrauen tanzen auf und ab, als wollten sie mir geheime Signale übermitteln.

Ich lache. »Na los, sag's schon!«

»Was hältst du von einem Ausflug, bei diesem traumhaften Wetter? Zufällig kenne ich einen See in der Nähe, den man gesehen haben muss, wenn man schon den weiten Weg hier raus gemacht hat – vor allem als Frau.« Er macht eine bedeutungsvolle Pause und sagt dann vollkommen ernst: »Wenn du einen Frosch da reinschmeißt, kommt er als Prinz wieder raus. Du musst nur weit genug werfen können. Daran scheitert es bei euch ja leider meistens, an der Wurftechnik.«

Ich schaffe es mit Müh und Not, den Schluck Sekt mit Orangensaft, den ich eben genommen habe, herunterzuschlucken, statt ihn quer über den Tisch zu prusten. Morgans Gesicht ist ein einziges Leuchten. Weil er mich zum Lachen gebracht hat. Der Gedanke lässt mich blinzeln und ich hoffe, dass er meine feuchten Augen für eine Nebenwirkung des Beinah-Erstickungsanfalls hält.

»Und was bringt dich auf die Idee, dass ich einen Prinzen wollen würde?«, frage ich, als ich endlich wieder Luft bekomme.

»Oh – hast du etwa schon einen?«, fragt Morgan zurück.

Ein Blick in seine Augen, die mich mit beunruhigendem Ernst fixieren, gibt mir das Gefühl, dass seine Worte sehr viel unschuldiger klingen, als sie gemeint sind. Ich sortiere das Besteck auf meinem Teller und zucke die Achseln. »Ich stehe nicht so auf Pferdemist im Garten und Rostflecken auf der Wäsche«, sage ich und rette mich auf sicheren Grund: »Wie kommen wir denn da überhaupt hin, zu deinem verwunschenen See, können wir laufen?« Schließlich war da ja die Sache mit den Autos, die nicht in der Einfahrt stehen, und eine Garage, wo eines versteckt sein könnte, habe ich nirgendwo gesehen.

Morgan lächelt geheimnisvoll. »Nein, zum Laufen ist es leider etwas zu weit.«

»Also …«, setze ich an, aber Morgan wedelt mit der Hand.

»Husch, ab ins Bad mit dir, geh duschen oder was immer du vor Ausflügen so machst. Lass dich einfach überraschen!«

Duschen ist gar keine so schlechte Idee, wenn wir vielleicht den ganzen Tag unterwegs sind. Mein Gästezimmer hat selbstverständlich ein eigenes Bad, das kenne ich ja schon aus Morgans Villa, sonst wäre ich vermutlich ziemlich beeindruckt gewesen, auch wenn es nicht besonders groß ist. Wahrscheinlich habe ich es Nora zu verdanken, dass sich in einem Wandregal mit beleuchteten Glasböden eine Auswahl von Duschcremes befindet, die keine Wünsche offenlässt. Sie selbst hat immer mindestens fünf oder sechs verschiedene Sorten gleichzeitig in Gebrauch, weil sie sich gern nach Lust und Laune für einen Duft entscheidet. Ich verwende eigentlich seit Jahren dasselbe Produkt, aber als ich jetzt vor den bunten Flaschen stehe, überkommt mich doch der Spieltrieb. Ich öffne eine nach der anderen, drücke sie in der Mitte leicht zusammen und lasse die Aromen in meine Nase steigen. Auf diese Weise bin ich gerade bei ›Caribbean Summer‹ angelangt, nachdem ich eine sehr verführerisch duftende Sorte namens ›Sheabutter & Weiße Orchidee‹ für die engere Auswahl zur Seite gestellt habe, als ich mein Handy klingeln höre. Wenn es sich nicht im Ruhemodus befindet, macht es mich mit misstönendem Schrillen auf sich aufmerksam, weil ich mich einfach nicht für einen Song als Klingelton entscheiden kann und die systemeigenen Glocken und Naturgeräusche viel zu leise und dezent sind.

Allerdings passt das Schrillen ausgezeichnet zu den Gefühlen, die es bei mir auslöst: Schuld, Reue, Ärger über mich selbst, eine leise Angst. Verdammter Mist! Stefan! Ich habe ihn weggedrückt – wann, vorgestern Abend? – und dann völlig vergessen, ihn zurückzurufen. Oder ihm wenigstens eine Nachricht zu schicken. Das wollte ich in Ruhe machen, später, aber es gab ja gar kein Später, ich konnte doch Morgan nicht allein lassen …

Aber gestern hättest du genug Zeit gehabt.

Ja, verdammt! Ich greife nach dem Telefon, bekomme das Display erst im zweiten Versuch entsperrt und melde mich hastig: »Stefan? Schatz? Hi. Tut mir leid, ich wollte mich längst melden, aber …« Weiter komme ich nicht.

»Gut. Du lebst also noch«, unterbricht mich Stefan. Und legt auf.

Ich rufe ihn sofort zurück, aber er geht nicht ran. Auch beim zweiten und dritten Mal nicht, also hinterlasse ich ihm eine Nachricht: »Hey. Tut mir wirklich leid. Ich wollte nicht, dass du dir Sorgen machst. Ich hätte dich anrufen müssen, das war rücksichtslos von mir. Hier ist es nur ganz schön drunter und drüber gegangen, vor allem vorgestern. Morgan ist wirklich fertig wegen Nora. Ich hab immer noch Angst, dass er ... irgendwas Dummes macht. Ich weiß, dass du das verstehst. Nora hätte mich sicher nicht gebeten, nach ihm zu sehen, wenn sie das nicht auch befürchten würde, und sie kennt ihn lang genug. Ich ruf dich heute Abend wieder an, okay? Dann können wir ...« Ein Piepton signalisiert mir, dass meine Zeit abgelaufen ist. Na ja. Den Rest wird er sich denken können.

Ich schlüpfe unter die Dusche und bleibe ein bisschen länger drin als nötig, wasche die schlechte Stimmung ab, mit der ich Morgan nicht belasten will, den Ärger auf mich selbst – und ein kleines bisschen auch auf Stefan, wegen dieses blöden Spruchs und seines kindischen Nicht-ans-Telefon-Gehens. Das passt eigentlich überhaupt nicht zu ihm. Ja, ich hätte anrufen sollen. Es tut mir ja auch leid. Aber wir sind doch wohl erwachsen genug, dass wir vernünftig über so etwas reden können, oder nicht? Schließlich weiß er, wo ich bin. Ich habe mich doch nicht mitten in der Nacht heimlich aus dem Haus geschlichen. Mal abgesehen davon, dass er mein Fehlen vorm Fernseher abends kaum bemerkt haben dürfte: Wenn er nicht noch *ein paar* Mails beantwortet, surft er nebenher in irgendwelchen Blogs, auf Newsseiten oder hat eine seiner Fachzeitschriften auf dem Tablet. In seiner Position müsse er eben auf dem Laufenden bleiben. Ich weiß ja, wie viel ihm sein Job bedeutet, wie hart er dafür gearbeitet hat. Und ich gönne ihm, dass er so darin aufgeht. Aber dann soll er sich bitteschön nicht so anstellen, wenn ich mal ... Ich bremse mich selbst, weil ich merke, dass ich mich gerade in meinen Ärger hineinsteigere, statt ihn loszuwerden. Über Stefan kann ich auch später noch nachdenken, wenn ich mich wieder beruhigt habe. Also hopp, weg mit den hässlichen Gedanken, und Mundwinkel nach oben!

Als ich diesmal die Treppe hinunterkomme, steht die Haustür halb offen. Ich lasse mich zu einem neugierigen Blick verführen und sehe Morgan – lässig an einen seidig schwarz schimmernden Mustang Fastback gelehnt, dem ich direkt über die wuchtige, tief nach unten gezogene Schnauze streichen möchte. Morgan setzt eine schwarz verspiegelte Sonnenbrille auf – soll die zum Wagen passen, ist das ein Tick wie bei Frauen mit Schuhen und Handtasche? – und ruft mir zu, ich möge Mund und Haustür schließen und meinen hübschen Hintern ins Auto schwingen, damit wir endlich loskönnen.

Inzwischen kenne ich ihn lang und gut genug, um genau das zu tun, was man in so einer Situation mit ihm am besten tut: Ich ziehe die Haustür hinter mir zu und schwinge meinen »hübschen Hintern« ins Auto, ohne weitere Fragen zu stellen.

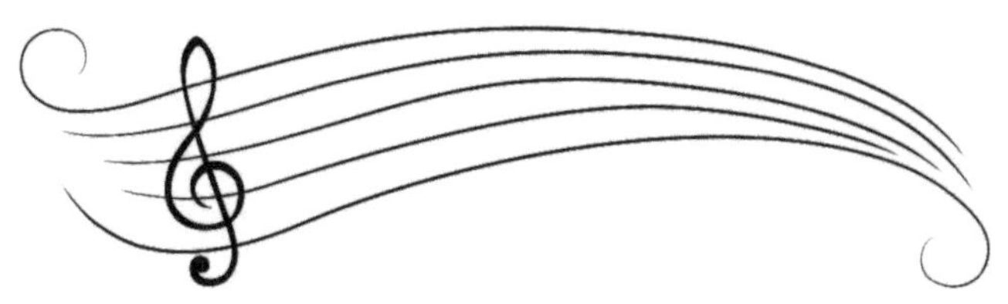

Fünf

Bislang habe ich nicht sonderlich auf die Musik geachtet, die von einer Speicherkarte im Audiosystem des Mustang kommt, bis ich die ersten Takte von ›Damaged People‹ von Depeche Mode erkenne. Morgan singt leise mit, und ich spüre die vertraute Gänsehaut über meine Arme kriechen.

»Du bist Mode-Fan?«, frage ich, halb ehrlich überrascht, halb, um mich selbst abzulenken.

Er antwortet nicht sofort, drückt erst auf einen Knopf am Lenkrad, um die Musik etwas lauter zu machen. »Die Jungs waren unsere Vorbilder, als Alex, Sven und ich Ende '85 angefangen haben, zusammen Musik zu machen«, sagt er dann. »Sie entwickeln sich kontinuierlich weiter, ohne sich dabei untreu zu werden oder ihren unverkennbaren Stil einzubüßen. Das beeindruckt mich. Und dass sie ihr Ding durchziehen, auch wenn es mal Kritik gibt. Na ja, sie können sich's natürlich leisten. Könnten wir aber auch. Finanziell haben wir doch längst ausgesorgt, auch ohne Nummer-eins-Single in Deutschland. In Japan und Südamerika konnten wir Anfang der Neunziger gar nicht genug Konzerte spielen. Und keiner von uns war so dumm, die Kohle auf den Kopf zu hauen, soweit ich weiß.«

Morgan verstummt.

Das klang nicht so, als ob es ihn stört, dass der ganz große Erfolg hier ausgeblieben ist. Die letzte Tour war zwar fast vollständig ausverkauft – in einigen Städten hätten No Way! durchaus auch noch größere Hallen füllen können –, allerdings dürfte das wenigstens zum Teil einer Art musikalischer Nostalgie-Bewegung geschuldet sein: Die Achtziger sind in. Nur umgekehrt bedeutet das eben auch, dass die Leute vor allem die alten Sachen hören wollen. Tatsächlich haben No Way! vor zwei Jahren nur drei Songs aus dem neuen Album gespielt. Anscheinend war das nicht Morgans Idee. Ich möchte ihn gerade danach fragen, als er den Wagen rasant in eine enge Kurve legt. Die Fliehkraft drückt mich gegen die rechte Seitenwange des Ledersitzes und ich schnappe unwillkürlich nach Luft.

»Na was denn«, lacht Morgan, »du wirst doch wohl keine Angst haben!«

Ich funkle ihn an, während er bereits durch die nächste Kurve jagt – kurz bricht das Heck aus, dann hat er den Wagen wieder gefangen und jauchzt wie ein kleiner Junge.

Ich ziehe scharf die Luft ein. »Morgan ...«

»Was denn, was soll denn schon passieren?«

»Dass wir in den Graben stürzen, zum Beispiel?« Die Straße ist schmal, ohne Mittelstreifen, kurvig und unübersichtlich. Rechts ragen hohe Bäume auf, auf der linken Seite geht es mehrere Meter eine grasbewachsene Böschung hinunter. Unten steht ebenfalls Wald.

Morgan gibt noch etwas mehr Gas, als wollte er mich provozieren. »Und was wäre so schlimm daran?« Seine Stimme klingt sachlich, fast kalt. Jetzt sieht er zu mir herüber, statt auf die Straße zu achten.

Beinahe hätte ich, ganz spontan, mit »Nichts« geantwortet. Beinahe hätte ich es auch so gemeint, wenn auch nur für eine Sekunde – eine Reminiszenz an alte Zeiten. Stattdessen starre ich Morgan nur an, weil es heuchlerisch wäre, ihn zu fragen, wie er so etwas bloß sagen könne. Ich kenne die Antwort viel zu gut.

Es gibt Tage, da drängt sich die Frage einfach auf. Was wäre so schlimm daran, wenn es kein morgen gäbe? Keine endlose Wiederholung von gesterns, eine Albtraumversion von ›Täglich grüßt das Murmeltier‹, aber ohne die Chance, etwas daraus zu lernen und es besser zu machen. Vollkommen sinnbefreit.

Es gibt Tage, da sucht man einfach nur nach einem Ausgang, in einem leeren quadratischen Raum ohne Fenster und Türen. Nach einem einzigen Moment der Selbstbestimmung.

Ich habe geglaubt, ich hätte all diese Gedanken weit hinter mir gelassen, zusammen mit Lukas – aber plötzlich sind sie wieder da, melden sich mit einem Lächeln zurück, als hätten sie nur ein paar Jahre Urlaub gemacht. ›Damaged People‹ ... sind wir das nicht alle irgendwie?

Was wäre so schlimm daran? Vielleicht alles, vielleicht gar nichts. Ich habe keine Antwort auf diese Frage, jedenfalls keine, die ehrlich wäre. Außer vielleicht ... *Dass du das morgen möglicherweise anders siehst,* will ich gerade sagen, als Morgan plötzlich scharf auf die Bremse tritt. Ein Reh springt vor uns über die Straße, am helllichten Tag. Die Reifen erzeugen ein grelles, schmerzhaft hohes Geräusch auf dem Asphalt, es riecht nach verbranntem Gummi und noch etwas anderem, Beißenderem, das von den Bremsen kommen muss. Ich werde erst in den Sitz gedrückt und dann von rechts nach links und wieder zurück geworfen, als der Wagen ins Schleudern gerät, sich dreht, sich der Böschung nähert, als wollte er abheben und fliegen lernen.

Es heißt, in solchen Momenten würde man sein Leben oder die wichtigsten Szenen daraus vor seinem inneren Auge ablaufen sehen. Aber ich sehe gar nichts. Mein Kopf ist leer, da sind keine Gedanken, nur nackte, heiße Angst. Und darunter, gut verborgen, aber eben nicht ganz, etwas zutiefst Unwillkommenes, das mir noch mehr Angst macht: eine morbide Neugier.

Wir fahren eine weitere Runde Karussell, es ist ein Kettenkarussell, das uns weit über den Abgrund hinausschwingt, so weit, dass ich zwischen meinen Füßen hindurch mitten hinein in bodenloses Schwarz blicke. Unwillkürlich beuge ich mich nach vorn, um eine bessere Sicht zu haben ... Da dreht der Mustang sich ein letztes Mal um seine eigene Achse, rutscht rechts auf die Bäume zu und kommt schließlich ruckelnd zum Stehen.

Mein Herz jagt. Ich ringe nach Luft, als hätte ich einen Zweihundert-Meter-Sprint hinter mir. Ich habe die Augen geschlossen, den Kopf an der Kopfstütze, und versuche, irgendwie Atem und Puls zu beruhigen. Ich höre die Autotür, höre Morgans Stimme, aber alles wird von einem brandungsartigen Rauschen in meinen Ohren überlagert, sodass ich keine Worte verstehe. Dann wird die Tür auf meiner Seite geöffnet, mein Gurt gelöst, und ich werde halb aus dem Auto gehoben, halb gezogen. Morgans Aftershave hüllt mich ein: würziger Nadelwald mit einer Prise Honig und einer starken Patschuli-Note.

»Franziska? Was ist los, bist du verletzt? Bitte sag irgendwas ...« Das Rauschen hat nachgelassen, und die Panik in Morgans Stimme bringt mich dazu, schlagartig die Augen zu öffnen. Sein Gesicht schwebt über mir, er kniet am Straßenrand, hält mich halb aufrecht. »Gott sei Dank!«, wiederholt er meine Worte von vorgestern und drückt mich an sich.

Jetzt sind wir quitt, möchte ich denken, aber so einfach ist es nicht. Ich frage mich, was Morgan getan hätte, wenn ich nicht neben ihm gesessen hätte. Wozu er fähig wäre, in einem einzigen, unbedachten Augenblick. Der Gedanke bringt das Rauschen in meinen Ohren zurück, also schicke ich ihn fort. Das kann ich jetzt nicht brauchen! Ich warte noch einen kleinen Moment, dann schiebe ich Morgans Arm sacht zur Seite. »Schon gut, ich war nur kurz weggetreten, alles okay.«

Wir stehen beide auf, klopfen uns den Staub von den Kleidern. Morgan tritt nach einem Stein am Straßenrand, trifft aber vor allem den Boden. »Ich bin so ein Idiot!«

Da möchte ich ihm gar nicht unbedingt widersprechen, nicht gerade jetzt, trotzdem sage ich: »Für das Reh konntest du nichts.«

»Wenn ich langsamer gefahren wäre …«

»Hätte, wäre, wenn«, unterbreche ich ihn, »damit fangen alle überflüssigen Sätze an. Was passiert ist, ist passiert. Schau nach vorn und mach's einfach nicht noch mal.«

Er wirft mir einen Seitenblick zu. »Wenn das Leben bloß so einfach wäre!«

»Ist es nicht – aber das ist kein Grund, es nicht wenigstens zu versuchen.«

Morgan schnaubt. »Manchmal machst du mich echt wahnsinnig mit diesen Sprüchen, weißt du das?« Er versucht sich an einer finsteren Miene, was ihm eher mäßig gelingt: eine wohlmeinende Vier auf einer Skala von eins bis zehn, würde ich sagen.

Ich kann mir das Grinsen nicht verkneifen. »Oh ja! Und weißt du was? Es macht mir Spaß!«

Jetzt lachen wir beide, Morgan packt mich in einer Art Judogriff, lässt mich aber sofort wieder los, als ich mich nicht wehre. Dann hält er mir die Autotür auf. »Wollen wir weiter? Wir sind fast da, wäre doch blöd, jetzt umzudrehen.«

Für die restliche Strecke bleibt Morgan unter den erlaubten achtzig km/h und aus den Boxen fragt Dave Gahan mich, ob ich bereit sei, den Schmerz anzunehmen, wieder und wieder, und ihn zurückzugeben. Als ich sechsundzwanzig war und die Beziehung mit Lukas ihren leidvollen Höhepunkt erreicht hatte, bevor sie zwei Jahre später endgültig zerbrach, war ›Strange Love‹ ganz weit oben auf der Liste meiner Lieblingssongs. Ich weiß allerdings nicht, warum mein Blick jetzt zu Morgan zuckt, der sich vorbildlich auf die Straße konzentriert. Oder vielleicht will ich es auch einfach nur nicht wissen.

Der See war die ungewollt abenteuerliche Anreise definitiv wert und hält alles, was Morgan versprochen hat: Eine Wiese führt vom Parkplatz, der eigentlich nur eine gekieste Fläche neben der Straße ist, hinunter ans Ufer. Im türkisfarbenen Wasser spiegeln sich die weißen Stämme der Birken, die das Ufer auf der anderen Seite säumen, und ein paar bauschige Schäfchenwolken.

Außer uns ist kein Mensch hier, obwohl das Gras gemäht ist wie an einem gut besuchten Badesee. Morgan wirft mir eine Picknickdecke und zwei Handtücher zu, die ich auf einem ebenen Fleckchen ausrolle und glatt streiche, während er eine gigantische Kühlbox aus dem Kofferraum des Mustang wuchtet. Sehr viel mehr hätte da wohl auch nicht reingepasst, schätze ich. Aus der Kühlbox kommen verschiedene Sandwiches zum Vorschein, klein geschnittenes Obst mit Käsewürfeln, ein asiatischer Nudelsalat, Fleischbällchen in scharfer Soße, eine große Flasche stilles Wasser und, ganz zuunterst, zwei Flaschen Wein.

Morgan lacht über meinen verdutzten Gesichtsausdruck.

»Wo kommt das ganze Zeug bloß her?«, wundere ich mich, weil ich ganz sicher bin, dass es nicht im Kühlschrank stand, aus dem ich erst heute Morgen eine Packung Milch und eine Flasche Orangensaft fürs Frühstück geholt habe.

»Da, wo auch das Auto herkommt: liefern lassen, während du im Bad warst. Also bestellt habe ich die Sachen natürlich ein bisschen früher, ich glaube, es war so gegen vier. Das Internet macht's möglich.«

Damit wäre also zumindest mal das Rätsel gelöst, womit er seine Nächte verbringt ...

»Es hat definitiv Vorteile, wenn man mehr Geld hat, als man braucht«, meint Morgan mit einem Achselzucken.

Sven hat mir von den jährlichen Spenden erzählt, die No Way! der Tafel und einer Hilfsorganisation für Aids-Waisen in Afrika zukommen lässt, als er uns letztes Jahr zu seinem fünfzigsten Geburtstag alle für eine Woche in sein Haus in Norwegen eingeladen hat. Als müsse er sich dafür entschuldigen, dass er sich so etwas leisten kann.

Anders als Morgan und Alex hat er sich nie eine Villa zugelegt und wird seinen alten Mercedes Kombi wohl fahren, bis er auseinanderfällt. Der Mercedes natürlich, nicht Sven; ich bin allerdings ziemlich sicher, dass das Auto weniger ein Zeichen von Sparsamkeit ist, sondern eher Ausdruck einer gewissen Sturheit – irgendwie würde das zu Sven passen.

Morgan scheint es gleichgültig zu sein, welchen Eindruck sein Umgang mit Geld auf andere macht. Tatsächlich glaube ich sogar, dass ihm das Geld selbst relativ gleichgültig ist. Es hat Vorteile, nicht mehr und nicht weniger. An guten Tagen ist er einfach glücklich darüber, dass er das tun kann, was er liebt, und auch noch davon leben. An schlechten hat er Angst davor, nicht gut genug zu sein. Wie wir alle. Und dabei geht es nicht um Erfolg oder Geld als messbares Zeichen von Erfolg. Dabei geht es darum, was man von sich selbst erwartet. Und was die Menschen denken, die wirklich zählen. Nora zum Beispiel.

Als Morgan mir ein Glas in die Hand drückt und die erste Flasche Wein öffnet, fällt mir unser Sektfrühstück heute Morgen ein: Er hat zwar mein Glas, in dem wenigstens am Anfang zur Hälfte O-Saft war, zwei oder drei Mal nachgefüllt, ich bin aber trotzdem ziemlich sicher, dass er den Löwenanteil der Flasche bekommen hat. Nur werde ich ihm jetzt ganz sicher nicht die Freude verderben, indem ich eine Unterhaltung über seinen Alkoholkonsum anfange. Vielleicht kann ich nachher einfach zurückfahren. Ich bin zwar noch nie einen Wagen mit Automatikgetriebe gefahren, aber so schwer kann das ja nicht sein.

Wir verbringen den Nachmittag damit, uns zu sonnen, die Wolken zu beobachten und über alles zu reden außer Nora. Morgan erzählt, dass er Sven an der Highschool kennengelernt hat, als Sven Austauschschüler war. Sie haben den Kontakt nie ganz verloren, und als Morgan zwei Jahre später beschlossen hat, sein Jurastudium zu schmeißen und Musiker zu werden, ist er wegen Sven zurück nach Deutschland gegangen. Vermutlich auch, um eine gewisse Distanz zwischen sich und seinen Vater zu bringen, aber das ist ein Thema, das ich selbst dann nicht anschneiden würde, wenn Nora hier neben uns säße.

Stattdessen könnte ich die Gelegenheit nützen, mehr über Sven in Erfahrung zu bringen, der von sich aus in etwa so mitteilsam ist wie ein Block Granit.

Alex ist jetzt seit zweiundzwanzig Jahren verheiratet, Susanne und die beiden Kinder habe ich vor anderthalb Jahren in Florida kennengelernt – Nora hat es geliebt, die Villa voller Leute zu haben. Susanne sagt, was sie denkt, lacht gern und zieht ihren *berühmten* Mann eher mal auf, als ihn anzuhimmeln. Vielleicht liegt darin der Grund für Alex' Misstrauen Nora gegenüber: Sie war eben schon ein Fan, als sie Morgan kennengelernt hat. Genau wie ich. Hm. Dann müsste Alex auch von mir denken, dass es mir mehr um den Star als um den Menschen geht, oder? Oje. Offenbar bin ich schon wieder dabei, einen annähernd perfekten Sommertag mit unsinnigen Gedankenspiralen einzutrüben.

Also zurück nach Florida: Alex' Sohn Jack – der eigentlich Jakob heißt, aber nicht so genannt werden will – war damals ein ziemlich cooler Siebzehnjähriger, der das Talent seines Vaters zum Gitarrespielen geerbt hat. Selbst deutlich ältere Strandschönheiten lagen ihm praktisch zu Füßen, für uns Oldies ein Quell ständiger Erheiterung. Emily müsste zwölf oder dreizehn sein, eine liebenswürdige kleine Prinzessin, die definitiv mindestens ihren Vater um den kleinen Finger gewickelt und fest verknotet hat, auch wenn Alex sich alle Mühe gibt, sich das nicht anmerken zu lassen.

Sven hatte eine Freundin dabei, deren Namen ich vergessen habe. Er hat wohl früh geheiratet, ist aber schon seit vierzehn Jahren wieder geschieden. »Ein Mal war gut, ist aber auch genug« war die einzige Äußerung, die ich ihm dazu entlocken konnte. Und als ich es bei Nora versucht habe, hat sie mich mit gespielter Überraschung angeschaut und ihre perfekt gezupften Brauen gehoben. »Sven? Meinst du den langen Glatzkopf, der ab und an mit Morgan im Keller verschwindet? Ich glaube, der trinkt lieber Bier als Wein. Alles andere musst du den großen Schweiger selbst fragen, fürchte ich.«

»War Sven eigentlich schon immer so verschlossen?«, versuche ich jetzt also mein Glück bei Morgan.

»Verschlossen? Wie kommst du denn darauf?« Morgan klingt ehrlich erstaunt.

»Na ja, also, ich weiß eigentlich so gut wie nichts über ihn. Er scheint nicht gern über sich zu reden …« Plötzlich ist mir meine Neugierde peinlich. Vielleicht will Sven ja auch nur *mir* nichts von sich erzählen – weil es mich nicht das Geringste angeht.

»Er mag dich, falls es das ist, was du wissen willst«, sagt Morgan.

Ich spüre eine verräterische Hitze auf den Wangen.

Morgan lacht leise. »Am Anfang habe ich mich gefragt,

ob das seine Masche bei euch Frauen ist. Funktioniert offensichtlich ziemlich gut.«

Der vernichtende Blick, den ich ihm zuwerfe, prallt an den verspiegelten Gläsern seiner Sonnenbrille ab.

Morgan trinkt einen Schluck Wein, dann setzt er die Brille ab und schaut mich an. »Sven ist praktisch wie ein Bruder für mich – vielleicht, weil wir etwas gemeinsam haben, das weit über die Liebe zur Musik hinausgeht. Du hast einen seltsamen Instinkt für so was, weißt du das?«

Ich schüttele den Kopf, obwohl ich sehr wohl ahne, was er meint. Aber das, was jetzt kommen muss, will ich bestimmt nicht hören. Ich wünschte, ich hätte nicht gefragt.

»Ich sage dir das, weil ich weiß, dass er dich gernhat: Sven hatte eine kleine Schwester. Als sie fünf Jahre alt war, ist sie von einem Auto erfasst worden, mitten auf einem Zebrastreifen. Zwei Jahre später haben seine Eltern sich scheiden lassen. Sie haben sich gegenseitig die Schuld gegeben.« Morgan seufzt. »Ich kann nicht sagen, ob er deswegen so zurückhaltend mit Worten ist, weil er früh gelernt hat, was sie anrichten können. Jedenfalls weißt du jetzt, dass er nicht verschlossen ist. Nur vorsichtig.«

Ich muss schlucken und nicke, und Morgan lässt seine Augen wieder hinter der Sonnenbrille verschwinden, steht auf und geht zum See hinunter.

Am Ufer bleibt er stehen, schaut einen Moment aufs Wasser, dann dreht er sich um und legt den Kopf schief. »Wir müssen dir noch einen Frosch suchen.«

Ich stehe ebenfalls auf, tue, als würde ich mich umsehen, und schlendere dabei möglichst unauffällig zu ihm hinüber. »Ich glaube, hier sind keine – aber ich wüsste zu gern, was ich bekomme, wenn ich einen Musiker ...«

Weiter komme ich nicht, weil Morgan mich packt und über seine Schulter legt. »Ein kühles Bad!«, ruft er, während er ins Wasser läuft, das nach allen Richtungen wegspritzt. Als es gut hüfttief ist, lässt er mich fallen. Ich quietsche, gehe unter und komme prustend wieder hoch. In Ermangelung eines Bikinis habe ich mein T-Shirt angelassen, das jetzt wie eine zweite Haut an mir klebt. Ich streiche mir ein paar nasse Haarsträhnen aus den Augen, dann ziehe ich die Handkante übers Wasser und lasse einen Schwall auf Morgan niedergehen, der sich vor Lachen kaum auf den Beinen halten kann.

Das Wasser ist herrlich, so klar, dass ich mühelos die Kieselsteinchen zwischen meinen Zehen erkennen kann, und weich wie Samt. Also lasse ich mich einfach wieder nach hinten kippen und unter die Oberfläche sinken. Der dünne Stoff meines T-Shirts treibt um mich herum, bläht sich mit jeder Bewegung auf und sinkt wieder in sich zusammen. Ich gleite durch flüssiges Licht, über mir leuchtet der Himmel nur leicht verzerrt wie durch eine dicke alte Glasscheibe. Ich atme durch die Nase aus und sehe dem Strom von Luftbläschen zu, der von mir weg nach oben steigt. Ich kann mich nicht erinnern, wann ich meinen Körper zuletzt so bewusst wahrgenommen habe: den nassen Stoff, der immer wieder über meine Haut reibt, das Zusammenspiel der Muskeln, die Arme und Beine in perfekter Harmonie bewegen, gegen den sanften Widerstand des Wassers, das gleichzeitig ein Stück Schwerelosigkeit ist. Ich möchte lachen und tauche endlich wieder auf, lasse weiche Sommerluft in meine Lungen strömen und anschließend meine Freude hinaus in die Welt tragen.

Morgan schwimmt auf mich zu. Wir kraulen gemeinsam bis zur Mitte des Sees und drehen gleichzeitig um, als hätten wir uns abgesprochen. Ich lasse mir Zeit auf dem Rückweg, Morgan hat es sich schon wieder auf der Picknickdecke bequem gemacht, während ich noch am Ufer stehe und Haare und T-Shirt auswringe. Nach kurzem Zögern ziehe ich das Shirt aus und lege es zum Trocknen ins Gras – meine schlichte schwarze Unterwäsche zeigt auch nicht mehr als jeder Bikini.

Morgan beobachtet mich mit einem breiten Grinsen, verzichtet aber auf einen Kommentar. Ich habe mich gerade hingelegt und die Augen zugemacht, um mich von der Sonne an diesen trägen, warmen Ort zwischen Wachen und Schlafen entführen zu lassen, als er sagt: »Du bist mir noch eine Geschichte schuldig.«

Ich blinzle. »Äh ...«

»Komm schon – irgendwelche Jugendsünden? Streiche in der Schule? Wilde Partys?«

Damit kann ich nun leider überhaupt nicht dienen, ich fürchte, ich hatte eine ziemlich langweilige Jugend. Das will ich Morgan gerade sagen, als mir doch noch etwas einfällt. Also erzähle ich ihm, wie ich mich ein Mal abends aus dem Haus geschlichen habe und in die Stadt getrampt bin, weil meine Eltern mich nicht ins Kino bringen wollten.

Morgan will wissen, welcher Film mir so wichtig gewesen sei.

»›Der mit dem Wolf tanzt‹«, sage ich. »Und bevor du fragst: Er war die zwei Monate Hausarrest auf jeden Fall wert!«

»Eine Ausreißerin also«, neckt mich Morgan. »Wer hätte das gedacht!«

Tja. Da habe ich tatsächlich mal was riskiert, mit vierzehn. Bin ich im Lauf der Jahre feige geworden? Oder vernünftig? Wo zieht man die Grenze?

»Ich schätze, man bereut im Leben eher die Dinge, die man sich nicht getraut hat, als die, für die man vielleicht mal Hausarrest bekommt«, sagt Morgan neben mir leise. Er liegt auf dem Rücken, die Arme unter dem Kopf verschränkt. Die spiegelnden Brillengläser verbergen seine Augen, trotzdem bin ich sicher, dass er nicht mich ansieht, sondern irgendwo hinter die Weite des unglaublich blauen Sommerhimmels. Vielleicht spricht er eher mit sich selbst als mit mir. »Warum lassen wir uns dann so oft davon abhalten, es einfach zu versuchen?«, fügt er hinzu, noch leiser und ohne den Kopf zu drehen oder eine Antwort zu erwarten.

Was könnte ich darauf auch entgegnen?

Als wir aufbrechen wollen, sind beide Weinflaschen leer, und weil ich nicht mehr als das eine Glas getrunken habe, frage ich, ob ich den Mustang mal fahren dürfe.

»Klar«, meint Morgan und wirft mir den Schlüssel zu, »wird dir gefallen, wetten?«

Er weist mich kurz ein, dann geht es los, und ich steuere den Wagen, zunehmend sicherer, aber brav am Tempolimit, zurück. Jedes Mal, wenn die Straße für ein paar Hundert Meter gerader und offener wird, spüre ich den Drang, das Gaspedal einfach bis zum Anschlag durchzutreten, die volle Wucht zu fühlen, die in diesem kantigen Kraftpaket steckt, das nur darauf zu warten scheint, endlich von der Leine gelassen zu werden. Aber da ich gewarnt bin und weit davon entfernt, meine eigenen Fahrkünste zu überschätzen, bleibt es bei dem Gedanken.

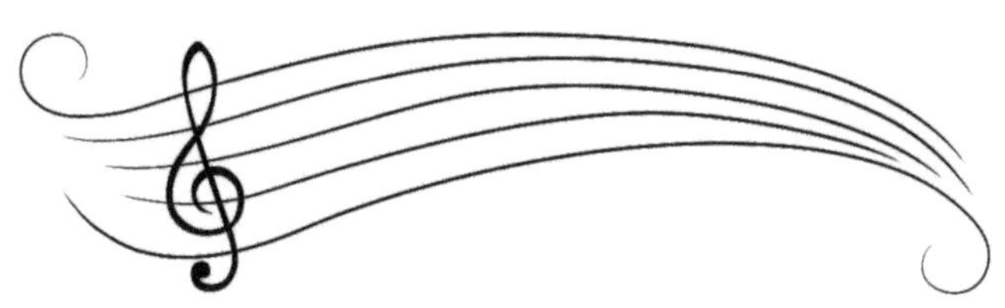

Sechs

Es ist kurz nach halb drei Uhr morgens, als mich ein lautes Scheppern, dicht gefolgt von einem Klirren, aus dem Schlaf reißt. Ich höre noch mehr Geräusche von unten – Schritte? – und einen dumpfen Aufprall. Dann ein lautes »Au!«. Und ein Kichern. Weil ich ziemlich sicher bin, dass ein Einbrecher sich etwas mehr Mühe geben würde, mich nicht aufzuwecken, reibe ich mir den Schlaf aus den Augen, streife ein T-Shirt über und gehe in die Küche hinunter.

Mein detektivischer Spürsinn wird nicht groß gefordert: Die leere Whiskeyflasche auf dem Küchentisch, ein umgekippter Stuhl neben Glasscherben am Boden und Morgan, der vor der Spüle kniet und sich die Stirn hält, sprechen eine ziemlich eindeutige Sprache. Ich seufze.

Morgan ist vollständig angezogen, er war also vermutlich gar nicht erst im Bett. Er schielt zu mir hoch. In seinem Gesicht zuckt es, als er erfolglos versucht, das Kichern durch eine betretene Miene zu ersetzen. »Schhh ... ssss ... ssorry«, nuschelt er, »w-wolle dich nich w-w-weggen, Fran ... Fran ...« Er reibt sich übers Gesicht, und ich muss mir das Lächeln verkneifen, weil er aussieht wie ein Lausbub, den man mit der Hand in der Keksdose erwischt hat. Dann beendet Morgan seinen Satz doch noch: » … siska.«

Und ich erstarre, friere von innen heraus ein, spüre, wie mir das Blut aus dem Gesicht weicht, und sehe an Morgans verwirrtem Blinzeln, dass man mir das ansieht.

Siska – so hat meine Schwester mich genannt, als wir beide noch klein waren und sie ›Franziska‹ noch nicht aussprechen konnte. Eine Weile ist es dann als Kosename hängen geblieben, aber wir hatten uns schon als Teenager kaum noch etwas zu sagen, haben heute eigentlich nur noch an Weihnachten und Geburtstagen Kontakt. Es ist nicht so, dass ich Alexandra nicht mag – ich weiß nur nicht, worüber ich mit ihr reden soll. Familie bedeutet eben nicht zwangsläufig, dass man sich nahesteht.

Aber das ist es nicht, was meinen Atem so flach gehen lässt. Jahre nach Alexandra hat jemand anderes diese wenig bekannte Abkürzung als Kosenamen für mich verwendet: Lukas. ›Siska‹ habe ich jetzt seit über elf Jahren nicht mehr gehört.

Morgan versucht aufzustehen, und der Gedanke, dass er in die Glasscherben fallen und sich verletzen könnte, lässt die Starre von mir abfallen. Ich gehe neben ihm in die Hocke und lege seinen Arm um meine Schultern, bevor er sich mit der Hand in den Scherben abstützen kann. Dann hieve ich uns beide hoch. »Ich bringe dich ins Bett, okay? Wenn du ein bisschen mithilfst, schaffen wir das schon.«

Morgan wirkt einen Moment lang unschlüssig, macht einen schwankenden Schritt halb an mir vorbei auf den Küchentisch zu und kippt dabei so weit nach vorn, dass sein Arm auf meinen Schultern mich mitzieht und ins

Taumeln bringt. Ich drücke reflexartig die linke Hand gegen seine Brust, um ihn aufrecht zu halten. Er findet kichernd sein Gleichgewicht wieder, trotzdem ist mir klar, dass ich seine knapp achtzig Kilo im Ernstfall wohl kaum festhalten könnte.

Weil ich ihn aber auch schlecht einfach hierlassen kann, drehe ich ihn energisch zurück Richtung Tür. Diesmal fügt er sich und stützt sich mit der freien Hand an der Küchentheke ab, dann am Türrahmen, der Wand im Flur, am hölzernen Treppengeländer. Ich bugsiere ihn Schritt für Schritt nach oben und atme auf, als ich ihn das letzte Stück zu seinem Schlafzimmer führen kann, ohne dass wir beide rückwärts die Treppe hinuntergestürzt sind. Als ich ihn endlich aufs Bett gleiten lasse – die Zwei-auf-zwei-Meter-Variante, schrecklich, wenn man allein darin schlafen muss –, versucht er, sich an mir festzuhalten, aber seine Hand rutscht kraftlos von meiner Schulter.

»Nnich … weggehen. Bitte.« Seine Augen sind glasig.

Kurz fällt mein Blick auf einen schlichten schwarzen Nachttisch mit drei Schubladen. Ich ignoriere die Gänsehaut, die meinen Nacken kribbeln lässt, setze mich neben dem Bett auf den Boden, den Rücken fast trotzig an den Nachttisch gelehnt, und streiche Morgan übers Haar wie einem Kind, das schlecht geträumt hat, bis er eingeschlafen ist. Dann gehe ich zurück in mein Zimmer, vergrabe das Gesicht im Kopfkissen und atme gegen die Tränen an.

Am Morgen darauf bin ich zum ersten Mal als Erste in der Küche. Ist es wirklich schon Mittwoch? Ich rechne kurz nach und stelle fest, dass ich tatsächlich schon seit drei

Tagen hier bin. Irgendwie scheint die Zeit hier draußen einem anderen Rhythmus zu folgen – oder vielleicht auch einfach nur keine so große Rolle zu spielen.

Ich trödele herum, gönne mir ein ausgiebiges Frühstück und checke meine Mails. Maike bedankt sich mit ein paar charmanten Schmeicheleien für die Übersetzung, außerdem finde ich eine Nachricht von Renée, einer ehemaligen Kollegin, die wissen möchte, ob ich Lust und Zeit hätte, ihren ersten Roman zu lektorieren. Zwischen den Zeilen kann ich ihre Nervosität spüren: Sie hat immer hohe Maßstäbe angelegt an die Titel, die sie betreut hat. Es muss ihr unglaublich schwerfallen, sich jetzt selbst der Kritik auszusetzen mit etwas, an dem sie einfach zu nah dran ist, um seine Qualität beurteilen zu können. Es rührt mich, dass Renée mir ihr Vertrauen schenken möchte, gleichzeitig bin ich aber auch ein wenig neidisch: Ich weiß, dass sie schon lange davon geträumt hat, ein Buch zu schreiben, jetzt hat sie sich also tatsächlich getraut. Und irgendwie die Zeit dafür gefunden, obwohl sie sich im zweiten Jahr ihrer Elternzeit befindet – mit Zwillingen! Wenn das mal kein Fulltime-Job ist ... Wie sehr muss man etwas wollen, um sich so dafür einzusetzen? So wie Stefan für seine Karriere. Oder Morgan für seine Musik. Und ich?

Ich verdrehe die Augen aus Ärger über mich selbst. Als ich das letzte Mal etwas so sehr wollte, dass ich bereit war, alles dafür zu tun, hat es in einer Katastrophe geendet. Auch wenn das sicher nicht ganz vergleichbar ist, gehöre ich wohl zu der Sorte Mensch, die von Extremen besser die Finger lässt. Also gratuliere ich Renée herzlich und schreibe spontan, wie sehr ich mich auf die Zusammenarbeit freue. Ich bin jetzt seit fünf Jahren freiberuflich tätig, manchmal vermisse ich das tägliche Miteinander, die Plaudereien in der Kaffeeküche, den Gedankenaustausch unter Kollegen. Vor allem, seit Stefan zum Abteilungsleiter befördert wurde und häufig nicht da ist – selbst wenn er sich rein körperlich gesehen zu Hause befindet.

Ich kann mich noch gut erinnern, wie er mal für eine Woche zu einem Kongress gefahren ist, da haben wir schon fast zwei Jahre zusammengewohnt. Damals hat er mich – nur halb im Spaß – gefragt, ob er mich so lang allein lassen könne. Natürlich bin ich froh, dass er mich nicht mehr derart überbehütet, das war die ersten Jahre ein wenig anstrengend. Aber irgendwie ...

Hm. Anscheinend ist es wirklich nicht leicht, mich zufriedenzustellen. Oder heute ist Welttag des Nörgelns. Ich gelobe innerlich Besserung.

Der Frühstückstisch ist längst wieder abgeräumt, als Morgan endlich auftaucht. Und wortlos auf die Eckbank sinkt.

Ich stelle ihm eine Tasse Kaffee hin. Er schüttelt den Kopf, stöhnt bei der Bewegung leise auf, und ich ersetze die Tasse durch ein Glas Wasser und zwei Aspirin aus meiner Handtasche.

»Wie schlimm war ich?« Morgan hat die Ellenbogen auf der Tischplatte aufgestützt und hält mit beiden Händen seinen Kopf fest, der sich vermutlich noch eine ganze Weile so anfühlen wird, als würde er jeden Moment platzen.

»Ach, nicht besonders.« Ich spüre meine Mundwinkel zucken. »Ich habe zumindest gleich gewusst, dass du kein Einbrecher bist.«

Sein Mienenspiel verrät, dass er angestrengt versucht, einen Sinn in meinen Worten zu finden. Die Kopfschmerzen dürfte das nicht unbedingt besser machen, aber das hat er verdient. Zumindest ein bisschen. Ich will ihn gerade aufklären, als er sich zu erinnern scheint.

»Ich hab dich geweckt – das Glas …« Er sieht sich suchend um, aber die Scherben habe ich natürlich längst beseitigt. Plötzlich weiten sich seine Augen. »Da war doch was, mit dir …« Ich denke erst, er meint seine Bitte, bei ihm zu bleiben, im Schlafzimmer, und will ihm sagen, dass da nichts dabei war, aber er redet schon weiter. »Ich habe irgendwas gesagt, und du bist plötzlich richtig blass geworden. Was? Was habe ich gesagt?« Er klingt besorgt.

»Nichts.« Ich schüttle den Kopf. »Ich weiß es nicht mehr.« Natürlich weiß ich es ganz genau. Bei der Erinnerung steigt schon wieder diese Kälte in mir hoch und friert meinen Brustkorb ein. Ich schnappe nach Luft.

»So schlimm?« Morgan nimmt vorsichtig eine Hand von seinem Kopf, um sie über meine zu legen. »Was habe ich angerichtet, Franziska? Bitte sag's mir.«

Er macht sich Vorwürfe, obwohl er doch gar nichts getan hat. »Siska.« Meine Stimme klingt zu hoch. »Du hast mich ›Siska‹ genannt.«

»Siska«, wiederholt Morgan.

Das Frösteln wird so stark, dass meine Haut prickelt.

»Siska?«, fragt Morgan, als würde er den Klang jedes einzelnen Buchstabens prüfen. Das Frösteln lässt nach. »Ist das eine Abkürzung für ›Franziska‹?«

Ich nicke. Dann erzähle ich ihm von Lukas. Die ganze Geschichte. Selbst den Teil, den nicht mal Stefan kennt.

♫♫

Lukas hat mich damals nicht einfach nur am Rand des Abgrunds zurückgelassen – er hat mich hineingestoßen. Ich war achtundzwanzig Jahre alt und meine Zukunft, meine Träume, alles, was ich mir vom Leben erhofft hatte, nur noch ein Trümmerhaufen.

Heute weiß ich, dass ich ihm keine andere Wahl gelassen habe. Er hat zwei Jahre lang versucht, eine Beziehung zu beenden, von der er lang vor mir wusste, dass sie nicht richtig ist, für keinen von uns. Aber ich habe ihn nicht gehen lassen. Ich habe mit allen Mitteln um ihn gekämpft. Er war meine erste große Liebe, und er sollte, er musste die Liebe meines Lebens sein! Für mich stand unverrückbar fest, dass wir füreinander geschaffen waren.

Wir haben uns während des Studiums kennengelernt, gleich im ersten Jahr. Für Lukas war der Beruf des Lehrers ein Brot-Job, der ihm genug Zeit zum Schreiben lassen sollte. Er hat es durchgezogen, aber glücklich ist er damit nicht geworden. Ob inzwischen mal ein Roman von ihm erschienen ist, weiß ich nicht.

Damals war die Liebe zu Worten, zu Geschichten, unsere gemeinsame Basis. Er hat mir all seine Texte, Kurzgeschichten zunächst, zum Lesen gegeben und war jedes Mal furchtbar nervös, wenn er mich dann nach meiner Meinung gefragt hat. Und die musste ehrlich sein, Schonung hat er sofort durchschaut. Ich war Muse und Kritikerin zugleich – der wichtigste Mensch für sein literarisches Schaffen. Einen besseren Beweis hätte es ja wohl kaum geben können. Was machte es da schon, dass er auf eintönig hämmernde Techno-Rhythmen stand, während mein musikalisches Herz für die melodiösen Klangexperimente der Achtziger schlug? Unterm Strich war doch beides elektronische Musik. Und seiner Begeisterung fürs Skifahren, Mountainbiken, Klettern stand doch nicht im Wege, dass ich mich lieber mit Laufen und Schwimmen fit hielt – schließlich sollte man nicht immer alles zusammen machen, sondern sich auch Freiheiten lassen, oder nicht? Kniffliger war die Frage, ob man das knappe Urlaubsgeld lieber für eine Woche Tirol im Februar oder zwei Wochen Thailand im September ausgeben solle; aber dafür wurde schließlich der Kompromiss erfunden, dann entschied man eben im einen Jahr so und im anderen anders.

Nur die Sache mit den Kindern, die war ein echtes Problem. Nicht, dass ich damals schon welche gewollt hätte – ganz sicher nicht! –, aber später, irgendwann, da wollte doch jeder mal Kinder. Lukas bestand darauf, dass Vater zu werden für ihn nicht infrage käme. Und ich bestand darauf, dass er das jetzt doch noch gar nicht wissen könne. Dass er seine Meinung schon noch ändern würde.

Manchmal frage ich mich, ob es vor allem diese immer wiederkehrende, vollkommen unsinnige Diskussion war, die ihn hat erkennen lassen, was ich nicht sehen wollte. Was für ein Witz des Schicksals, dass Kinder längst kein Thema mehr für mich sind und es im Grunde auch nie wirklich waren.

Als ich irgendwann angefangen habe, vom Heiraten zu reden, wurde Lukas immer schweigsamer. Bis er schließlich vorgeschlagen hat, mal eine Weile Pause zu machen. Ich dachte erst, er macht einen Scherz.

An dem Abend habe ich das erste Mal vollkommen die Kontrolle verloren. Als ich begriffen habe, wie ernst es ihm ist, dass er sich schon nach einer Wohnung umgesehen hatte, da bin ich einfach durchgedreht. Es gab eine Menge Tränen, auf beiden Seiten. Irgendwann habe ich mir beide Wohnungsschlüssel geschnappt, von innen abgesperrt und die Schlüssel aus dem Fenster geworfen. Lukas ist vor mir zurückgewichen, als hätte ich eine ansteckende Krankheit. Oder eine Waffe in der Hand.

Er hat sich keine Wohnung genommen, aber das Thema war keineswegs vom Tisch.

In den folgenden zwei Jahren habe ich alles versucht. Anfangs war ich auch guter Dinge, dass es mir gelingen würde, ihn zu überzeugen. Er würde die Wahrheit schon erkennen, ich musste eben nur die richtigen Worte finden – wie schwer konnte das schon sein? Nur hat er sich nach kürzester Zeit auf keine Diskussion mehr eingelassen, weil ich auf jedes seiner Argumente mit ›aber‹ geantwortet habe und ihm nicht zugestehen wollte, dass man nicht alles erklären kann, vor allem nicht, warum man nicht glücklich miteinander ist, obwohl man sich doch liebt. Also habe ich mich aufs Betteln verlegt.

Und als auch das nicht mehr geholfen hat, als er, die Kiefernmuskeln angespannt, den Kopf so lange von meinen Tränen weggedreht hat, bis ich es aufgegeben habe, seinen Blick mit aller Gewalt auf mich ziehen zu wollen, da habe ich ihm gedroht.

Ich habe es nie direkt ausgesprochen – aber ich habe in seinem Beisein die passende Musik gehört: ›Bells of another land‹ von Deine Lakaien und ›On the Other Side (I'll See You Again)‹ von Silke Bischoff liebe ich bis heute, obwohl ich beide Songs wahrscheinlich nie wieder hören kann, ohne ein schlechtes Gewissen zu haben. Bei Abenden mit gemeinsamen Freunden habe ich davon geredet, wie sinnlos ein Leben ohne Liebe sei und dass ich verstehen könne, wenn manche Menschen radikale Entscheidungen träfen. Und schließlich habe ich *vergessen*, meinen Computer auszuschalten, auf dem Bildschirm Websites mit eindeutigen Tipps.

Das ist der Teil, den ich selbst vor Stefan geheim gehalten habe. Es ist das Schlimmste, was ich jemals getan, was ich je einem anderen Menschen angetan habe. Ich weiß heute nicht mehr, wer ich damals war, dieses Ich ist mir fremd. Und es macht mir Angst. Weil ich sicher bin, dass es immer noch irgendwo lauert. Es ist nicht einfach verschwunden, es wartet nur. Irgendwo in den Schatten.

Eines Abends, als ich von der Arbeit heimgekommen bin, nicht nennenswert früher als sonst auch, lag eine flüchtige Bekannte mit Lukas in unserem Bett. Ich hatte einen gordischen Knoten um uns beide geknüpft und Lukas keine andere Waffe übrig gelassen, um ihn durchzuschlagen.

Als ich mit meiner Geschichte fertig bin, fühle ich mich so erschöpft, als wäre *ich* heute Morgen nach zu wenig Schlaf verkatert aufgestanden. Morgan sagt sehr lange nichts. So lange, dass ich schon fürchte, er begreift meine Beichte als versteckten Vorwurf – immerhin ist er derjenige mit der Pistole.

Dann rutscht er um die Ecke des Tischs zu mir herüber und zieht mich in seine Arme, zieht meinen Kopf an seine Schulter, und ich weine stumme Tränen des Bedauerns über eine Zeit meines Lebens, die ein versöhnlicheres Ende verdient gehabt hätte. Niemand sollte mit der Erinnerung an die erste Liebe so viel Schmerz und Schuld verbinden. Seit Lukas weiß ich, warum es heißt, man solle aufhören, wenn es am schönsten ist.

Als die Tränen schließlich weniger werden, frage ich mich, warum es mit Stefan so leicht ist, nicht mehr an diese Dinge zu denken. Ich finde keine Antwort, aber ich bin ihm dankbar dafür.

»Wir geben schon ein prima Team ab, wir beide«, konstatiert Morgan, und ich muss durch die letzten Tränen hindurch lachen, weil seine Stimme so ernst klingt.

Der Rest des Tages gehört dem Fernseher, uns ist beiden nicht nach weiteren Worten. Ich lümmele mich auf den äußeren Platz des dunkelroten Riesensofas, wo ich auch vorgestern schon gesessen habe. Morgan rutscht nach innen, nachdem er eine Flasche Wasser und zwei Gläser neben die Obstschale auf den Couchtisch gestellt hat. Ein hübsches Stillleben, es wirkt fast ein bisschen unwirklich, wie aus einem Möbelprospekt. Vor allem, wenn man bedenkt, dass den Platz in einer nicht allzu fernen Vergangenheit vermutlich eher ein paar Bierflaschen und Chipstüten eingenommen hätten, jedenfalls in meiner Wirklichkeit.

Es sind solche albernen Kleinigkeiten, die mich merken lassen, wie die Zeit vergeht. Oder wohl eher mein Leben. Es macht zwar nicht mehr solche Sprünge wie zwischen fünfzehn und dreißig, wo ich mir hin und wieder vorkam wie bei einer Wildwasser-Kanutour, so schnell und so heftig haben sich manche Dinge geändert. Inzwischen gleicht es eher dem Treiben auf einem trägen Strom. Trotzdem gleitet die Landschaft vorbei, schleichend, beinahe heimlich, als wollte sie mich austricksen. Oder habe ich einfach nur aufgehört, das Tempo und vor allem die Richtung selbst zu bestimmen?

Diese Überlegungen führen zu nichts außer einem dumpfen Gefühl von Niedergeschlagenheit, das weiß ich, also versuche ich, mich stattdessen auf den Film zu konzentrieren. Aber meine Gedanken schlagen bald den nächsten Haken, kehren zurück zu Lukas: Wann immer ich diese Geschichte erzähle – ob mit dem schlimmsten Teil oder ohne –, klingt es so, als ob ich den Abgrund erst durch ihn kennengelernt hätte.

Das ist nicht wahr.

Ich war schon lange vorher dort. Es hat mir da gefallen. Ich war neugierig und die Schatten voller Geheimnisse, voller bedeutender Fragen und Gedankenexperimente. Manche davon, die meisten wahrscheinlich, haben mich in die Irre geführt, an gefährliche Orte.

Vielleicht hat Alexandra das gespürt, vielleicht war es das, was uns schon als Teenager einander entfremdet hat. Sie hat eine sehr pragmatische Art, meine Schwester. Es gab eine Zeit, da habe ich sie dafür beinahe gehasst, und eine andere, da habe ich sie darum beneidet.

Und heute?

Heute weiß ich, dass wir einfach verschiedene Sprachen sprechen. Das heißt, eigentlich ist es sogar etwas komplizierter, denn die Worte, die wir verwenden, scheinen zur selben Sprache zu gehören, sie klingen vollkommen gleich. Nur ihre Bedeutung ist allzu oft unterschiedlich.

Als ich fünfzehn oder sechzehn war, hat Alexandra mir geraten, ich solle mich mehr auf die Schule konzentrieren, statt mir melodramatische Gedanken über die Welt und den Sinn des Lebens zu machen. Ich wäre ihr am liebsten an die Gurgel gegangen dafür. Später, als die Beziehung mit Lukas anfing zu kippen, habe ich sie trotzdem eine Zeit lang öfter als sonst angerufen. Sie war zu der Zeit schon verheiratet, hatte das große Ziel erreicht, obwohl sie das, glaube ich, selbst nie so gesehen hat. Irgendwie habe ich gehofft, sie könne mir verraten, wie man einen Mann dazu bringt, einem diesen verflixten Ring an den Finger zu stecken. Nach einem besonders tränenreichen Gespräch hat sie mich tatsächlich gefragt, ob Lukas es wirklich wert sei, seinetwegen meine Karriere aufs Spiel zu setzen. Ich könne mich bei dem ganzen Theater doch unmöglich vernünftig auf meinen Job konzentrieren. Womit sie natürlich vollkommen recht hatte. Es gab bloß zu der Zeit nur wenig, das mir noch gleichgültiger gewesen wäre.

Sie hat es gut gemeint – das war mir damals schon klar, auch wenn ich sie danach nicht mehr angerufen habe. Es ist auch nicht so, dass sie nicht versucht hätte, mich zu verstehen. »Du beschäftigst dich zu sehr mit dir selbst, Franziska«, hat sie mal gesagt. »Hör auf, immerzu in dich hineinzuhorchen und nach all diesen schrägen Gedanken zu suchen. Mach deinen Job besser als die anderen, leg dir ein Hobby zu, wenn du damit immer noch nicht ausgelastet bist.« Eigentlich hat sie mir nur geraten, meine Aufmerksamkeit auf etwas anderes zu richten als den Abgrund, um seiner Anziehungskraft zu entkommen.

Wenigstens wollte sie mir nicht gleich Tabletten verschreiben lassen wie unsere Mutter kurz nach der Trennung von Lukas. Ich gebe ja zu, dass ich mein Leben nicht besonders gut im Griff hatte zu der Zeit. Meine Wohnung war – vorsichtig ausgedrückt – in keinem besuchertauglichen Zustand, ich habe locker sieben oder acht Kilo abgenommen, obwohl ich immer schon schlank war, und vor der Sache mit Stefan und der Ampel hatte ich mein Auto bei einem Besuch bei meinen Eltern im Gartenzaun der Nachbarn geparkt: Eine Katze war über die Straße gelaufen, und ich habe völlig hysterisch das Steuer verrissen, statt einfach abzubremsen. Das hat Mama in ihrer typisch liebevollen Art zum Anlass genommen, mich zu fragen, weshalb ich es uns allen nur immer so schwer machen müsse. Dabei hat sie die Hände gerungen wie die leidende Mutter Gottes. »Ich mache mir wirklich Sorgen um dich, Kind! Heutzutage gibt es doch ganz leicht dosierte Mittel. Du tust gerade so, als wollte man dich einer Lobotomie unterziehen ...«

Seltsamerweise komme ich mir manchmal so vor, als wäre genau das passiert. Auf eine unbestimmte Art gleichgültig. Als würde mich das Licht genauso wenig mehr erreichen wie die Schatten. Dem Abgrund bin ich zwar entkommen – aber wann habe ich das letzte Mal die Sonne auf dem Wasser funkeln sehen?

Ich merke, dass ich die Beine aufs Sofa gezogen habe und meine Knie umklammere. Morgan greift nach der Fernbedienung und schaltet den Fernseher stumm. »Alles in Ordnung?«

Ich nicke unbeholfen, das Kinn auf den Knien. Ich kann mich nicht erinnern, was ich Mama damals geantwortet habe, nur, dass es sehr laut war. Während Papa mir gegenüber am Küchentisch saß, das Gesicht hinter der Zeitung, ohne ein Wort zu sagen, die ganze Zeit. Wie seit achtundzwanzig Jahren. Ich glaube, ich weiß gar nicht, wie er aussieht ohne Zeitung.

Um nichts in der Welt hätte ich meinen Schmerz hergegeben, er war der Beweis dafür, dass mein Glück, unsere Liebe, echt gewesen ist. Und er war alles, was übrig war.

Ich wünschte, ich könnte sagen, dass ich heute anders handeln würde, dass ich klüger bin, vernünftiger. Was auch immer. Aber ich fürchte … »Wollte dir schon mal jemand Tabletten verschreiben?«, frage ich Morgan, der mich unter leicht zusammengezogenen Brauen hervor ansieht.

»*Wollte?*« Das Grollen in seiner Stimme verrät, dass ich ihm nicht erklären muss, welche Art Tabletten ich meine. Er schlägt die Fernbedienung in seine flache Hand, drei-, viermal hintereinander. Sein ganzer Körper steht unter Spannung, ich bin sicher, dass er gleich aufspringt. Stattdessen lässt er sich mit einem Schnauben in die Polster sinken. »Es gibt Menschen, die sind der Meinung, dass man Seelen auf einer genormten Skala vermessen kann wie Blutwerte: zu viel Cholesterin, zu wenig Eisen, zu viel Gefühl … Zu trauern ist natürlich normal – aber nur eine bestimmte Zeit lang. Und im gesellschaftlich anerkannten Rahmen. Nicht, dass der nicht zu anderen Zeiten und in anderen Kulturen ganz anders aussehen kann, als ihn die Wächter der Norm gerade festgelegt haben. Aber wen interessiert das schon? Und wenn du dich im falschen Bereich ihrer hübschen kleinen Skala bewegst, diagnostizieren sie ruck, zuck eine *emotionale Störung* und verordnen dir *professionelle Hilfe!*« Morgan hat sich in Rage geredet, er wirft die Fernbedienung ans andere Ende des Sofas, wo sie gegen ein Kissen prallt und unbeschadet auf der Sitzfläche landet. »Ich frage mich nur, warum niemand einem Menschen *helfen* will, der sein Kind lieber zum Arzt schleppt, als mit ihm zu reden … Könnte natürlich daran liegen, dass es bei uns als besonders vorbildlich gilt, wenn man weitermacht, als wäre nichts gewesen. Wenn man sich zusammenreißt. Bloß ja niemanden in Verlegenheit bringt. Als wäre Trauer eine ansteckende Krankheit …« Morgan nimmt sein Wasserglas vom Tisch und hält es mit beiden Händen fest, ohne daraus zu trinken. Ich kann nicht sagen, was er darin sieht: einen kleinen Jungen vielleicht, der seine Mutter verloren hat und zum Trost ein paar bunte Pillen und Gespräche mit einem Fremden verschrieben bekommt.

Bevor mir die Scham über meine eigene Wehleidigkeit den Magen umdrehen kann, entknote ich mich, strecke meinen steifen Rücken durch und hole die Fernbedienung zurück, die ich aufs Sofa zwischen uns lege.

Morgan greift nach meiner Hand. »Eine Seele«, sagt er leise, »ist keine Maschine, die entweder funktioniert oder einen Defekt hat, der repariert werden muss. So einfach ist das nicht: entweder – oder. Ist es nie. Bitte lass dir nicht einreden, dass mit dir etwas nicht stimmt, bloß weil du es zulässt zu fühlen – alles, nicht nur die Oberfläche. Weil du dich nicht versteckst hinter ach so vorbildlicher Selbstbeherrschung. Weil du es aushältst, hilflos zu sein. Das ist nicht falsch. Und schon gar nicht krank. Das ist viel zu selten geworden …« Sein Flüstern verliert sich, als hätte er zu viel gesagt; Dinge, die tabu sind. Weil sie die Hälfte einer Wahrheit enthalten, die sich in einem allzu fragilen Gleichgewicht befindet. Einer Wahrheit, die am Rand des Abgrunds balanciert, und das mit voller Absicht.

Ich nicke, weil ich nicht weiß, was ich sagen soll. Oder ob ich überhaupt etwas sagen möchte. Stefan nennt mich manchmal ›melodramatisch‹. Er meint es nicht böse. Genau genommen entschuldigt er mich damit sogar, wenn ich mich unangemessen verhalte. Er verlangt nicht, dass ich mich ändern soll, er akzeptiert es einfach, obwohl es ihm nicht gefällt. Das ist auch eine Wahrheit.

Es gibt zu viele davon, und ich weiß nicht, welche die richtige ist. Für mich.

Ich sehe zu Morgan, der meinem Blick begegnet, die dunklen Augen voller gefährlicher Worte. Doch er spricht sie nicht aus, dreht stattdessen den Kopf zurück zum Fernseher und schließt für einen langen Moment die Augen. Dann schaltet er den Ton wieder ein und überlässt das Reden Bruce Willis. Meine Hand hält er fest, bis er zwei Stunden später aufsteht, um uns Pizza zu bestellen.

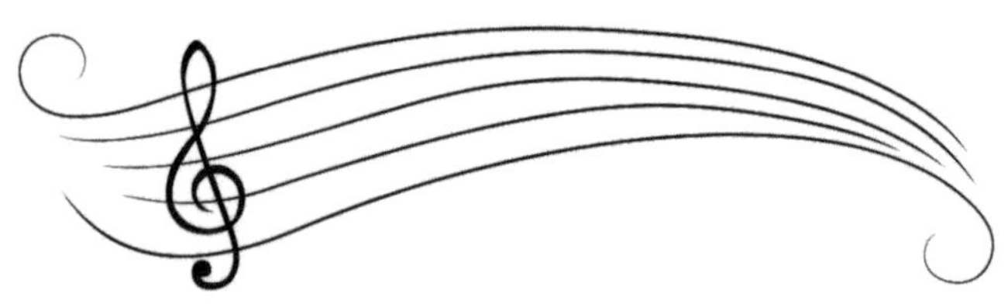

Sieben

Nach einem ziemlich späten Frühstück, das eigentlich eher ein Mittagessen ist, versuche ich noch mal, Stefan zu erreichen. Ein letztes Mal, nehme ich mir vor: Ich habe es auch nach unserem Ausflug an den See probiert, wie ich es ihm angekündigt hatte, auf dem Festnetz und dem Handy, ohne Erfolg. Wenn er jetzt wieder nicht rangeht, dann kann ich es auch nicht ändern.

Das Freizeichen raubt mir den letzten Nerv, es scheint sich über mich lustig zu machen, und als mir dann doch nur wieder die Mailbox antwortet, bin ich kurz davor, mein Handy in die nächste Ecke zu pfeffern.

»Schlechte Nachrichten?«

Ich habe Morgan nicht hereinkommen hören – wir wollten heute das schöne Wetter auf der Veranda genießen. »Ach.« Ich verziehe das Gesicht zu einer hoffentlich selbstironischen Grimasse. »Ich erreiche bloß Stefan nicht. Aber da kann das Handy wohl kaum was dafür.«

»Hm. Wie oft hast du's schon probiert?«

»Er wird sich schon melden.« Ich schlage einen lockeren Ton an, ein schlechtes Gewissen wegen mir und Stefan braucht Morgan so nötig wie Zahnschmerzen. Trotzdem sieht er irgendwie verunsichert aus, wie er da steht und sich durch die Haare fährt, die hinterher eigentlich auch nicht verstrubbelter wirken als vorher.

»Vielleicht sollte ich meins mal wieder einschalten«, sagt er.

Natürlich. Ich habe ihn in den letzten Tagen nicht ein Mal mit seinem Handy gesehen. Und erreichen konnte ich ihn nach Noras Anruf ebenfalls nicht. Er hat es ausgeschaltet, falls sie sich bei ihm melden sollte. Damit sie auf die Mailbox sprechen muss und er es später abhören kann, als Puffer sozusagen. Ich glaube zwar nicht, dass sie ihn so bald anrufen wird, und ich glaube auch nicht, dass Morgan ernsthaft damit rechnet, aber manchmal wählt eben selbst er die sichere Variante.

Er verschwindet kurz nach oben, dann setzt er sich mir gegenüber und legt sein Handy so behutsam auf die Tischplatte, als würde er mit Dynamit hantieren.

»Du kannst es auch einfach auslassen.« Ich lächle.

»Ich könnte mir auch einen neuen Namen zulegen und irgendwo untertauchen – es müsste natürlich ein Irgendwo sein, das noch weniger Leute kennen als dieses hier ...« Morgan trommelt mit den Fingern auf die Tischplatte, wirft mir einen schwer zu deutenden Blick zu und schnappt sich das Handy. Als es hochgefahren ist, gibt er den PIN-Code ein. Einen Moment starrt er aufs Display, dann atmet er hörbar aus. Aber während er die Mailbox abhört, verfinstert seine Miene sich zusehends. Schließlich landet das Handy deutlich weniger sanft auf dem Tisch als gerade eben noch. »Drei Nachrichten von Snuggles – er lässt einfach nicht locker!«

Nach einem kurzen Flashback in meine Kindheit zu einer rundlichen Cartoonfigur mit blauem Frack, wirrem grauen Haar und einem entenköpfigen Regenschirm erinnere ich mich, dass Snuggles der Manager von No Way! ist. Laut Alex, der ihm den Spitznamen verpasst hat, besteht eine gewisse optische Ähnlichkeit, außerdem muss Snuggles wie der Comic-Professor ein Allroundgenie sein, das für jedes Problem eine Lösung findet, von unseriösen Vertragsklauseln über fehlendes Equipment auf der Tour bis hin zu allzu aufdringlichen Fans.

Anscheinend hat er diesmal für irgendeine Lösung ein Problem gefunden, nämlich Morgan. Ich muss schmunzeln. »Was will er denn so Dringendes von dir?«

»Er hat ein Angebot von einer Castingshow, ich soll da den Juror geben. Dabei weiß er genau, dass ich so was nicht mache. Das habe ich ihm auch beim letzten Mal schon mehr als deutlich gesagt. Aber er meint, es wäre gut, um im Gespräch zu bleiben. Gute PR fürs nächste Album, um unsere Karriere *vielleicht doch noch mit einem Nummer-eins-Hit zu krönen.*« Morgan imitiert die hohe, leicht näselnde Stimme eines älteren Mannes. Er sieht aus, als hätte er in etwas Fauliges gebissen. Dann steht er auf, schaltet den Kaffeeautomaten aus und stellt den Messerblock von der linken auf die rechte Seite des Ceranfelds. »Anscheinend habe ich es mir neuerdings zur Aufgabe gemacht, unseren Erfolg zu sabotieren«, murmelt er und dreht sich zu mir um, die Hände auf die Arbeitsplatte hinter sich gestützt.

»Ich glaube nicht, dass irgendjemand so was denkt …«, beginne ich.

»Da solltest du vielleicht mal Alex fragen, bevor du das sagst. Seiner Meinung nach ist das Angebot ein Sechser im Lotto und ich bin sturer als ein Maulesel!« Morgan fängt an, zwischen Herd und Küchentisch auf und ab zu gehen und Dinge hin und her zu räumen, während er redet. Ein Salzstreuer landet auf dem Tisch, dafür wandert eine leere Kaffeetasse, die noch vom Frühstück übrig ist, in die Spülmaschine. Der Serviettenspender wird aufgefüllt, und Morgans Blick versucht, dem Tisch irgendetwas abzuringen, das in die andere Richtung müsste, ohne Erfolg. Er wirft die Arme hoch und marschiert mit leeren Händen zurück. »Dummerweise stört es mich einfach nicht, dass nicht jeder auf der Straße mein Gesicht erkennt – im Gegenteil, ich habe nicht die geringste Lust, mich ohne Bodyguard nicht mehr vor die Tür wagen zu können! Außerdem bin ich Musiker und kein Schauspieler. Ich will nicht … Ich weiß auch nicht.«

Er stößt die Luft aus, zögert kurz und spricht deutlich ruhiger weiter. »Es ist eine Sache, auf einer Bühne zu stehen. Eine großartige Sache, immer noch. Ob du's glaubst oder nicht, ich habe vor jedem verdammten Auftritt Lampenfieber, jedes Mal, seit dreißig Jahren. Aber wenn du endlich da oben stehst, wenn es losgeht – das macht was mit dir. Die Menschen machen was mit dir. Ihre Erwartungen, Vorfreude, Glücksgefühle: Wenn es funktioniert, dann fließt das hin und her wie Wellen. Das trägt dich, viel höher als jeder Rausch. Ich muss nichts spielen auf der Bühne – ich *bin* einfach jemand anderes, für ein paar Stunden. Fernsehen ist das genaue Gegenteil. Kalkuliert, kontrolliert, pure Illusion. Ich glaube nicht, dass ich das kann. Selbst wenn ich wollte.«

Ich warte einen Moment, ob er noch etwas sagen will, aber er setzt seine kleine Wanderung schweigend fort, den Blick auf die Terrakottafliesen gerichtet. »Hast du das

Alex und Snuggles mal so gesagt wie mir gerade?«, frage ich sanft. »Ich denke nämlich, dann würden sie es sofort verstehen.«

Morgan bleibt stehen und schaut mich an. Er schüttelt den Kopf, hebt die Schultern. »Keine Ahnung ... nein, wahrscheinlich nicht, jedenfalls nicht so ausführlich.« Da ist er wieder, dieser fragende Blick mit leicht geneigtem Kopf, der sich fast wie eine Berührung anfühlt, tastend. Ich blinzele. »Ich wüsste wirklich gern, warum ich dir solche Dinge erzähle. Obwohl du nicht mal danach fragst«, sagt Morgan.

Ich erinnere mich daran, was er mir vor bald zwei Jahren über die Pistole anvertraut hat, am zweiten Tag in seiner Villa, einfach so.

Nora hat mal zu mir gesagt: »Wenn ich versuche, ihn zum Reden zu bringen, sagt er, er könne *jetzt* nicht. Nur ist bei ihm immer *jetzt*. Wenn ich ihn nämlich in Ruhe lasse, taucht er einfach komplett ab. Im Zweifelsfall heißt es hinterher auch noch, er wäre mir egal. Was soll ich denn bitte schön noch machen?« Das war das erste Mal, dass ich ihr angemerkt habe, wie sehr ihr das alles unter die Haut geht, trotz aller äußerlichen Gelassenheit. Was hätte ich ihr antworten sollen? Hätte ich irgendwie verhindern können, dass sie schließlich doch aufgegeben hat?

Plötzlich fühle ich mich schuldig. Ich bin hier, bin für Morgan da, aber vielleicht müsste ich das gar nicht sein, wenn ich es vorher richtig gemacht hätte ...

»Hey.« Morgan stupst mich an. »Tut mir leid, ich wollte dir nicht die Laune verderben. Uns beiden nicht. Wollen wir uns einfach raussetzen und so tun, als hätte ich das dumme Ding nicht eingeschaltet?«

Der Nachmittag in der Sonne tut uns beiden gut: Die Wärme, die Stille, der weite, ungetrübte Himmel vermitteln eine Leichtigkeit, die zwar trügerisch, aber für den Augenblick höchst willkommen ist. Wir reden nicht viel, lassen uns einfach vom Sommer träge machen. Ich hatte fast vergessen, wie entspannend es sein kann, gar nichts zu tun, nicht mal ein Buch zu lesen.

Meine Gedanken werden schon reichlich unzusammenhängend, als sich Morgan im Liegestuhl neben mir plötzlich aufrichtet. »Schau mal, da.«

Mein Blick folgt blinzelnd seinem ausgestreckten Arm über die Wiese bis fast zum Waldrand und hoch in den Himmel: Ein Wanderfalke scheint sekundenlang nahezu bewegungslos in der Luft zu stehen, bevor er sich jäh in die Tiefe stürzt und aus unserem Blickfeld verschwindet. »Was für ein schöner Kerl!«

»Kannst du dich noch an Coyote und den Road Runner erinnern?«, fragt Morgan.

Ich nicke, etwas irritiert, wie er jetzt ausgerechnet darauf kommt. »Klar, so jung bin ich nun auch wieder nicht.« Tatsächlich war der Road Runner einer der Lieblingshelden meiner Kindheit. *Meep, meep!*

Morgan grinst zu mir herüber. »Das vergesse ich einfach immer wieder, wenn ich dich anschaue.«

»Du Charmeur!« Ich werfe meinen Eisstiel nach ihm, den er, ohne richtig hinzusehen, mit der linken Hand aus der Luft greift. Mein Versuch, die Worte wie einen Tadel klingen zu lassen, scheitert an dem Lächeln, das ich einfach nicht aus dem Gesicht bekomme.

Mit einem heiseren Schrei taucht der Falke wieder auf, schwingt sich höher und höher, bis ich ihn nur noch als schwarzen Fleck am Himmel ausmachen kann, und lässt sich dann in einer lang gezogenen Abwärtsspirale über den Wald davontragen.

Morgan sieht ihm nach. »Er könnte nicht fliegen, wenn er Angst vorm Fallen hätte.«

Aha. Es ging also gar nicht um den Road Runner, sondern um Coyote. Ich sehe ihn über den Rand einer Klippe hinausrennen und dann einfach weiter durch leere Luft – bis er nach unten schaut. Und abstürzt.

Als Kinder haben Alexandra und ich uns darüber regelmäßig totgelacht. Irgendwann meinte sie dann, das sei albern, man könne nicht auf Luft laufen, und sie sei jetzt zu alt für so einen Quatsch.

»Aber wenn er es gar nicht weiß, dass er auf Luft läuft«, habe ich eingewendet.

Sie hat mich mit diesem halb mitleidigen, halb verächtlichen Große-Schwester-Blick angesehen und geantwortet, das könne ich wohl erst verstehen, wenn ich ebenfalls Physikunterricht hätte.

»Also rein physikalisch gesehen spielt es keine Rolle, ob er Angst hat oder nicht …«, sage ich zu Morgan und unterbreche mich selbst, weil ich Alexandra reden höre. Wann habe ich angefangen, die Welt aus diesem Blickwinkel zu betrachten? Antworten wichtiger zu finden als Fragen, und Fakten mehr Bedeutung zuzumessen als dem Spiel mit den Möglichkeiten?

Lukas wollte den Dingen einfach ihren Lauf lassen, sehen, was passiert, von Tag zu Tag. Während ich darauf bestanden habe, dass wir Entscheidungen treffen, Pläne machen müssen. Warum eigentlich? Weil ich Angst hatte? Habe ich wirklich geglaubt, gemeinsame Zukunftspläne wären eine Garantie dafür, dass wir zusammenbleiben würden? Ich weiß nur, dass es plötzlich lebensnotwendig war, Gewissheit zu haben. Auf einmal hat es nicht mehr genügt zu glauben, dass man – vielleicht – auf Luft laufen kann, wenn man nicht nach unten sieht, wenn man einfach darauf vertraut, festen Boden unter den Füßen zu haben.

Vertrauen hat nichts mit Wissen zu tun, im Gegenteil. Genau das macht es so schwer.

Wer hat das gesagt? Ich kann mich nicht erinnern, vielleicht ist es ein Zitat aus irgendeinem Film. Jedenfalls ist es seltsam, dass ich Stefan noch nie zu einer Entscheidung drängen musste. Er mag es, Pläne zu schmieden – na ja, zumindest am Anfang. Inzwischen ist es natürlich auch nicht mehr nötig, darüber zu reden, ob wir in einem halben Jahr gemeinsam in Urlaub fahren wollen und, wenn ja, wohin.

Morgan beobachtet mich, das Kinn in die Hand gestützt. Ich halte seinem Blick stand, unsicher, was als Nächstes kommt. Aber er lächelt nur und lehnt sich wieder zurück. Irgendwie sieht er ausgesprochen zufrieden aus.

Zum Abendessen gibt es Steaks: Morgan hat gegrillt, während ich mich um den Salat gekümmert habe; fast wie in Florida, nur ohne Nora neben mir in der Küche, die in einem erstaunlichen Tempo Zwiebeln pulverisiert, und ohne das Herumgealber unserer Männer von draußen, die mit zu viel Grillanzünder hantieren und nach Löschbier rufen.

Wir essen auf der Veranda, lauschen dem Grillenkonzert und beobachten den Waldrand, vielleicht taucht ja ein Reh auf. Nach dem zweiten Glas Wein zieht Morgan mich damit auf, dass ich mich für Fußball begeistere: Zwanzig Jungs, die sich um ein Spielzeug streiten – »zweiundzwanzig«, verbessere ich ihn, »und es heißt Spiel*gerät*« –, und überhaupt ginge es uns Frauen doch eher um die Spieler als um das Spiel. Vor allem nach dem Schlusspfiff. Jetzt zwinkert er auch noch verschwörerisch.

Natürlich weiß ich genau, worauf er anspielt: Trikottausch und Close-Aufnahmen von durchtrainierten Sportlern, die mit nacktem Oberkörper oder in einem engen Unterhemd auf dem Rasen stehen und sich von den Fans feiern lassen, bevor es zurück in die Kabine geht. Vermutlich verträgt der Alkohol sich nicht mit so viel Sonne den ganzen Tag. Sonst würde ich jetzt sicher nicht so trocken wie möglich entgegnen: »Nur kein Neid – du bist oben ohne auch immer noch ein ganz netter Anblick.« Was ehrlich gesagt gnadenlos untertrieben ist, wenn ich daran denke, dass ich ihn gerade erst wieder in einer perfekt sitzenden Badehose gesehen habe ...

Diesmal ist es Morgan, der sich fast an seinem Wein verschluckt. »›Nett‹ also«, sagt er dann, »okay ... War ›nett‹ nicht die kleine Schwester von ›scheiße‹?«

Um diesem Thema zu entkommen, schlage ich vor, dass wir uns noch einen Film anschauen.

Wir landen bei ›Mission: Impossible 4‹, den wir beide noch nicht kennen, stellen aber nach etwa der Hälfte fest, dass er uns auch nicht sonderlich interessiert. Nach einem einvernehmlichen Blickwechsel schaltet Morgan den Fernseher aus. Schlagartig ist es dunkel im Wohnzimmer.

Fenster und Glastür werden vom Verandadach beschattet, sodass kaum Mondlicht den Weg nach drinnen findet. Der Raum schrumpft auf knappe zwei Armlängen um mich herum zusammen, innerhalb derer ich den Couchtisch und Morgan als stofflicheres Schwarz in der körperlosen Dunkelheit wahrnehme.

In die sich ausdehnende Stille hinein fragt Morgan: »Glaubst du, dass sie diesmal endgültig gegangen ist?«

Jetzt ist es also so weit. Ich richte mich unwillkürlich auf, straffe mich. »Du kennst sie viel besser als ich, Morgan.«

»Ja, aber ich möchte wissen, was *du* glaubst. Bitte.«

Ich lasse mir Zeit und überlege mir meine Antwort gut: Eine freundliche Lüge wäre wie ein Pflaster auf einem offenen Bruch – keine wirkliche Hilfe. Außerdem wäre es einfach falsch. So soll es nicht sein zwischen uns. Also sage ich, was ich tatsächlich denke: »Ich glaube, dass sie glaubt, dass sie endgültig gegangen ist.«

Morgan seufzt. »Den Eindruck hatte ich auch. Sie hat mich schon so oft verlassen – mit diesem Mal sind es acht Trennungen in siebzehn Jahren. Aber sie ist immer zurückgekommen.«

Ich denke daran, dass Nora diesmal nicht nur einfach *von* ihm weggegangen ist: Sie ist *zu* einem anderen gegangen. Das ändert alles, oder nicht? Aber das weiß er selbst. Ich werde einen Teufel tun und das ansprechen.

»Wusstest du, dass sie Kinder wollte?«, fragt Morgan mitten in meine Gedanken. »Wir haben keine bekommen, weil das zwischen uns nie stabil genug schien. Mir macht das nichts, ich glaube, ich möchte lieber keine Kinder, aber für Nora tut es mir leid …«

Nora ist fünfunddreißig.

»Sie kann immer noch Kinder bekommen, wenn sie will«, sage ich – und möchte mir am liebsten die Zunge abbeißen. Vielleicht war es das, der eigentliche Grund für die Trennung, den neuen Mann. Die Möglichkeit, sich doch noch ihren Lebenstraum zu erfüllen.

Es ist zu dunkel, um den Ausdruck auf Morgans Gesicht zu erkennen, aber ich höre das kummervolle Lächeln, als er antwortet. »Ja – das ist gut. Wenigstens etwas.« Er fährt sich über die Augen und hebt im nächsten Moment die Hand, bevor ich ihn berühren kann. Dann dreht er sich etwas von mir weg, seine Hand wie ein Stoppschild zwischen uns.

Ich warte.

Plötzlich steht er auf. »Ich bin gleich wieder da, okay?« Ohne meine Antwort abzuwarten, schiebt er sich an mir vorbei und verschwindet durch die Verandatür in die Nacht.

Okay. Ich weiß, dass er keinen Autoschlüssel dabeihat und auch sonst nichts, das ich als gefährlich einstufen würde. *Er wird einfach nur ein bisschen durch den Wald laufen,* beruhige ich mich selbst. *Jetzt dreh bloß nicht durch, steigere dich nicht in irgendwas rein. Er ist sicher gleich zurück.*

Ich gehe hinaus auf die Veranda, zünde das Windlicht auf der Fensterbank an und setze mich in einen der Rattansessel. Eine Weile reibe ich mit den Händen über das raue Geflecht der Armlehnen, nur um etwas zu tun zu haben; bis ich mir einen Splitter einziehe, den ich im spärlichen Licht leise fluchend eine ganze Zeit lang suchen muss, bevor es mir gelingt, ihn herauszudrücken. Anschließend stehe ich ein paar Mal auf und gehe auf und ab wie ein Tier im Käfig, nur um mich nach zwei oder drei Runden zu zwingen, mich wieder hinzusetzen, weil es wirklich albern ist, ständig in Panik zu geraten, wenn Morgan mal einen Moment für sich sein will.

Nach etwas mehr als zwei Stunden, die sich mindestens dreimal so lang angefühlt haben, taucht er lautlos zwischen den Bäumen auf. Die Nacht ist wolkenlos, der Mond fast voll. Sein silbriges Licht hat die Farben aus der Welt gewaschen, und ich blicke auf ein archaisch anmutendes Schwarz-Weiß-Gemälde: die dunkle Gestalt des Jägers, der sich, das tiefere Schwarz des Waldes im Rücken, durch hohes Gras auf mich zubewegt.

Ein Schauer rieselt mein Rückgrat hinunter, während ich gleichzeitig über diese seltsame Anwandlung schmunzeln muss. Mein ganz und gar nicht steinzeitlicher Jäger trägt auch heute eine schwarze Jeans, deren hellere Stellen echter Abnutzung geschuldet sind – zwanzig Jahre hat sie zwar vermutlich nicht auf dem Buckel, trotzdem gehört sie eindeutig in die Kategorie ›Lieblingsstück‹ – und dazu ein weiches graues T-Shirt, von dem er sorgfältig ein paar Kletten zupft, bevor er die Stufen zur Veranda hinaufsteigt.

Morgan setzt sich neben mich und lehnt sich zurück, um die Sterne zu betrachten. Im ganzen Haus brennt kein Licht, das kleine Windlicht hinter uns ist das einzige weit und breit, das hier unten auf der Erde mit dem Funkeln da oben zu konkurrieren versucht.

»Manchmal denke ich, ich habe mich schon vor Jahren von ihr verabschiedet«, sagt Morgan. »Ich wusste doch immer, dass sie mich irgendwann verlassen würde. Nur ist etwas zu wissen nicht dasselbe, wie es zu fühlen …«

Seine Stimme klingt um Jahre jünger, bevor sie sich in der samtigen Dunkelheit verliert. Das Windlicht lässt winzige Schatten zwischen uns tanzen.

Ich möchte ihm so dringend sagen, dass alles gut werden wird, dass ich die Lippen zwischen die Zähne ziehen und zubeißen muss, bis es richtig wehtut. Die Worte wären ein leeres Versprechen, für das ich nicht einstehen kann, sosehr ich es mir auch wünsche. Eine hohle Phrase, die nur dazu dienen würde, *mich* zu trösten, weil ich etwas getan habe, statt nur dazusitzen und es auszuhalten. Ich strecke die Hand nach Morgan aus, obwohl ich weiß, dass unsere Stühle deutlich mehr als eine Armlänge auseinanderstehen. Er sieht noch immer nach oben, trotzdem überrascht es mich nicht wirklich, als meine Finger nach einem Augenblick des Wartens auf Widerstand stoßen. Seine Hand schließt sich um meine.

Die Flamme des Windlichts hat aufgehört zu flackern, die tanzenden Schatten sind zur Ruhe gekommen. Die Nacht ist ewig in ihrer Reglosigkeit und wunderschön, ganz unangetastete Reinheit.

»Hast du dir schon mal gewünscht, da oben zu sein?«, fragt Morgan.

»Ja«, sage ich und weiß genau, was er meint: Abstand bekommen, alles mal aus einer anderen Perspektive betrachten können, befreit von Raum und Zeit.

Und dann?

Vielleicht einfach nicht zurückkommen. So wie Major Tom.

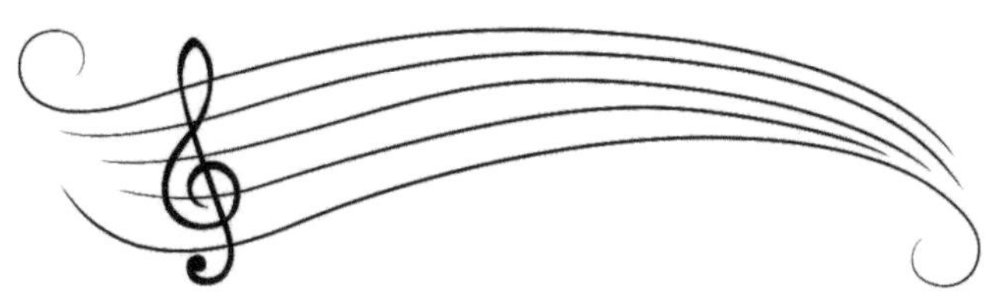

Acht

Als ich am nächsten Morgen in die Küche komme, sitzt Morgan bereits auf der Veranda. Er hält eine Gitarre im Arm, die Akustikversion mit dem hohen Korpus. Ich sehe seine Finger über die Saiten tanzen und weiß, dass er die Augen geschlossen hat und blind spielt.

Die Tür zur Veranda steht offen, um die morgens noch angenehm frische Luft hereinzulassen, und sie lässt auch eine Melodie herein, die ich nicht kenne. Ich rätsele ein bisschen, komme aber beim besten Willen nicht darauf. Morgans Stimme ist erst zu leise, um Worte zu verstehen, wird dann aber plötzlich kräftiger.

> … trembling seconds, shaking hours
> and no chance of breaking free
> till your touch of tender mercy
> questions all, that's meant to be

Das ist entweder etwas aus seinem Repertoire, das ich tatsächlich nicht kenne – oder etwas Neues. Bei dem Gedanken wird mir beinahe schwindlig, weil das nämlich bedeuten könnte … Dass ich mich gerade dazu hinreißen lasse, Unsinn zu denken, und zwar gefährlichen Unsinn!

Draußen bricht Morgan sein Spiel ab, greift ein paar schnelle Riffs – er weiß, dass ich hier bin, wie macht er das, er kann mich unmöglich gehört haben – und spielt dann etwas, das ich recht gut kenne, auch wenn ich fast bis zum Einsetzen seiner Stimme beim Refrain brauche, um auf den Titel zu kommen, weil es so herrlich absurd ist, gerade jetzt und hier: ›Sweet Home Alabama‹.

Ich muss lachen, gehe auf die Veranda und sehe an dem breiten Grinsen auf Morgans Gesicht, dass er genau das beabsichtigt hat.

Er hat den Kopf in den Nacken gelegt, um zu mir hochsehen zu können, und schiebt die widerspenstige Haarsträhne zurück, die ihm beim Spielen in die Stirn gerutscht ist. Als hätte er sie dabei erst richtig bemerkt, zieht er die Strähne in die Länge. »Sieht aus, als müsste ich mir einen Friseur suchen. Nora wollte das immer selbst machen, damit ich sie ja nicht zu kurz schneiden lasse. Oder ich greife einfach zum Rasierer und gehe mit Sven im Partnerlook. Wie wäre das?«

Ich versuche, mir Morgan mit Glatze vorzustellen, und muss den Impuls unterdrücken, meine Finger in dieses dichte, eigenwillige Haar zu schieben. Anscheinend sieht man mir das an, denn Morgans Augen blitzen auf. Er spielt mit mir – na warte! »Steht dir bestimmt gut«, sage ich mit einem zuckersüßen Lächeln.

Morgan blinzelt zweimal. Die Haut um seine Augen legt sich in tausend winzige Fältchen. Als er anfängt zu lachen, kommen zwei Grübchen auf den Wangen dazu. »Vermutlich ist es gut, dass nichts wirklich von Dauer ist«, sagt er dann, plötzlich wieder nachdenklich. »Immerhin gilt das auch für die weniger schönen Dinge.«

Meine Hand liegt für einen Augenblick auf seiner Schulter, und er hält sie dort fest, bis seine Finger von den Saiten zurückgelockt werden.

Morgan spielt fast den ganzen Vormittag, die meiste Zeit scheint er etwas auszuprobieren, summt manchmal ein paar Takte mit, ein paar Mal erkenne ich aber auch Teile von allen möglichen Songs. Als ich meine, ›Heart‹ von den Pet Shop Boys herauszuhören, drehe ich unwillkürlich den Kopf – wie albern, schon wieder! Falls er nämlich jetzt gerade überhaupt an den Text denkt, dann ist es ganz sicher Nora, die seinen Herzschlag aussetzen lässt; die eine Kettenreaktion hervorruft und die nicht weiß, was es ihm bedeutet ... Was natürlich nicht stimmt: Sie weiß es, es ändert nur nichts. Was *ich* gerade fühle, was mich schlucken lässt, ist dieser unauflösbare Widerspruch zwischen dem, was sie sich beide wünschen – Morgan *und* Nora – und dem, was möglich ist. Nichts weiter.

Morgan ist nach wie vor in sein Spiel vertieft und ›Heart‹ hat sich schon wieder in einem anderen Song aufgelöst. Ich höre einfach weiter zu und vergesse für eine Weile sogar zu denken. Es ist wirklich seltsam, wie unbedeutend Zeit hier draußen ist. Gestern spielt schon keine Rolle mehr, und morgen ist noch so weit weg ...

Auf irgendeiner Melodie treiben schließlich Morgans Worte noch mal an mir vorbei und ich frage mich, ob er recht hat: Ist denn wirklich nichts von Dauer? Das zwischen Stefan und mir, das wirkt so beständig wie die Alpen. Ich habe mir noch nie den Kopf darüber zerbrochen, wie lange es mit uns wohl gut geht, weil es einfach keine

Sollbruchstellen gibt. Selbst wenn wir uns mal streiten – und wer tut das bitte schön nicht ab und zu? –, stellt das nie infrage, was wir miteinander haben. Ein seltenes Glück, auf das ich achtgeben sollte. Ich sehe ein weiteres Mal zu Morgan hinüber, dem dieses Glück mit Nora nicht vergönnt war..

Es hat etwas Meditatives, ihn beim Gitarrespielen zu beobachten: Er regt sich kaum, nur seine Hände bewegen sich mit traumwandlerischer Sicherheit. Dass er jetzt gerade, auf dieser Veranda im Nirgendwo, ebenso sehr mit sich im Einklang zu sein scheint wie auf der Bühne im Scheinwerferlicht, wo er kaum eine Sekunde still stehen kann und es spätestens nach dem fünften oder sechsten Song aufgibt, sich das schweißnasse Haar aus der Stirn zu streichen, das kommt mir erst seltsam vor, beinahe widersprüchlich. Doch während ich ihm zusehe, erscheint es mir plötzlich so selbstverständlich, als hätte ich eben etwas begriffen, das ich nicht in Worte fassen kann. Etwas, das tiefer geht als der Anschein, das den Kern der Sache berührt – aber das ist noch nicht alles, da ist noch mehr, etwas Entscheidendes ...

»Wusstest du eigentlich immer schon, dass du Musiker werden möchtest?«, frage ich, um diese bohrenden Gedanken loszuwerden.

Morgan lacht. »Nein – als Kind wollte ich Raubtierdompteur werden. Und Indianerhäuptling. Und Captain Kirk natürlich. Aber nachdem ich das erste Mal eine Gitarre in der Hand gehabt habe, mit acht oder neun, da war eigentlich alles klar.«

Ich sehe eine ziemlich niedliche Kinderversion von Morgan vor mir, ein schmales Kerlchen mit strubbeligem

Haar und einer Gitarre für Erwachsene, die natürlich ein ganzes Stück zu groß für ihn ist. Trotzdem ist er schon vollkommen versunken in das Instrument. Das lässt mich lächeln. »Beneidenswert – so viele Menschen finden nie heraus, was sie wirklich wollen …«

»Denkst du das wirklich?«

Etwas in Morgans Ton lässt mich aufhorchen. »So habe ich das nicht gemeint. Ich wollte nicht sagen …« Zu ›dass *du* zu beneiden bist‹ komme ich nicht.

Morgan schüttelt den Kopf. »Nicht wegen mir. Wegen der anderen. Denkst du wirklich, dass sie es nur nicht herausfinden?«

Ich zucke etwas hilflos mit den Schultern. Zum ersten Mal habe ich nicht die leiseste Ahnung, worauf er hinauswill.

»Also ich denke, das Problem ist nicht, es herauszufinden. Jeder Mensch weiß, was er will. Wenn er es zulässt. Wenn er sich nicht selbst belügt, weil er Angst hat. Vor der eigenen Courage oder vor dem, was die anderen denken oder sagen könnten. Oder davor, nicht gut genug zu sein. Oder nicht genug Geld zu verdienen. Oder, oder, oder. Ich denke, Angst ist der Grund, weshalb so viele Menschen nicht das Leben führen, das sie führen wollen.«

Führe ich denn das Leben, das ich führen möchte? Niemand hat die Frage gestellt, trotzdem ist sie plötzlich da. Und ich spüre ein unangenehmes Kribbeln im Nacken und zwischen den Schulterblättern, weil ich für ein oder zwei Sekunden nicht weiß, was ich antworten will.

Dann ist der Augenblick vorüber. Ich blinzele in den wolkenlosen Sommerhimmel und denke, dass mein Leben beinahe unverschämt perfekt ist.

Am Samstagnachmittag komme ich gerade aus der Dusche, es war einfach zu heiß auf der Veranda, als ich das Auto höre. Ich höre die Klingel, Morgans Schritte, als er zur Tür geht, einen kurzen Wortwechsel. Wieder irgendeine Lieferung? Dann fällt die Tür zu. Ich ziehe mich an, und als ich keine weiteren Schritte höre, keine zurück von der Tür, gehe ich zum Fenster und schaue hinaus. Ich will eben auf den Balkon gehen, weil ich aus diesem Winkel nur einen Teil der Einfahrt einsehen und dort niemanden entdecken kann, als mein Blick auf das Auto fällt. Es ist nur die hintere Hälfte zu sehen, aber das genügt: ein nachtblauer Fünfer-BMW – den hat Stefan erst vor gut einem Jahr als Firmenwagen bekommen, wegen der zusätzlichen Geschäftsreisen, die die Beförderung mit sich gebracht hat.

Ich sprinte die Treppe hinunter, deren alte Holzstufen ob der rüden Behandlung protestierend knarren, und reiße die Haustür auf. Und da sehe ich sie.

Mit einem Aufschrei dränge ich mich zwischen die beiden Männer, die sich fast Stirn an Stirn gegenüberstehen, mit hängenden Armen, aber die Hände zu Fäusten geballt, wobei Stefan Morgan um einen guten halben Kopf überragt. »Hey, seid ihr wahnsinnig? Was soll der Unsinn?«

Zu meiner Überraschung ist es Morgan, der zuerst einen Schritt zurücktritt. Hätte ich wetten sollen, ich hätte auf Stefans kühle Beherrschung gesetzt – und verloren.

In seinem schicken blassblauen Kurzarmhemd zu einer schwarzen Anzughose und glänzenden schwarzen Lederschuhen wirkt Stefan auf dem staubigen Kies der Auffahrt seltsam deplatziert. Er behält seine Drohgebärde noch weitere zwei oder drei Sekunden bei, bevor er die

Schultern fallen lässt und die Finger streckt. Sein Aufzug, in Kombination mit der grimmigen Miene, lässt mich für einen Moment an einen Geldeintreiber denken. Er hat das Kinn vorgereckt, eine deutliche Siegergeste. Ich würde ihn am liebsten schütteln.

Morgan hebt die Hände. »Sorry, Mann, du hast recht, das geht mich nichts an.«

Ich schaue von ihm zu Stefan. »Was soll das? Was machst du hier?«

»Na das ist ja mal eine nette Begrüßung. Ich freu mich auch, dich zu sehen, Schatz.« Stefans Sarkasmus kann schneidend sein. Das ist eigentlich etwas, das mir an ihm gefällt – wenn es sich nicht gerade gegen mich richtet.

»Er will dich abholen«, sagt Morgan hinter mir ganz ruhig. Es schwingt kein Vorwurf darin mit.

»Halt dich da raus, ja?«, schnauzt Stefan.

»Schon gut.« Morgan klingt noch immer ungewöhnlich gelassen. Er lässt sich nicht provozieren. *Nicht noch mal,* verbessere ich mich, angesichts der Szene, in die ich eben gestolpert bin. »Am besten gehe ich wieder rein, und ihr diskutiert das einfach in Ruhe aus.«

Er geht tatsächlich, aber ich bin ziemlich sicher, dass er uns durchs Fenster im Auge behalten wird. *Mich,* verbessere ich mich erneut, er wird *mich* im Auge behalten. Für den Fall, dass irgendetwas hier nicht so läuft, wie es soll.

Der Gedanke macht mich schwindlig.

Jetzt stehen Stefan und ich uns gegenüber. Ich muss zu ihm hochsehen, nur ein wenig, aber genug, dass es mir auffällt. Er holt Luft, macht den Mund auf, schüttelt den Kopf. »Verdammt. So wollte ich das nicht. Ich wollte keinen Streit.«

»Na das hast du ja prima hinbekommen.« Ich sehe, wie sein Kiefer sich anspannt, und verfluche mich innerlich. Die Feststellung gilt für mich wohl genauso. »Tut mir leid«, lenke ich ein, bevor er noch etwas sagen kann, »das war blöd.«

Er nickt, zuckt dann die Achseln. »Okay, können wir einfach von vorne anfangen? Ich wollte nach dir sehen. Ich möchte wissen, wann du nach Hause kommst. Und ich möchte, dass du's mir ins Gesicht sagst und nicht am Telefon. Was das hier soll.« Er macht eine Bewegung mit dem Arm, die mich und das Haus einschließt. Und eine Grenze zieht zwischen uns beiden.

»Stefan, ich ...«

»Komm mir jetzt bitte nicht wieder mit diesem ›Um einen Freund kümmern‹-Kram! Du bist jetzt seit einer Woche hier, Franziska, seit einer geschlagenen Woche! Was glaubst du denn, wie lange man braucht, um über eine fast zwanzigjährige Beziehung hinwegzukommen, hm? Ein paar Monate? Oder doch eher Jahre? Willst du vielleicht solange hier bei ihm hocken und Händchen halten – oder was immer ihr tut?« Ich will etwas sagen, will diese letzte Spitze nicht so stehen lassen, aber Stefan lässt mich nicht zu Wort kommen. »Am Boden zerstört wirkt er auf mich übrigens nicht gerade – eigentlich kam er mir sogar ziemlich gut gelaunt vor, als er aufgemacht hat. Aber wahrscheinlich verstehe ich davon bloß nicht genug!«

Ich kann nicht sagen, ob Stefan wütend ist oder verzweifelt. Oder beides zu gleichen Teilen. Er hat recht – ich bin jetzt seit einer Woche hier, bei Morgan. Irgendwann in dieser Zeit muss ich mein Stefan-Radar ausgeschaltet haben, und jetzt finde ich den Schalter nicht. Ich stehe da und reibe meine Arme, als wäre mir kalt, dabei hat es locker dreißig Grad.

»Also: Was soll das alles?«, fragt Stefan. Müde. »Was hat das zu bedeuten? Für uns?«

Die letzten beiden Worte sind es, die mich richtig frösteln lassen. Nein, falsch, nicht die Worte selbst, sondern dass sie als Frage formuliert wurden. Zehn Jahre lang war dieses ›uns‹, dieses ›wir‹, mein Fundament; unverrückbar, stabil, mit allem belastbar.

Nach Lukas gab es eine Zeit, von der ich heute nicht mit letzter Sicherheit sagen kann, dass ich meine Drohung nicht wahr gemacht hätte. Die meisten Erinnerungen an dieses Jahr sind undeutlich und verschwommen. Unzuverlässig, als wäre ich gar nicht wirklich dabei gewesen, sondern wüsste nur aus dritter Hand davon. Wenn es nach mir geht, kann das gerne so bleiben. Jedenfalls möchte ich lieber nicht darüber nachdenken, was möglich gewesen wäre, wäre Stefan nicht aufgetaucht.

Stefan ist mir vors Auto gelaufen.

Genau genommen hatte ich eine rote Ampel überfahren – und damit beinahe auch ihn. Im ersten Moment war er ziemlich ungehalten deswegen, was er gestenreich zum Ausdruck gebracht hat. Der eisige Blick seiner graublauen Augen schien sich direkt durch die Windschutzscheibe zu bohren, und seine Größe zusammen mit der farbigen Gebärdensprache, die nicht so recht zu seinem teuer aussehenden Anzug passen wollte, ließen ihn richtig bedrohlich wirken. Trotzdem bin ich ausgestiegen.

Als ich so vor ihm stand, bleich und zitternd, ist er plötzlich ganz ruhig geworden. Er hat mich angesehen und irgendwie Bescheid gewusst. Kopfschüttelnd, aber ohne Fragen zu stellen oder einen bissigen Kommentare abzugeben, hat er mich auf den Beifahrersitz bugsiert, nach meiner Adresse gefragt und mich nach Hause gefahren. Dort hat er darauf bestanden, mit nach oben zu kommen und mir einen Kaffee zu machen. Ich habe ihn schulterzuckend gelassen. Wenn er sich als psychopathischer Serienkiller entpuppt hätte, wäre mir das damals nur recht gewesen.

Irgendwo in der Küche hat er eine Flasche Rum gefunden und mindestens die Hälfte der Kaffeetasse damit gefüllt. Dann hat er mich genötigt, das Zeug zu trinken. Als ich es unten hatte, hat er gefragt, ob ich ihm jetzt erzählen könne, was los sei. Ich habe angefangen zu heulen – das erste Mal seit Monaten.

Danach wurde es langsam besser.

In den folgenden Wochen hat Stefan mich praktisch täglich angerufen und mir eine Verabredung abgerungen. Es wurde schnell zu einer Art Ritual, dem ich mich nur noch scheinbar widerstrebend gefügt habe. Wir haben uns abends nach der Arbeit getroffen, immer im selben kleinen Lokal. Der Wirt hat uns bald den Tisch in der hintersten Ecke frei gehalten.

»Na«, hat Stefan mich jeden Abend begrüßt, »heute schon jemanden überfahren?«

»Leider nein«, habe ich dann geantwortet, »ich konnte dich einfach nirgendwo entdecken.«

Es hat fast ein halbes Jahr gedauert, bis ich ihm wirklich von Lukas erzählen konnte. Danach haben wir unsere Treffen in seine oder meine Wohnung verlegt. Und als er dann vier oder fünf Monate später eine Stelle bei seiner jetzigen Firma angenommen hat, schien es nur logisch, dass er mich gefragt hat, ob ich nicht mitkommen wolle, »zurück aufs Land«. Wir kommen beide fast aus derselben Gegend, und er wusste, dass ich eigentlich nur zum Studieren nach München gezogen und dann irgendwie hängen geblieben war. Dass wir zusammengezogen sind, war dann auch keine große Sache, wir hatten ja vorher schon praktisch jede freie Minute miteinander verbracht. Außerdem gab es da noch das Haus: Margot, Stefans Mutter, war nach dem Tod seines Vaters in eine kleine Wohnung gezogen, sie wollte nicht mit ihren Erinnerungen zusammenleben. Fremde wollte sie aber auch nicht dort wohnen lassen, also hat das Haus zwei oder drei Jahre lang leer gestanden. Und Stefan fand die Vorstellung, allein in sein Elternhaus einzuziehen, nicht sehr verlockend. »Ich würde wahrscheinlich alles so lassen, wie es ist«, hat er gesagt. »Du könntest mir helfen, die Geister zu vertreiben.«

Nur Maike hat das Ganze damals etwas schmallippig aufgenommen. Sie wollte wissen, ob es mir nicht zu denken geben würde, dass es für Stefan anscheinend nur zwei Möglichkeiten gab: Ich könne mitkommen und jeden Tag nach München pendeln, oder wir würden uns nur noch an den Wochenenden sehen. Ich habe ihr erklärt, dass er das so nie gesagt hat; dass es außerdem vollkommen absurd sei, auch nur darüber nachzudenken, in München wohnen zu bleiben und ihn pendeln zu lassen, wenn im Allgäu ein Haus leer stünde.

Damit, dass mich die Pendelei über kurz oder lang fertigmachen würde, hat Maike dann allerdings recht behalten. Über zwei Stunden täglich im Auto, gefangen in einer Kolonne gesichtsloser Lemminge, von denen immer mal wieder einer durchdreht und im Stau sekundenlang die Hupe malträtiert, als könnten ihm die Schallwellen einen Weg freisprengen ... Manchmal habe ich die Autotüren von innen verriegelt, weil ich sonst sicher aus dem Wagen gesprungen und schreiend in den Wald gerannt wäre.

Aber auch dafür hatte Stefan eine Lösung: Ich könne es doch einfach mal als Freiberufler versuchen, finanziell seien wir auf mein Gehalt ja nicht angewiesen. Und genug Platz für ein Büro gäbe es auch, er würde einfach den Dachboden ausbauen lassen, das sei ohnehin schon lange geplant gewesen.

So oder so sähe mein Leben ohne Stefan heute definitiv ganz anders aus. Er hat mich nicht aus dem Abgrund gezogen, aber er hat mir ein Seil zugeworfen und es geduldig festgehalten, bis ich es geschafft hatte, hinauszuklettern.

Er hat mir ein Fundament gebaut – oder er hat angefangen, und wir haben es gemeinsam immer stabiler und fester gemacht. Von dieser sicheren Basis aus konnte ich Morgan die Hand in den Abgrund reichen.

Und jetzt läuft ein Beben durch dieses Fundament und lässt es in seinen Grundfesten wanken. Für einen Augenblick bin ich starr vor Angst, sprachlos. Eine einzelne Träne kitzelt meine linke Wange.

Stefan versteht mein Schweigen falsch. Er nickt langsam. »Also gut. Dann sagst du es eben nicht. Ich kann dich wohl schlecht zwingen. Ich hätte mir nur gewünscht, dass das anders endet zwischen uns, nach allem.«

Er dreht sich um. Geht zum Auto.

Ich beiße mir in die Unterlippe, der plötzliche Schmerz löst endlich meine Erstarrung, ich laufe, renne ihm nach. »Stefan!« Ich erwische seinen Arm, als er eben einsteigen will, halte ihn fest. »Nicht! Geh nicht. So ist es nicht! Ich bin nicht … ich will nicht …« Ich stammle, schluchze, bekomme Schluckauf. Kurz, aber heftig werde ich an Lukas erinnert, an mein Betteln, würdelos. Ich muss mich zusammenreißen – mit Tränen kann Stefan nicht gut umgehen, er könnte das Gefühl bekommen, ich wollte von den Tatsachen ablenken, mich in die Opferrolle flüchten.

Stefan schiebt mich auf Armeslänge von sich. Ich kann den Ausdruck in seinen Augen nicht deuten, sie wirken auf einmal mehr grau als blau, als hätte er ein inneres Rollo heruntergelassen, das das Licht verschluckt. »Was willst du nicht? Du kannst uns nicht beide haben, weißt du.« Es klingt nicht kalt. Aber auch nicht warm. Im Grunde ist es eine einfache, nüchterne Wahrheit. Eine Feststellung der Fakten, nicht mehr und nicht weniger.

Ich atme tief durch. »Ich will mit dir nach Hause fahren«, höre ich mich sagen.

Stefan wartet draußen, während ich meine Sachen hole. Ich verschwinde kurz im Bad, wasche mir so gut wie möglich die Tränenspuren aus dem Gesicht, bevor ich mich im kühlen Hausflur von Morgan verabschiede. Wir berühren uns nicht, es ist sicherer so, aber Morgan lächelt.

»Das ist nicht deine Schuld, das weißt du, oder?« Ich habe mich wieder gefasst, stehe wieder sicher, zumindest für den Moment.

»Mach dir um mich mal keine Sorgen, ich komme schon klar. Vielleicht schreibe ich endlich mal wieder ein paar Songs. Ich konnte schon lange nicht mehr in Ruhe arbeiten.«

»Du rufst mich jeden Abend an, okay?« Die Worte sind draußen, bevor ich darüber nachdenken kann, ob das gut ist, oder auch nur klug, jetzt gerade.

Um Morgans Mundwinkel zuckt es. »Sehr wohl, Mylady.« Er deutet eine Verbeugung an und ich kann nicht anders, ich muss lachen.

»Danke, Morgan.« Mehr brauche ich nicht zu sagen, er weiß, was ich meine. Bevor ich es mir noch anders überlegen kann, drehe ich mich um und gehe zur Tür.

Als ich die Hand schon auf der Klinke habe, sagt Morgan: »Du bringst das in Ordnung mit euch beiden. Du schaffst das.«

Mein Blick zuckt zurück, als ob sich ein überdehntes Gummiband wieder zusammenziehen würde, und bleibt eine Sekunde zu lang an seinem hängen. Etwas sticht in meiner Brust, kurz und scharf, aber ich reiße den Kopf herum – nach vorn, immer schön nach vorn –, stoße die Tür auf und bin draußen.

Ich steige zu Stefan ins Auto, wir holen meinen Wagen an der Autobahnraststätte ab, dann bin ich wieder zu Hause. Es fühlt sich nicht an, als wäre nur eine Woche vergangen.

Morgan

Ich kann immer noch nicht sagen, warum ich sie an diesem Abend angerufen habe, selbst nach zwei Jahren nicht. Ich hatte es jedenfalls nicht vor. Franziska war nur eine flüchtige Zufallsbekanntschaft. Wenn man an Zufälle glaubt.

Es war ein Dienstagabend im August, Nora war seit mehr als drei Wochen fort. Und anders als die letzten vier Male, als sie mich verlassen hatte, hatte sie sich noch nicht mal gemeldet seitdem. So lange hat es nur beim zweiten Mal gedauert, als wir über ein halbes Jahr getrennt waren und sie schon eine eigene Wohnung hatte. Ich wusste nicht mal, wo sie war: bei einer Freundin? Oder doch eher bei ihren Eltern? Ihre Eltern hassen mich – ich kann es ihnen nicht verübeln. Ich habe ihnen die achtzehnjährige Tochter weggenommen und sie dann unglücklich gemacht. Was kann man vom Sänger einer leidlich erfolgreichen Pop-Band auch anderes erwarten?

Ich weiß noch, dass ich zu viel getrunken habe an dem Abend. Na ja, wohl eher schon den ganzen Tag. Oder die letzten drei Wochen. Ich saß also im dunklen Wohnzimmer, das

Handy in der Hand, und habe das Display angestarrt, als könnte ich Nora mittels Telepathie dazu zwingen, mich anzurufen. Ich vermute, ich habe in den Kontakten herumgespielt, ohne es zu merken. An irgendwelche Gedanken kann ich mich jedenfalls nicht erinnern – ich glaube kaum, dass es etwas Zusammenhängendes gab, das über Noras Namen hinausging.

Und dann lächelt mir unversehens Franziska entgegen.

Das Foto hatte ich drei Monate zuvor in diesem Burger King gemacht, ein schneller Schnappschuss, um ihre Nummer später besser zuordnen zu können. Ich wollte ihr und Stefan ja lediglich Backstagepässe zukommen lassen beim nächsten Konzert. Es war ein netter Abend, wir haben auch kurz darüber gesprochen, uns mal wieder zu treffen. Nur sind wir nicht gerade Nachbarn, also hat wohl niemand damit gerechnet, dass das tatsächlich passieren würde.

Franziska lächelt direkt in die Kamera: herzlich, offen – scheinbar. Aber eben nicht ganz. Sie hält etwas zurück, etwas, das ich zu kennen glaube. Es verbirgt sich irgendwo in der Tiefe, ein flüchtiger Schatten im Augenwinkel, wie ein großes Tier am Meeresgrund.

Erst starre ich einfach nur auf dieses Foto, sekundenlang, mit nichts als einem weißen Rauschen im Kopf und vagen Erinnerungen an schlechte Witze. Und unbekümmertes Lachen. Im nächsten Moment habe ich das Handy schon am Ohr, lausche dem Klingeln, merke, was ich da tue, und will gerade wieder auflegen, als sie abhebt.

»Morgan?«

Sie klingt überrascht, wenigstens eher erfreut als verärgert – ich registriere mit einiger Verspätung, dass es fast halb zwölf ist, an einem Wochentag. Menschen mit normalen Jobs müssen am nächsten Morgen früh aufstehen. Ich stammle eine Entschuldigung, mehrere Entschuldigungen, glaube ich, und lege auf.

Zwei Minuten später klingelt mein Handy. Sie fragt mich, ob sie vorbeikommen soll. Als ob sie es wüsste. Als ob sie alles wüsste. Sie wohnt fast vierhundert Kilometer weit weg. Es ist mitten in der Nacht. Ich sage Ja, ohne zu begreifen, was da gerade passiert.

Ich verstehe es immer noch nicht, als ich gegen halb vier Uhr morgens draußen das Licht angehen sehe. Ich bin an der Tür, bevor sie klingeln kann. Was sie vielleicht gar nicht wollte. Ich bemerke ihr Zögern, sehe es in ihren Augen. Ich weiß, dass sie es weiß. Dass sie es erkannt hat. Nicht den Kratzer an meinem Arm – ein ebenso alberner wie nutzloser Versuch, etwas zu fühlen, das nichts mit Nora zu tun hat. Das andere. Das Dunkle.

Ich sehe ihre Angst und bin sicher, dass sie sich umdrehen und in ihr Auto steigen und nach Hause fahren wird, in Sicherheit. Aber das tut sie nicht. Sie schüttelt das Zögern ab. Macht einen entschlossenen Schritt über die Schwelle.

Dann ist sie bei mir und hält mich fest, fängt mich auf, als ich eben denke, dass ich jetzt falle, in die Dunkelheit stürze, wenn sie geht, wenn die Haustür zufällt, diese letzte Schleuse zwischen mir und der Welt. Sie hält mich fest und sagt kein Wort. Kein idiotisches »Alles wird gut«, kein »Was ist denn los – du musst darüber reden, damit es besser wird« … Wissen die Leute eigentlich, was sie da sagen? Etwas in Worte zu fassen, macht es nicht automatisch besser. Häufig genug bewirkt es das Gegenteil. Worte haben Macht. Und sie können nicht zurückgenommen werden.

Ich kann nichts gegen das Zittern tun – es kommt plötzlich wie ein Anfall, und schüttelt mich so stark, dass meine Zähne aufeinanderschlagen, als ich Luft holen will. Sie hält es aus. Hält mich einfach noch ein bisschen fester. Und ich klammere mich an sie, als wäre sie der Grasbüschel auf dem glatten Fels über einem bodenlosen Abgrund.

Als ich sie endlich loslasse, sagt sie immer noch nichts, stellt keine einzige Frage. Ich nehme ihre Hand und führe sie quer durch den riesigen Raum, der das Erdgeschoss meiner Villa bildet. Ich setze mich auf eins der Sofas, das mittlere, und sie steht noch einen Moment da, sieht sich um. Es ist nur eine einzige Lampe an, hinten rechts über dem Esstisch, und die habe ich heruntergedimmt. Ich schätze, sie kann die Größe eher spüren als sehen. Jetzt wird sie irgendetwas sagen. Und wenn es nur ›Wow‹ ist, das ist meistens das Erste. Stattdessen setzt sie sich neben mich. Ihre Fingerspitzen berühren meinen Arm eine Handbreit oberhalb des Ellenbogens. Sie wartet einen Moment, und als ich nicht zurückweiche, rutscht sie noch etwas näher an mich heran und legt mir den Arm um die Schultern.

Und immer noch dieses sanfte Schweigen.

Ich kann kaum glauben, dass das gerade tatsächlich passiert, dass ich mir das nicht nur einbilde. Vielleicht bin ich im Delirium oder etwas in der Art ... »Sie hat mich verlassen«, sage ich, um die Wirklichkeit zu testen. Ich höre meine eigenen Worte, sie sind wie eine Klinge. Ich kann spüren, wie sie Fasern durchtrennen. Der Schmerz ist echt. Das hier ist echt. Ich bin wirklich hier.

»Wenn du möchtest, kann ich eine Weile hierbleiben«, sagt Franziska.

Da fange ich an zu weinen wie ein kleines Kind, und sie wiegt mich, ihr Kinn auf meinem Hinterkopf, und wispert ein gelegentliches »Schhhh« in die Dunkelheit, bis draußen der Morgen graut.

Nachdem ich ihr eins der Gästezimmer gezeigt hatte – sie hatte ihre Sachen im Auto gelassen, hat wirklich an alles gedacht, damit mir jede Wahl blieb –, konnte ich tatsächlich ein paar Stunden schlafen. Es klingt albern, aber das Haus hat sich anders angefühlt, als sie da war, weniger kalt. Es ist nicht so, dass ich Nora in Franziskas Gegenwart weniger vermisst hätte, nur schien das Gefühl an Schärfe zu verlieren und nicht mehr alles andere komplett zu überlagern.

Ich liebe Nora, seit ich sie das erste Mal gesehen habe, damals, nach dieser furchtbaren Fernsehshow, als ihr Vater uns bekannt gemacht hat. Ich dachte, sie würde mich um ein Autogramm bitten oder eine Widmung in ihren CDs, das Übliche eben. Stattdessen hat sie mich regelrecht ausgefragt: ob ich rauche – was ich zu der Zeit bereits verneinen konnte; welche Filme ich mögen würde; welches Buch ich zuletzt gelesen hätte; und was ich vom Präsidenten der USA hielte. Die Lewinsky-Affäre war damals in aller Munde, also habe ich mit einer Gegenfrage geantwortet: ob sie meine Meinung über den Präsidenten oder den Menschen Bill Clinton hören wolle. Anscheinend habe ich ihren kleinen Test bestanden, jedenfalls hat sie mir, kurz bevor ihr Vater wieder zu uns gestoßen ist, einen Zettel mit ihrer Handynummer zugesteckt. Ich liebe sie, seit sie mich dabei auf diese ernste und zugleich hoffnungsvolle Weise angesehen hat. Voller Vertrauen.

Sie war eigentlich viel zu jung für mich mit ihren gerade mal achtzehn Jahren, aber sie hat so entschlossen gewirkt. So sicher. Sie hat mir das Gefühl gegeben, gebraucht zu werden, bedeutend zu sein. Als könnte ich die Welt aus den Angeln heben, für sie. Es war großartig. Vielleicht die schönste Zeit meines Lebens.

Bis es mich erdrückt hat. Bis ich ihr vorgeworfen habe, mich zu ersticken, weil ich ihren traurigen Hundeblick nicht ertragen habe, wenn ich mal ein paar Abende mit den Jungs ausgehen wollte.

Da war sie noch keine zwanzig, verdammt. Aber Worte können nicht zurückgenommen werden.

Sie hat mich schon seit Jahren nicht mehr so angesehen – vertrauensvoll, oder als ob sie mich brauchen würde. Wahrscheinlich ist es gut, dass sie gegangen ist. Endgültig diesmal, nicht wie vor zwei Jahren. Nora hat es verdient, glücklich zu werden.

Ich weiß nicht mehr genau, wann ich mich getraut habe, ihr von der Pistole zu erzählen. Oder von meiner Mutter. Ich glaube, es war etwa zwei Jahre, nachdem wir uns kennengelernt hatten. Wobei *getraut* nicht ganz ehrlich ist. Es stimmt, ich hatte Angst, wie sie reagieren würde. Aber noch mehr wollte ich, dass sie nichts davon weiß, weil ich mir eingeredet habe, dass ich es dann ebenfalls nicht zu wissen bräuchte. Dass ich mit ihr ganz von vorn anfangen könnte, ohne die Altlasten. Überraschenderweise hat das nicht funktioniert.

Franziska hat mich damals gleich am nächsten Tag mit der Pistole erwischt. Die Tür zu meinem Arbeitszimmer stand offen, vielleicht hatte ich für einen Moment vergessen, dass ich nicht allein im Haus war. Ich habe nur kontrolliert, ob sie geladen ist. Es ist mir ehrlich gesagt ziemlich egal, dass Waffe und Munition getrennt aufbewahrt werden müssen. Ich habe keine Kinder, das ist mein Haus, und außer mir kennt niemand die Kombination für den Safe. Und die Tatsache, dass sie geladen ist, gibt mir das Gefühl, dass sie wirklich da ist. Eine echte Möglichkeit. Nur für den Fall.

Franziska hat sofort begriffen, was sie gesehen hat. Keine Ahnung, warum ich trotzdem »Nur ein Spielzeug« gesagt habe. Ein kindischer Reflex. Ich habe ihr ins Gesicht geschaut in der Erwartung, einen Vorwurf in ihrer Miene zu entdecken oder sogar Ekel, aber da war nichts. Und sie hat nichts dazu gesagt. Fast hätte ich vergessen können, dass sie überhaupt davon weiß. Bis ich am nächsten Abend das dringende Gefühl hatte, ich müsse nachsehen, ob sie noch da ist. Ob sie bereitliegt. Für alle Fälle. Ich wollte nur mal kurz nach oben.

»Wo du die Pistole hast?«, hat Franziska gefragt.

Da habe ich es ihr erzählt, einfach so: »Sie hat meiner Mutter gehört. Ein halbes Jahr nach der Scheidung hat sie sich damit umgebracht. Ich war dreizehn und habe sie nach der Schule im Badezimmer gefunden. Danach hat mein alter Herr mich zu sich in die USA geholt.«

Es sind dieselben Worte, die ich bis dahin genau vier Mal aufgesagt hatte: für Sven, für Alex, für Snuggles und für Nora. Sven hatte ein Recht darauf, es zu erfahren. Vor Alex und Nora hätte ich es nicht ewig geheim halten können, das ist der Preis, wenn man jemandem nahekommt. Und Snuggles musste es wissen, um die Presse mit den richtigen Geschichten zu füttern. Mein Vater hat damals seine Kontakte spielen lassen, die offizielle Version lautet tatsächlich ›Unfall‹. Außerdem hatte meine Mutter ihren Mädchennamen wieder angenommen. Das hat wohl geholfen, dass bislang niemand die Verbindung hergestellt hat.

Seit sechsunddreißig Jahren versuche ich, diese Sache dahin zu verbannen, wohin sie gehört: in die Vergangenheit. Ich hasse diese Worte, habe sie nicht ein einziges Mal freiwillig ausgesprochen. Weil sie mich jedes Mal aufs Neue zurückversetzen an jenen Tag. Und dieses Mal, mit Franziska, auch gleich noch an sieben andere Tage, an denen Nora mir gesagt hat, dass sie mich verlässt, das letzte Mal erst vor drei Wochen.

An denen ich gedacht habe, dass nichts wirklich schlimm ist, solange oben im Safe die Pistole liegt. Sie wartet auf mich. Sie wird immer da sein.

Aber diesmal ist Franziska da und streckt die Hand nach mir aus. Ich spüre die Bewegung in meinem Rücken. Ich sage ihr, dass sie mich nicht anfassen soll – ich ertrage es nicht, wenn sie mich jetzt berührt. Meine Haut ist gespannt bis zum Zerreißen, wenn sie mich jetzt anfasst, platzt sie einfach ab ... Ich will hier raus, aus diesem Raum, aus meiner Haut, aus meinem Körper – aber ich kann nirgendwo hin.

»Bitte geh nicht nach oben, Morgan«, sagt Franziska. »Ich kann gehen, wenn du allein sein möchtest.«

Sie bittet mich. Sie verlangt nicht, fordert nicht, mahnt nicht. Eine einfache Bitte. Die erste, seit sie hier ist. Wegen mir. Ich habe sie angerufen und sie ist gekommen, einfach so.

Ich kann ihr die Bitte nicht abschlagen.

Ich kann nirgendwo hin.

Dabei weiß ich gar nicht mehr, wo ich überhaupt bin; *wann* ich bin ... Ich halte das nicht mehr aus, Morgan. Dieses Schweigen. Bist du überhaupt noch hier? Ich verlasse dich, Morgan. Ich weiß nicht, warum ich hier sein soll, wenn du es nicht bist. Es geht nicht mehr, Morgan, ich kann nicht mehr.

Ich kann nicht mehr.

Das steht auf dem Zettel, den meine Mutter in der Hand hält. *Ich kann nicht mehr.* Sonst nichts.

Ich krümme mich zusammen, mache mich ganz klein. Vielleicht kann ich in mir selbst verschwinden, kann mich in der Kälte auflösen, die in Wellen über mir zusammenschlägt.

Plötzlich kniet Franziska neben mir, beugt sich über mich, als wollte sie mich vor Trümmerteilen schützen. Sie schlingt die Arme um mich. Ihre Berührung tut weh, aber nur für einen kurzen Moment. Wie warmes Wasser auf zu kalter Haut. Dann drängt sie die Kälte zurück und ich spüre den Parkettboden der Villa unter meinen Knien – keine Badezimmerfliesen. Ich kann fühlen, wie ich ruhiger werde, wie die Dunkelheit aus mir herausfließt, bis mein Körper wieder mir gehört. Trotzdem verharre ich weiter in meiner zusammengekrümmten Haltung, obwohl meine Muskeln und Gelenke längst schmerzhaft protestieren, weil ich Angst davor habe, dass Franziska mich loslässt. Irgendwie hält sie mich auch im Hier und Jetzt fest.

Als könne sie meine Gedanken lesen, richtet sie sich auf, lässt aber eine Hand auf meinem Rücken liegen. »Komm hoch«, flüstert sie, »aufs Sofa.« Sie bleibt dicht neben mir, bis wir wieder sitzen und sie mich in eine feste Umarmung zieht.

Ich glaube, ich habe mich in meinem ganzen Leben noch nie so lange nicht bewegt. Erst als ich merke, dass sie immer wieder ein Gähnen unterdrückt, strecke ich mich und stelle fest, dass ein paar Stunden Schlaf sicher nicht verkehrt wären. Wir stehen auf, ohne dass sie sich ganz von mir löst. Die Treppe ist mehr als breit genug für uns beide. Ich bringe sie bis vor die Tür ihres Zimmers.

»Sicher, dass ich dich allein lassen kann?«, fragt sie.

Ich habe oben kein Licht gemacht, kann im Dunkeln gerade so die Konturen ihres Gesichts erahnen. Ihre Augen schimmern wie ein Fluss, der Sternenlicht spiegelt: Hell und Dunkel in stetig wechselnder Unveränderlichkeit. Wie Wolken ziehen Gedanken darüber hin, vielleicht sind es auch Gefühle. Möglicherweise gibt es aber auch gar keinen Unterschied ...

Da küsse ich sie.

Ich kann nicht sagen, warum, ich hatte es nicht vor, habe nicht mal daran gedacht. Ich nehme einfach ihr Gesicht in beide Hände, meine Daumen fahren ihre Wangenknochen nach, und bevor sich in meinem Kopf Worte manifestieren können, berühren meine Lippen ihre, die sich öffnen. Nicht überrascht. Nicht gierig.

Ich wusste nicht, dass ein Kuss so sanft sein kann. Und auf eine so selbstverständliche Weise notwendig. Wie Atmen.

»Bis morgen«, sage ich nach Sekunden, die mir wie eine Ewigkeit vorkommen, und höre das Staunen in meiner Stimme. »Versprochen.«

Ich wusste, dass Franziska zum Waldhaus kommen würde, als ich mit Nadja – oder Natascha? – hingefahren bin, obwohl sie noch nie dort war. Ich wusste, sie würde mich finden.

Auch das klingt albern: Sven und Alex kennen das Haus, es war klar, dass Franziska früher oder später mit den beiden sprechen würde. Oder Nora hätte ihr den Tipp geben können. Es hat mich nicht überrascht, dass Nora Franziska angerufen hat, auch wenn ich nicht fest damit gerechnet habe. Aber ich wusste, dass Franziska es erfahren und mich finden würde. Und wenn ich nach Sibirien gefahren wäre.

Ich weiß immer noch nicht, wie sie es schafft, dass von ihrer Hand auf meiner Schulter eine so intensive Wärme ausgeht. Sie bedrängt mich nie, nicht eine Sekunde. Trotzdem gelingt es ihr irgendwie, immer da zu sein. Selbst wenn sie nicht da ist, so wie jetzt gerade.

Ich wünsche ihr – oder eher mir? –, dass Stefan sich beruhigt, dass alles gut wird zwischen den beiden. Sie hat mir keinen Vorwurf gemacht heute, hat mich im Gegenteil noch gebeten, sie jeden Abend anzurufen. Obwohl Stefans Auftritt ihr richtig Angst eingejagt hat.

Ich kann nicht sagen, ob sie ihn liebt. Aber ich kann sehen, dass sie ihn braucht. Er gibt ihr Halt. Und Selbstvertrauen. Ich fürchte, wenn sie ihn verliert – *falls* sie ihn verliert –, durch meine Schuld, dann wird sie mir das nicht so leicht verzeihen. Und sich selbst auch nicht.

Manchmal glaube ich, sie weiß gar nicht, wie stark sie sein kann. Vielleicht denkt sie nur, dass sie ihn braucht. Vielleicht ...

Vielleicht sollte ich aufhören, unsinnige Vermutungen anzustellen. Ich habe schon genug Schaden angerichtet, weil ich mehr wollte, als mir zusteht. Ich hätte sie nach Hause schicken sollen, statt zu riskieren, dass Stefan hier auftaucht. Unvorhersehbar war das nun wirklich nicht. Aber ich musste ja so tun, als würde die Zeit stillstehen oder die Welt da draußen nicht existieren. Anscheinend habe ich immer noch nicht begriffen, dass sich das Leben nicht austricksen lässt. Jetzt kann ich nur hoffen, dass Stefan das Ganze nicht zu wichtig nimmt, dass es ihn versöhnt, dass sie sofort mit ihm gegangen ist. Ich sage mir, dass ich ihm nichts wegnehme, weil er das, was mir so viel bedeutet, gar nicht sieht.

Ich bin nicht sicher, ob ich ehrlich zu mir selbst bin. Oder ob das alles fair ist, Franziska gegenüber. Weiß sie überhaupt, was sie da tut? Wie schmal der Grat ist, auf dem sie sich bewegt? Als ihr Freund müsste ich sie warnen, müsste ihr sagen, was sie da riskiert – auch auf die Gefahr hin, sie zu verlieren.

Was ich ihr eigentlich sagen will, ist allerdings etwas ganz anderes. Nur darf ich das nicht, auf keinen Fall. Ich kann ihr nichts versprechen. Ich kann ihr nichts bieten außer Unsicherheit. Dazu habe ich kein Recht. Sie ist sicher, da, wo sie ist. Ich darf mir nicht anmaßen, darüber zu befinden, ob sie auch glücklich ist. Und selbst wenn nicht – ich bin ganz bestimmt der Letzte, der das ändern könnte. Wer das nicht glaubt, muss nur Nora fragen.

Also sage ich: »Du bringst das in Ordnung mit euch beiden.« Und nicht ›Bleib bei mir‹.

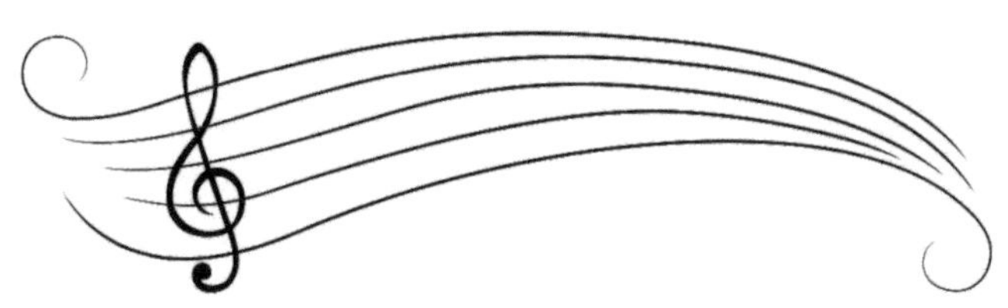

Neun

Ich fühle mich immer noch seltsam fremd in meinem eigenen Zuhause, als hätte ich ein halbes Leben an einem anderen Ort verbracht und nicht nur eine Woche, als Nora drei Tage später anruft.

»Hi, Franziska. Ich wollte mich noch bei dir bedanken. Sven hat mir gesagt, dass du bei Morgan bist – warst.« Dann muss Sven wohl mit Morgan gesprochen haben, wenn er weiß, dass ich wieder hier bin. Das ist gut. »Also … wie geht es ihm?«

Ich brauche einen Moment, um Noras Tonfall einzuordnen, er passt nicht so recht zu ihr. Dann habe ich es: Sie klingt schüchtern. Ich wiederhole, was Morgan zu mir gesagt hat: »Er kommt klar. Denke ich.« Und, um sie zu beruhigen: »Wir telefonieren jeden Abend.«

Nora atmet hörbar auf. »Danke«, sagt sie dann noch mal. Und nach einer Pause, als ich schon glaube, sie würde gleich auflegen: »Würdest du dich vielleicht auf einen Kaffee mit mir treffen?«

Jetzt verstehe ich ihren zögerlichen Ton: Nora glaubt, ich wäre sauer auf sie. »Ja klar, sehr gern«, sage ich schnell. »Bist du gerade in der Gegend?«

»Kann man so sagen: Ich wohne jetzt hier.«

Ich denke erst, dass sie vielleicht für eine Weile zu ihren Eltern gezogen ist, aber bevor ich fragen kann, erzählt Nora, dass sie sich eine Wohnung in Kempten genommen hat, weil dort jemand lebt, in dessen Nähe sie gern sein möchte.

Wir treffen uns vor meinem Lieblingscafé, dem Rokoko. Nora winkt mir zu, als ich aus dem Auto steige – als ob man jemanden wie sie übersehen könnte, Körpergröße hin oder her. Ich winke zurück und habe sie fast erreicht, als ich einem Dreikäsehoch ausweichen muss, den seine Mutter eben aus dem Buggy gehoben hat. Der Kleine scheint das Laufen noch nicht so ganz zu beherrschen, er wackelt breitbeinig und mit hoch konzentrierter Miene quer über den Gehsteig. Der nächste seiner Schritte gerät wohl etwas zu groß, jedenfalls kommt er ins Taumeln, rudert kurz mit den Ärmchen und landet dann auf seinem gut gepolsterten Hinterteil. Ich bin sicher, dass er sich nicht wehgetan hat, wahrscheinlich ist es nur der Schreck, trotzdem verzieht sich sein Gesichtchen zitternd zur Vorankündigung einer lautstarken Unmutsbekundung.

Das wäre jetzt der geeignete Zeitpunkt, um möglichst schnell und ohrenschonend nach drinnen zu verschwinden, doch da steht Nora schon neben mir und geht vor dem Kleinen in die Hocke, mühelos, trotz ihrer gefährlich hohen Pumps. »Hoppla«, sagt sie und lächelt.

Statt loszubrüllen, macht der Knirps große Augen. Dann streckt er eine nicht sonderlich saubere Hand nach Noras schimmernden rotgoldenen Locken aus, die ihr heute als locker gebundener Zopf über die linke Schulter fließen.

Nora lacht und hebt den Kleinen im Aufstehen hoch, als hätte sie so etwas schon tausendmal gemacht. Sie befreit seine Finger aus ihrem Haar und drückt ihn seiner Mutter in die Arme, die es endlich geschafft hat, den zusammengelegten Buggy im Kofferraum zu verstauen. »Das ist aber ein Süßer«, sagt sie zu der Frau, die verlegen lächelt.

Ich muss an das Gespräch mit Morgan denken, als er gefragt hat, ob ich glaube, dass Nora endgültig gegangen ist. Wie oft hat er wohl solche Szenen beobachtet?

Das Rokoko ist winzig und im Sommer eigentlich viel zu dunkel – der Gehsteig davor ist zu schmal, als dass man Tische und Stühle nach draußen stellen könnte –, dafür machen sie hier echten österreichischen Apfelstrudel. Und man sitzt in altmodischen kleinen Sesseln, die alle unterschiedlich sind. Noras hat Armlehnen, die in stilisierten Löwenköpfen enden, und ist im selben hellen Gelb lasiert wie der gedrechselte Fuß des Glastischs, an dem wir sitzen. Er passt perfekt zu ihr, lässt sie wie eine Königin wirken, die eine Privataudienz gewährt. Ich muss unwillkürlich schmunzeln, weil schließlich sie es war, die mich um das Treffen gebeten hat.

Mein Sessel ist schlichter im Design und wie zum Ausgleich in einem leuchtenden Blau lackiert, das allerdings an ein paar Stellen schon wieder absplittert. Anke, die Besitzerin des Rokoko, ist mit Stefan zur Schule gegangen. Sie hat uns mal erzählt, dass sie die Möbel auf Flohmärkten und bei Haushaltsauflösungen zusammengekauft und selbst restauriert hat.

Als unsere Cappuccinos da sind und mein Apfelstrudel,

greift Nora über den Tisch nach meinen Händen. »Danke, dass du gekommen bist. Ich möchte es dir erklären, Franziska.«

»Das musst du nicht machen …«, beginne ich, aber Nora unterbricht mich.

»Doch, irgendwie schon. Ich muss es ein Mal aussprechen. Muss diesen Schlussstrich ziehen.« Sie nestelt ein Taschentuch aus ihrer Handtasche und tupft sich die Augen ab, bevor ihr Make-up Schaden nehmen kann. Das ist Nora: Ich kann sie mir beim besten Willen nicht verheult oder völlig aufgelöst vorstellen. »Manchmal denke ich, wir hätten eine Chance gehabt, wenn wir uns später begegnet wären, Morgan und ich. Ich war noch so jung – gerade erst achtzehn geworden.« Ihr Blick geht an mir vorbei, irgendwo in die Vergangenheit, und was sie dort sieht, entlockt ihr ein Lächeln. »Mein Vater war damals Produzent für eine Fernsehshow, in der No Way! einen Auftritt hatten. Nach der Aufzeichnung durfte ich sie treffen. Ich war sofort verliebt in Morgan. Na ja, wahrscheinlich war ich das auch schon vorher: Ich meine, ich war achtzehn, und er …«

»Er ist Morgan«, sage ich, und wir kichern beide ein bisschen.

Ich kann mich so gut an *mein* erstes Mal erinnern: Ich war zwanzig bei meinem ersten No-Way!-Konzert. Damals war ich schon ein großer Fan, hatte alle Alben, konnte jeden Song mitsingen. Auf das Konzert bin ich allein gegangen, weil Lukas eben nicht auf »diesen lahmen Achtziger-

Pop« stand. Beinahe hätte ich mich nicht getraut: Damals hatte ich vor allem Angst, das ich nicht kannte; fremde Menschen, fremde Umgebung, jede Menge Möglichkeiten, etwas falsch zu machen, sich zu blamieren ... Manchmal wundere ich mich, dass ich an der Uni überlebt habe.

Heute fürchte ich mich vor den Dingen, die ich zu gut kenne. Ich weiß nicht, was besser ist. Oder schlimmer.

Aber es war die erste Tour von No Way! seit fast fünf Jahren, und wer wusste schon, ob danach noch eine folgen würde? Ich hatte sie noch nie live gesehen, also hatte ich praktisch keine Wahl.

Ich hatte mich viel zu früh vor der Halle angestellt, zusammen mit einer Handvoll weiterer Verrückter. Als der Einlass begann, war ich die Dritte in unserer Schlange. Mein kleiner Rucksack war offen, ich wurde nur flüchtig abgetastet und habe mich an den Tipp des Mädchens vor mir gehalten: »Renn!«

Das konnte ich schon immer ziemlich gut, die Ordner in den Gängen waren praktisch Wegweiser, auch wenn sie uns ein missmutiges »Hey, immer mit der Ruhe, langsam machen« hinterhergerufen haben, und nach zwei oder drei Mal abbiegen kam ich als eine der Ersten in der Halle an und konnte mir einen Platz in der ersten Reihe sichern, knapp neben der Bühnenmitte. Links von mir stand ein Pärchen, die beiden waren drei Jahre älter als ich und hatten sich auf der letzten Tour kennengelernt. Sie waren so aufgeregt wie kleine Kinder an Weihnachten, was eigentlich für die ganze Halle galt: Die Atmosphäre war aufgeheizt, fiebrig, aber auf eine freundliche, euphorische Art.

Als gute zwei Stunde später das erste tiefe Wummern

des Basses wie ein Willkommensgruß durch die Halle rollte, sodass wir es eher in der Magengrube und unter unseren Füßen spüren als wirklich hören konnten, entlud sich die ganze Aufregung in einer ohrenbetäubenden Kakofonie aus Jubelrufen, Pfiffen, Klatschen und fast hysterischem Kreischen. Und spätestens von dem Moment an, als Morgan kurz darauf endlich die Bühne betrat, waren ein paar Tausend Menschen plötzlich gemeinsam im Glücksrausch. Für zweieinhalb Stunden waren wir keine Fremden mehr, sondern eine einzige große Familie.

Ich war bei Weitem nicht die Einzige, die jeden Song auswendig konnte: Die Menschen um mich herum bewegten sich nicht nur alle im selben Rhythmus, sie schienen sogar gemeinsam im Takt zu atmen, den die Songs vorgaben. Und Morgan dirigierte uns wie ein gigantisches Orchester. Als er sich dann ausgerechnet beim Refrain von ›Don't fight the rain‹ verhaspelte und sich lachend unterbrach, brandete eine Jubelwelle über mich hinweg, von der ich für einen Augenblick ganz ernsthaft glaubte, sie würde mich einfach mit sich reißen und direkt auf die Bühne spülen. Dieser kleine Fehler hat den Abend einmalig gemacht.

Morgan spazierte zum Bühnenrand und breitete die Arme aus. »Well, I'm sure you can do it much better than me!« Damit hielt er uns sein Mikro hin, rief: »Let me hear you sing!«, und aus Hunderten Kehlen scholl ihm »let it tear you away to the shore of another day« entgegen. Morgan schien vor reiner Lebensfreude zu vibrieren, und er steckte uns alle damit an, während er uns zu immer noch einer weiteren Wiederholung anstachelte. Ich war fast zwei Tage lang heiser nach diesem Abend.

Tagelang habe ich mir danach ausgemalt, wie es wäre, ihn zu treffen, wie *er* wohl wäre, abseits der Bühne. Trotzdem hätte ich nicht im Traum damit gerechnet, dass genau das siebzehn Jahre später tatsächlich passieren würde.

Und dass der Unterschied derart eklatant ist, dass man manchmal meinen könnte, es mit zwei verschiedenen Menschen zu tun zu haben.

♫ ♫

»Hey!« Nora stupst mich an. »Wo bist du denn gerade?«

Sie sagt das ganz freundlich, trotzdem spüre ich, wie ich rot werde. »Entschuldige – ich habe nur gerade an mein erstes No-Way!-Konzert gedacht …«

Nora seufzt. »Oh ja, auf der Bühne ist er wirklich unwiderstehlich.«

Nicht nur da, denke ich, ohne es zu wollen, und habe plötzlich Morgans Gesicht vor mir, wie er mich mustert, als würde er die Antwort auf eine äußerst wichtige Frage suchen. Ich blinzle und konzentriere mich auf Nora, um dieses Bild loszuwerden. »Und du konntest ihn kennenlernen, nach dieser Fernsehsendung? Das muss ziemlich überwältigend gewesen sein. Also mit achtzehn.«

»Ach, weißt du«, Nora lächelt schelmisch, »ich schätze, das wäre es auch später gewesen.« Sie nimmt einen Schluck von ihrem Cappuccino, und ihre hellen braunen Augen über dem Tassenrand funkeln derart amüsiert, dass ich mich frage, ob sie neuerdings Gedanken lesen kann.

»Äh, und dann?«, frage ich ziemlich lahm, um sie von mir abzulenken.

Nora hebt die Schultern in einer fließenden Bewegung. »Es war eigentlich fast zu einfach: Ich habe Morgan heimlich einen Zettel mit meiner Telefonnummer zugesteckt. Papa hätte mir den Hintern versohlt, wenn er das mitbekommen hätte, volljährig hin oder her. Ein paar Tage später hat er tatsächlich angerufen. Etwa ein halbes Jahr darauf bin ich dann zu ihm gezogen, weil wir uns sonst nur alle paar Wochen sehen konnten. Meine Eltern sind ausgeflippt, aber das war mir egal.«

An dem Schaum auf Noras Cappuccino muss irgendetwas höchst ungewöhnlich sein, so gründlich, wie sie ihn studiert. Dann sieht sie mich wieder an. Der Ausdruck in ihren Augen ist seltsam, eine Mischung aus Wut und – was? – Reue? »Mir war alles egal. Ich meine, es hat sich angefühlt, als wäre Morgan die Luft, die ich zum Atmen brauche. Ich bin an ihm gehangen wie eine Klette.«

Ich muss an Lukas denken und nicke.

»Am Anfang hat ihm das, glaube ich, sogar gefallen, aber dann ... Du weißt ja, wie er ist.«

Wieder kann ich nur nicken.

Nora tupft sich noch mal die Augen ab. »Später habe ich gelernt, auf Distanz zu gehen. Eine Freundin hatte mir den Tipp gegeben. ›Mach dich rar‹, hat sie gesagt, ›lass ihn nicht glauben, dass du ihm gehörst. Männer wollen erobern.‹ Sie hat es bestimmt gut gemeint, aber das hat es nur noch schlimmer gemacht. Es war alles so verfahren zwischen uns. Als würden wir zwei verschiedene Sprachen sprechen und es nicht mal merken.«

Mein Apfelstrudel ist längst kalt, ich schiebe den Teller möglichst unauffällig zur Seite.

»Wie machst du das nur«, fragt Nora, »dass du immer

weißt, ob du auf ihn zugehen oder ihm seinen Freiraum lassen musst?«

Ich schüttle den Kopf. Ich mache ja gar nichts: Morgan war mir gegenüber bislang immer sehr klar in seinen Signalen, ich musste mich höchstens mal zusammenreißen, um mich auch daran zu halten. Aber das kann ich Nora so nicht sagen. Also sage ich: »Keine Ahnung, ich weiß nicht.«

Nora malt Kringel auf die Glasplatte unseres Tisches. Ich brauche einen Moment, um zu erkennen, dass sie das Muster des Tischfußes nachfährt. Ich beobachte sie und frage mich dasselbe wie vor ein paar Tagen: Hätte ich mehr tun können? War ich zu stolz darauf, dass ich gebraucht wurde, um den beiden so zu helfen, dass sie mich nicht mehr gebraucht hätten? Ich habe ihn doch viel zu sehr genossen, diesen besonderen Draht zu Morgan …

Nora begegnet meinem Blick und lächelt. »Jetzt red dir bloß nicht ein, dass du was hättest ändern können!«

Ich fühle mich durchschaut, schon wieder.

»Ohne dich hätte es die letzten zwei Jahre vielleicht gar nicht gegeben. Und damit will ich nicht sagen, das wäre besser gewesen.« Sie verzieht ihr hübsches Gesicht. »Manchmal bist du genauso schlimm wie Morgan, weißt du das? Diese ständigen Selbstvorwürfe. Du kannst nicht an allem schuld sein, was auf dieser Welt schiefgeht, das widerspricht sämtlichen Wahrscheinlichkeiten.«

Es ist nett von ihr, das zu sagen, nur geht es hier nicht um alles und auch nicht um die Welt. Es geht um sie und Morgan. Und irgendwie auch um mich.

»Eine Beziehung mit Morgan ist eine ganz eigene Herausforderung«, sagt Nora prompt. »Selbst wenn dich der ständige plötzliche Wetterumschwung nicht stört, musst du ihn immer mit seiner Geliebten teilen. Und mit seinen Dämonen. Manchmal glaube ich, die liebt er genauso wie die Musik.«

Etwas Ähnliches habe ich auch schon mal gedacht, und ich glaube sogar, Morgans Beweggründe zu kennen: Licht und Schatten sind wie zwei gegensätzliche Pole, in ihrem Spannungsfeld entsteht Energie. Und Morgan nutzt diese Energie. Sie steckt in seiner Musik, pulsiert in seiner Stimme und verleiht seinen Songs diese besondere Intensität, die etwas tief in mir und so vielen anderen berührt, etwas widerhallen lässt und in Einklang bringt, für das es keine Worte gibt. Sagt man nicht, Musik sei die Sprache der Seele?

Trotzdem wird das Zusammenleben mit ihm dadurch sicher nicht einfacher.

Nora legt beide Hände, die zuletzt die Kaffeetasse hin und her gedreht haben, flach auf den Tisch. Sie drückt den Rücken durch, richtet sich kerzengerade auf. »Ich habe siebzehn Jahre gebraucht, um zu erkennen, dass ich so nicht leben möchte. Nicht, wenn es auch anders sein kann.«

Ich nicke ein drittes Mal, weil ich verstehe, was sie meint: Ich habe die Woche mit Morgan als eine Art Auszeit vom normalen Leben betrachtet, einen Abenteuerurlaub, in dem man die Dinge einfach so nimmt, wie sie kommen. Nur ist Urlaub nun mal das Gegenteil von Alltag.

»Du und Stefan«, sagt Nora, und ich zucke zusammen, weil ich befürchte, dass sie jetzt etwas über unseren Streit wissen möchte. Stattdessen sagt sie: »Das habe ich beneidet, weißt du das? Das, was ihr habt, dieses harmonische

Miteinander, das ist es doch, was man eigentlich in einer Beziehung sucht.«

Da hat sie natürlich recht. Harmonie ist die Königsdisziplin. Ich hatte meine Achterbahnfahrt mit Lukas. Und so berauschend es auch immer wieder war, aus dem Tal den nächsten Hang hinauf zu rasen, so zerstörerisch war am Ende der Aufprall. Ich bin froh, in ruhigerem Fahrwasser angekommen zu sein. Und das gönne ich auch Nora, so sehr ich, das merke ich jetzt erst, insgeheim gehofft hatte, sie würde es sich doch noch mal anders überlegen. Das hätte die Dinge zwischen Stefan und Morgan definitiv leichter gemacht.

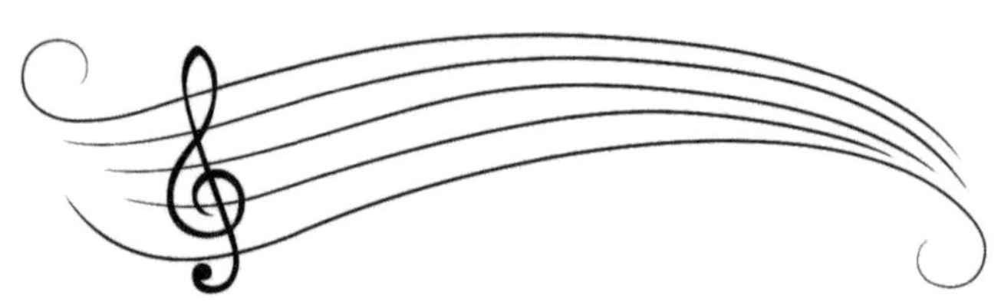

Zehn

Ich habe Stefan nicht gesagt, dass Morgan vorbeikommen wird. Er fährt heute mit einem Mietwagen vom Waldhaus zurück und hat gestern bei seinem abendlichen Kontrollanruf – an den er sich erstaunlicherweise tatsächlich hält – gemeint, er könne ja einen kurzen Zwischenstopp bei uns einlegen.

Genau genommen fährt er dafür gut zweihundert Kilometer in die falsche Richtung, andererseits ist das nur die Hälfte der Strecke, die unsere Wohnorte sonst trennt, also bietet es sich irgendwie doch an.

Ich möchte vor Stefan keine Geheimnisse haben – vor allem möchte ich Morgan nicht heimlich treffen müssen –, aber die Stimmung zwischen Stefan und mir ist auch nach zehn Tagen noch angespannt. Er bemüht sich zwar, sich nichts anmerken zu lassen, gibt mir morgens einen Kuss, bevor er ins Büro fährt, und abends, wenn er wieder heimkommt, wie immer. Nur darunter ... ich weiß auch nicht. Ich fühle mich von ihm beobachtet, wenn er denkt, dass ich mit etwas beschäftigt bin. Als ob er mich analysieren wollte oder sogar darauf wartet, dass ich mich irgendwie verrate.

Dass ich *was* verrate?

Wir haben nicht mehr über die Woche gesprochen, die ich bei Morgan verbracht habe, nicht über das Warum, nicht über das Was. Und auch nicht darüber, wie es jetzt weitergeht. Bis zu dieser Woche hatten wir eine Art Pärchenfreundschaft, auch wenn sie nicht vollkommen symmetrisch war. Doch jetzt ist Nora kein Teil des Quartetts mehr, und Stefan und Morgan wären beinahe aufeinander losgegangen.

Normalerweise sind zwischen Stefan und mir keine großen Worte nötig, nach zehn Jahren verstehen wir uns blind, wie man so schön sagt, außerdem sind wir ohnehin über die meisten Dinge einer Meinung. Aber in diesem Fall würde ich gern mit ihm reden. Ich würde ihm gern sagen, dass er nicht eifersüchtig auf Morgan sein soll, dass mir das wehtut. Bloß müsste ich es ihm dann erklären. Ich müsste ihm erklären ... Ja, was genau? Was ich für Morgan empfinde? Was diese Freundschaft mir bedeutet? Warum ich es nicht ertrage, wenn die beiden sich streiten? Das kann ich nicht. Nicht wirklich. Nicht richtig. Ich finde keine Worte dafür, von denen ich spüre, dass Stefan sie verstehen würde.

Ich kann so ein Gespräch nicht anfangen, ohne zu wissen, was ich auf die entscheidenden Fragen antworten soll. Und da Stefan es auch nicht anfängt, schweigen wir.

Als Morgan am ersten Abend angerufen hat, habe ich mich gefühlt, als würden Ameisen über meinen ganzen Körper krabbeln. Ich wollte mich permanent schütteln. Stefan war nicht besonders glücklich darüber, dass ich Morgan um diese Anrufe gebeten habe, obwohl ich ihm erklärt habe, dass es nur für eine Weile sei und nur, um sicherzugehen.

»Dann macht es dir ja bestimmt nichts aus, hier im Wohnzimmer zu telefonieren«, hat er gesagt. Er hat so getan, als würde er eine seiner Fachzeitschriften lesen, aber ich bin ziemlich sicher, dass er genau auf jedes Wort geachtet hat. Dementsprechend verquer war dieses erste Telefonat.

Morgan hat »Hi« gesagt, ich habe gefragt, ob alles in Ordnung sei.

»Ja, alles bestens. Und bei dir?«

»Auch. Wir sind gut durchgekommen, kein Stau.«

»Und sonst?« Vorsichtig.

»Danke, dass du an den Anruf gedacht hast.«

»Einer schönen Frau schlage ich nie eine Bitte ab.«

Ich habe sein Grinsen hören können. Normalerweise hätte ich jetzt etwas geantwortet wie ›Na prima, dann hoffe ich um deinetwillen, dass all die schönen Frauen da draußen das nicht schamlos ausnützen‹, aber mit Stefans Blick im Nacken ging das einfach nicht. Also habe ich nur gesagt: »Dann gute Nacht, Morgan. Bis morgen.«

»Bis morgen, Franziska.« Er hat aufgelegt und ich bin sicher, er wusste, dass Stefan zugehört hat – wie die anderen neun Male auch.

Als Morgan gestern vorgeschlagen hat, auf dem Rückweg bei uns vorbeizukommen, habe ich nur »Okay« gesagt, nichts weiter.

»Gut, dann bin ich gegen achtzehn Uhr bei euch, passt das?«

»Klar. Dann also bis morgen.«

Während Stefan beim Zähneputzen war, habe ich Morgan eine WhatsApp geschickt, er könne gern in unserem Gästezimmer übernachten, dann müsse er nicht nachts noch die weite Strecke nach Hause fahren. Mir ist klar, dass ihm das nichts ausmacht, ich weiß aber auch, dass es im Moment keine gute Idee ist, ihn zu bitten, nichts zu trinken, und mir ist nicht wohl, wenn er dann Auto fährt, auch nicht nach *nur* einem oder zwei Gläsern Wein, zumindest nicht eine solche Strecke. Außerdem ist es eine Frage der Höflichkeit, einem Freund eine Übernachtungsgelegenheit anzubieten, wenn er schon extra einen Umweg macht, oder etwa nicht? Ich hoffe, Morgan hat geglaubt, ich hätte das bei unserem Telefonat einfach nur zu erwähnen vergessen.

Morgan steht mit einer Flasche Rotwein in der einen und einer Flasche Weißem in der anderen Hand vor der Tür. »Ich wusste nicht, welcher besser zum Essen passt, also habe ich einfach beide genommen.«

Er sieht gesund aus, energiegeladen. Kein Vergleich zu dem blassen Geist, der uns vor über zwei Wochen die Tür vom Waldhaus geöffnet hat. Ich lächle erleichtert. »Das hängt davon ab, für welchen Lieferdienst du dich entscheidest. Komm rein.«

Wir sind hier zwar mitten auf dem Land, haben aber trotzdem ein paar ausgezeichnete Pizzalieferanten in der Gegend, einen Inder und ein Burger-Restaurant, das liefert, wenn auch nur gegen eine Extragebühr.

Morgan entscheidet sich für den Inder. Als er bemerkt, dass nur zwei Gedecke auf dem Esstisch stehen, sieht er mich fragend an.

»Oh, Stefan ist heute und morgen auf Dienstreise. Ich soll dich schön grüßen.« Die Lüge im zweiten Satz kommt mir so mühelos über die Lippen – ohne dass ich vorher darüber nachgedacht hätte –, dass ich vor mir selbst erschrecke. Weil ich glaube, in Morgans Miene einen leisen Zweifel zu entdecken, verschwinde ich in der Küche, bevor er noch etwas sagen kann. Der Einfachheit halber entkorke ich gleich beide Flaschen Wein.

Nach dem Essen schicke ich Morgan ins Wohnzimmer, damit er das Blu-Ray-Regal durchforsten und uns einen Film aussuchen kann, während ich die Spülmaschine einräume. Zumindest in diesem Punkt sind wir uns alle einig, Stefan, Morgan, Nora und ich: Filme mit Werbeunterbrechung gehen gar nicht! Und da Stefan und ich uns kein Pay-TV leisten wollen, haben wir eine ziemlich umfangreiche Blu-Ray-Sammlung.

Morgan zieht ›Star Wars IV – Eine neue Hoffnung‹ in der digital überarbeiteten Fassung aus dem Regal. »Den habe ich ja ewig nicht gesehen!«, ist sein Kommentar, als er mir die Hülle in die Hand drückt.

Ich auch nicht – trotzdem können wir so ziemlich jeden Dialog mitsprechen, wie wir kurz darauf feststellen.

Wir haben es uns auf dem grauen Sofa gemütlich gemacht, das Stefan und ich bei unserem Einzug angeschafft haben. Man sieht ihm sein Alter nicht an, und auch wenn es keinen Schnickschnack wie verstellbare Lehnen hat, ist es mit seinen dicken Polstern und der tiefen Sitzfläche doch ausgesprochen bequem. Und definitiv groß genug, um auch zu viert oder fünft einen Film schauen zu können. Kurz beschleicht mich der Verdacht, dass Morgan und ich näher beieinandersitzen, als wir es in Anbetracht des zur Verfügung stehenden Platzes müssten.

So, wie Morgan sich in die Kissen hat fallen lassen, scheint er sich direkt heimisch zu fühlen, obwohl er erst einmal hier war, zusammen mit Nora an meinem letzten Geburtstag. Vielleicht ist er aber auch durch die Tourneen und Hotelzimmer einfach daran gewöhnt, eine fremde Umgebung nicht groß zu beachten.

Ich habe sowohl in seiner Villa als auch im Waldhaus eine gewisse Eingewöhnungszeit gebraucht, bis ich mich in den Räumen bewegen konnte, ohne ständig auf Zehenspitzen auftreten zu wollen. Und jetzt schweift mein Blick möglichst unauffällig durch den Raum und stellt Vergleiche an: gemütlich, mit dem Eichenparkett und den Möbeln aus hellem Holz, aber nicht so rustikal wie das Waldhaus; und die beiden zart türkisfarbenen Wände hinter dem Sofa und meiner gut gefüllten Bücherwand wirken zwar modern, sind aber weit entfernt von der kühlen Eleganz von Morgans Villa.

Nur hat das irgendeine Bedeutung? Warum erscheint es mir auf einmal so wichtig, Unterschiede zu finden? Von der Stelle zwischen meinen Schulterblättern, an die ich nur unter seltsamen Verrenkungen herankomme, beginnt sich ein unangenehmes Gefühl auszubreiten.

Dann gibt Morgan eine veritable Darth-Vader-Imitation zum Besten, indem er in seine verschränkten Hände atmet: »Franziska – ich finde deinen Mangel an Aufmerksamkeit beklagenswert!«, und ich vergesse den Gedanken vor lauter Lachen. Als er sich kurz darauf auch noch an Chewies unterschiedlich hohen Brummtönen versucht, bin ich endgültig erledigt. Ich halte mir den Bauch und kippe quietschend nach links, auf die flache Armlehne des Sofas. Wobei ich unsanft gegen das Beistelltischchen stoße, auf dem ich mein Weinglas abgestellt habe. Das Glas macht eine kreisende Bewegung auf seinem Fuß und neigt sich zur Seite, um seinen roten Inhalt über unseren hellgrauen Teppich zu verteilen.

Morgan reagiert blitzschnell, greift über mich hinweg und verhindert das Malheur.

Das Gewicht seines Brustkorbs, der jetzt halb gegen meinen Rücken und halb gegen meine Seite drückt, kuriert mich schlagartig von meinem Lachanfall. Ich drehe den Kopf, und sein Gesicht ist meinem so nah wie seit dem Kuss im Waldhaus nicht mehr. Ich kann die Hitze spüren, die von seiner Haut ausgeht – durch meine Kleidung hindurch. Ich atme flach durch den Mund und kann seinen Geruch schmecken …

Da richtet Morgan sich auf, weg von mir, und lässt sich zurück auf seinen Platz sinken. Er wirft mir noch einen seltsamen Blick zu, dann legt er den Kopf nach hinten auf die Sofalehne. Sein Brustkorb hebt und senkt sich regelmäßig, aber etwas zu schnell. Oder bilde ich mir das nur ein?

Ich kann nicht erklären, was in dem Moment mit mir passiert, ich fühle mich wie ein Zuschauer, eigenartig unbeteiligt. Ich denke nichts, will nichts, aber mein Körper reagiert ungefragt. Reagiert auf die entblößte Kehle wie ein Raubtier.

Plötzlich knie ich über Morgan.

Mein Kopf schwebt über seinem, pendelt hin und her. Der Wein hat ihn leicht gemacht, frei, vielleicht kann er einfach davonfliegen. Ob er mich dann mitnimmt? Meine Hände halten Morgans Gesicht, das ich im schwachen Licht des Fernsehers studiere, als würde ich es gerade zum ersten Mal richtig sehen. Er hat die Augen geschlossen und ich bewundere seine Wimpern: lang, dicht, perfekt geschwungen. Warum müssen Männer so schöne

Wimpern haben? Meine würde ich selbst mit der teuersten Wimperntusche nicht so hinbekommen.

»Franziska …« Morgans Stimme klingt rau. Und warnend.

Ich lege meine rechte Hand auf seine Brust. Durch den dünnen Stoff seines Sommerhemds kann ich sein Herz schlagen spüren. Kräftig. Drängend.

Er öffnet den Mund, möchte etwas sagen, noch eine Warnung? Sicher nichts, das ich hören will – meine Zunge dringt zwischen seine Lippen und erstickt jede weitere Diskussion.

Im perfekten Moment dröhnt aus dem Fernseher hinter mir eine gewaltige Explosion, der Bass lässt das Sofa leise vibrieren. Ich zucke zusammen und springe beinahe von Morgan herunter.

Er dreht den Kopf auf der Lehne zur Seite und schlägt die Augen auf.

»Das war …«, sage ich.

»Uff«, macht Morgan.

» … knapp«, beende ich meinen Satz.

Wir schauen uns an, Morgan grinst, und ich fange albern an zu kichern.

Als Morgan am nächsten Tag gefahren ist, sitze ich eine Weile auf meinem Bürostuhl, ein Bein hochgezogen, mit dem anderen lasse ich den Stuhl langsam kreisen. In regelmäßigen Abständen zieht im Fenster der Dachgaube ein Postkartenidyll vorbei: Die roten Ziegeldächer der umliegenden Häuser leuchten in der Sonne; hinter Jägerzäunen halten akkurat gemähte Rasenflächen Blumenbeete im Zaum, die vor großblütigen Hortensien, Rittersporn, Lilien und Sonnenblumen überzuquellen scheinen; in einem Hof zwei Häuser weiter steht ein alter grüner Traktor neben einem Misthaufen, und über allem wacht der Kirchturm mit seiner schmalen, hohen Spitze. Am Horizont hinter dem Dorf, gestochen scharf vor dem blauen Sommerhimmel und ein paar harmlosen Föhnwolken, thronen die Alpen.

Das ist meine Welt, ist sie immer schon gewesen. München konnte es nie werden, trotz Lukas. Dabei ist die ›Weltstadt mit Herz‹ im Grunde auch nur ein heimeliges großes Dorf mitten im Grünen, so ganz anders als die dicht besiedelte Gegend um Frankfurt. Nicht, dass es irgendeinen Grund gäbe, über Frankfurt nachzudenken.

Wie auf ein geheimes Kommando geistert das Waldhaus durch meine Erinnerung, der abendliche Blick von der Veranda, wenn das goldene Licht den Waldsaum für ein paar Minuten in die verwunschene Grenze einer anderen, magischen Welt zu verwandeln schien …

Ich stoppe meinen Stuhl, bevor mir schwindlig werden kann, und schalte meinen Laptop ein. Es wird höchste Zeit, mal wieder etwas zu arbeiten. Während der Rechner hochfährt, wird mir klar, dass ich Stefan nichts von gestern Abend erzählen darf: Wenn ich ihm sage, dass Morgan hier war, muss ich den Kuss vor ihm verbergen. Ich muss ihn anlügen, den Abend herunterspielen, und er wird es mir anmerken.

Es ist einfacher, gar nichts zu sagen. Besser.

Aber Morgan weiß nicht, dass ich Stefan nichts von seinem Besuch gesagt habe. Wenn die beiden sich das nächste Mal begegnen – ein zufälliges Wort …

In was habe ich mich da bloß hineinmanövriert? Wann hat es angefangen, so kompliziert zu werden? Irgendwie falsch zu laufen? Und überhaupt: Was ist eigentlich das Falsche an der ganzen Sache?

Der Kuss gestern, das war ein Ausrutscher. Ich war betrunken, Herrgott. Das ist zwar keine Entschuldigung, aber eine Erklärung. Irgendwie.

Dieser Kuss war falsch, das gebe ich zu.

Die beiden anderen, der im Waldhaus und unser erster vor zwei Jahren, waren so anders. Unschuldig. Unschuldiger, als es ein Kuss zwischen zwei Erwachsenen eigentlich sein kann, aber so war es.

Außerdem liebe ich Stefan.

Also wo ist das verdammte Problem?

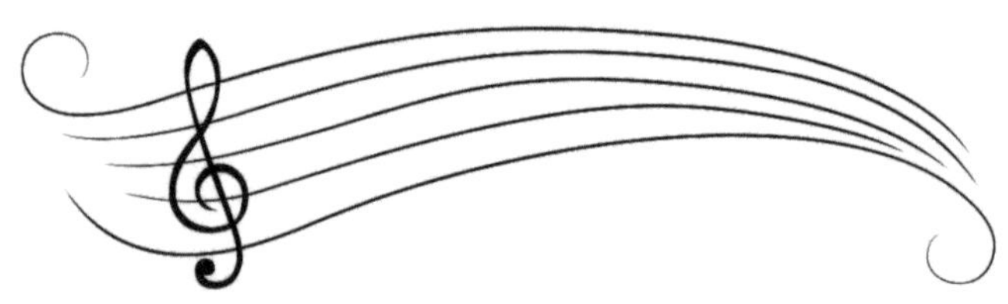

Elf

Ich habe das Gefühl, dass Stefan und ich langsam wirklich zur Normalität zurückkehren, nicht nur oberflächlich. Wir scherzen wieder miteinander. Mit Morgan telefoniere ich nicht mehr so regelmäßig, es scheint ihm wirklich gut zu gehen. Ein bisschen seltsam ist es schon, nach der Woche im Waldhaus und neun Tagen mit seinen abendlichen Anrufen. Trotzdem freue ich mich natürlich für ihn. Und für Stefan ist es auch gut, es zeigt ihm, dass wirklich alles beim Alten geblieben ist zwischen Morgan und mir.

Dafür gehen Nora und ich jetzt regelmäßig Kaffee trinken, ein Mal waren wir im Kino, ein neuer Film mit George Clooney. Den neuen Mann an ihrer Seite habe ich zwar noch nicht kennengelernt, aber sie erzählt viel von ihm: Er heißt Sören, stammt ursprünglich aus Schweden und macht irgendetwas mit Software. Er ist jünger als Nora – als sie das erwähnt hat, ist sie beinahe rot geworden, auch wenn es nur knappe drei Jahre sind. Und seine Urlaube verbringt er am liebsten damit, Freunde und ehemalige Kommilitonen und Arbeitskollegen zu besuchen, die über die ganze Welt verteilt sind. Letztens erst waren sie übers Wochenende zu einer echten griechischen Hochzeit in Thessaloniki eingeladen.

Für mich klingt das nach einem ziemlichen Kontrastprogramm zu Morgan, aber vermutlich hat Nora genau das gewollt.

Gestern hat sie vorgeschlagen, dass wir uns doch mal zu viert treffen könnten, Sören und Stefan würden sich sicher gut verstehen. Da habe ich ihr von dem Streit zwischen Stefan und Morgan erzählt, ich glaube, ich habe nur auf eine Gelegenheit gewartet, darüber reden zu können. Nora hat gemeint, es wäre nicht leicht für Stefan, dass ich etwas mit Morgan teile, von dem er ausgeschlossen sei. Sie könne das verstehen, ich solle Geduld haben.

Ich musste daran denken, dass ich genau das auch zu ihr gesagt habe, vor einem guten halben Jahr, als sie mich eines Abends angerufen hat, weil Morgan sich nach einem eigentlich läppischen Streit in seinem Studio eingeschlossen und sich geweigert hat, mit ihr zu reden. Sie hatte Angst, weil sie nicht wusste, was in diesem schallisolierten Raum passiert.

Ich bin hingefahren, Nora hat mir die Tür geöffnet: Perfekt zurechtgemacht, aber das Rouge auf ihren Wangen hat die Blässe eher noch betont. Sie war sichtlich um Beherrschung bemüht.

»Ich wusste nicht, was ich noch machen soll, außer dich anrufen – er ist seit Stunden dadrin. Als Nächstes hätte ich einen Schlüsseldienst kommen lassen, damit sie die Tür aufbrechen.«

Ich umarme sie fest. »Schon gut, ich bin sicher, es ist alles in Ordnung. Er braucht wahrscheinlich nur ein bisschen Zeit, du kennst das doch.«

Nora verdreht die Augen und lächelt gequält. »Ich sollte das kennen, meinst du wohl. Aber glaubst du, ich würde mich da je dran gewöhnen? Er ist ein erwachsener Mann – er kann sich doch nicht einfach in seinem Zimmer einschließen wie ein trotziges kleines Kind!«

Ganz offensichtlich kann er das sehr wohl, auch wenn es sicher kein Trotz ist. Weil ich aber auch nicht erklären kann, was es dann ist, zumindest noch nicht, sage ich nur: »So ist er eben. Ich fürchte, du bekommst keine Updates mehr für das alte Modell.«

Nora tut mir den Gefallen und lacht ein bisschen.

Dann gehe ich runter in den Keller und klopfe an. »Morgan? Ich bin's, Franziska. Lässt du mich rein, nur kurz? Bitte.«

Keine Antwort.

Ich warte eine Weile und klopfe nochmal, diesmal deutlich lauter. Immerhin ist der Raum schallisoliert, vielleicht hat er mich einfach nicht gehört. »Morgan?« Als ich wieder keine Antwort bekomme, sage ich möglichst laut: »Okay, ich setze mich jetzt einfach hier vor die Tür. Ich möchte nur wissen, dass bei dir alles in Ordnung ist.« Ich setze mich auf den Fußboden und lehne den Rücken an den Türrahmen. Von drinnen kommt nur Schweigen. Ich müsste nervös sein, müsste mir Sorgen machen, aber seltsamerweise bin ich ganz ruhig.

Nora kommt etwa eine Stunde später nach unten. Sie wirft nur einen kurzen Blick auf mich, ist mit einem schnellen Schritt an der Tür und hämmert mit der Faust dagegen. »Morgan, das reicht jetzt! Mach die verdammte Tür auf. Sofort!«

Natürlich kommt keine Reaktion. Ich schiebe mich zwischen die Tür und Nora, bevor sie sich noch wehtut. Es ist längst tief in der Nacht, also sage ich ihr, sie solle ins Bett gehen. Sie drückt sich die Handballen auf die Augen und atmet langsam ein und wieder aus, dann wandert ihr Blick unentschlossen zwischen mir und der Tür hin und her. Weil ich sehe, wie sie fröstelt – wahrscheinlich vor Müdigkeit –, nehme ich sie in den Arm. »Hey, ich kann doch auf ihn warten. Ich bin sicher, es ist alles okay.«

Nora seufzt und nickt schließlich. »Ich kann hier ja ohnehin nichts machen.« Es klingt nicht verärgert. Nur hilflos.

Nach einer weiteren knappen Stunde geht die Tür endlich auf. Morgan sieht auf mich hinunter. »Warum bin ich nicht überrascht, dass du immer noch hier sitzt?« Sein Lächeln zerbricht an den Tränenspuren auf seinem Gesicht, das viel zu schmal wirkt, als hätte er nicht Stunden, sondern Tage hinter dieser Tür verbracht. Er reicht mir die Hand, zieht mich auf die Füße. »Kaffee?«, fragt er.

Ich nicke und wir gehen nach oben.

Später sitzen wir auf einem der weißen Veloursledersofas im Wohnzimmer, Morgan beugt sich weit nach vorn, das Gesicht in den Händen vergraben. Meine Hand liegt zwischen seinen Schulterblättern, ganz leicht nur, ich gebe mir Mühe, keinen Druck auszuüben. Er lässt es zu.

»Sie wird mich verlassen«, sagt er irgendwann so leise, dass ich ihn kaum verstehe. »Nora wird mich verlassen.«

»Sie liebt dich, Morgan«, antworte ich.

Da lässt er ganz langsam die Hände sinken, dreht sich halb zu mir und sieht mich an. Irgendetwas in seinem jungenhaften Blick, ebenso hoffnungsvoll wie ängstlich, rührt mich so sehr, dass es beinahe wehtut, selbst in der Erinnerung. »Denkst du das wirklich?«

Ich drücke seine Schulter. »Ich weiß es!«

Dann gehe ich nach oben, wecke Nora auf und erkläre ihr, was los ist. Der Ausdruck in ihren sichtbar geröteten Augen ist ähnlich ungläubig wie der von Morgan.

»Hab Geduld mit ihm, Nora«, sage ich und verabschiede mich, weil die beiden jetzt allein sein müssen, auch wenn es inzwischen fast fünf Uhr morgens ist und ich noch vier Stunden Fahrt vor mir habe.

Jetzt bin also ich an der Reihe. Ich denke, das kann ich, Geduld haben mit Stefan. Leicht macht er es mir allerdings nicht gerade: Ich habe versucht, mit ihm zu reden – nicht über das Waldhaus oder Morgan, nur über uns; darüber, wie es am Anfang gewesen ist und dass ich das manchmal vermisse: unsere Gespräche, die Ausflüge in die Berge, die Kino-Abende ... Darauf hat Stefan mich süffisant gefragt, ob es vielleicht einen bestimmten Grund gebe, dass ich jetzt plötzlich mit meinem, mit unserem Leben unzufrieden sei. Und als hätte das nicht genügt, hat er sich noch dafür entschuldigt, dass er mir keine Villa bieten könne und keine Ferienhäuser in exklusiver Lage.

Als ob ... Als ob es mir auf Dinge ankäme. Ich dachte, ich

würde ihn kennen. Und ich dachte, er würde mich kennen. Wie kann er dann so etwas von mir denken?

Ich sage ja gar nicht, dass mich Morgans Lebensstil nicht beeindruckt hat – oder Noras. Sie hat noch nie arbeiten müssen. Ab und zu modelt sie für Kataloge oder spielt in einem Werbespot mit, aber nur, weil es ihr Spaß macht, nicht, weil sie das Geld bräuchte. Ihr Vater hat ihr einen Teil seines Vermögens überschrieben, als sie sich zum zweiten Mal von Morgan getrennt hatte. Er hat wohl gehofft, wenn sie finanziell unabhängig wäre, würde sie nicht zu ihm zurückgehen.

Glaubt Stefan wirklich, dass ich sie deswegen gernhabe, wegen Villen und Ferienhäusern und Einladungen nach Florida?

Ich stehe zwischen den gelben und weißen Edelrosen, die wir vor die Terrasse gepflanzt haben, und schneide die verblühten Blüten ab – immer schön bis auf das nächste fünfteilige Blatt, wie Margot, meine Schwiegermutter in spe, es mir damals gezeigt hat –, als mich die ersten dicken Tropfen treffen. Mist! Ich hatte gehofft, ich werde fertig, bevor es losgeht, aber wenn ich mich jetzt nicht beeile, bin ich komplett durchnässt, bis ich Schere, Eimer und Handschuhe ins Gartenhäuschen geräumt habe.

Das Wetter war die letzten Tage schon launisch, und diese plötzlich einsetzenden Platzregengüsse fallen ungewohnt heftig aus. Manchmal ist am Horizont Wetterleuchten zu sehen, aber ohne dass man Donner hören würde. Unsere Nachbarn, zwei rüstige End-Sechziger, die beide gern im Garten werkeln und ständig die Sätze des jeweils anderen beenden, haben vor ein paar Tagen erst wieder wehmütig festgestellt, dass der Sommer dieses

Jahr furchtbar unbeständig sei. Allerdings erzählen sie das jedes Jahr aufs Neue. Ich neige ja eigentlich eher dazu zu denken, dass wir die Sommer unserer Kindheit verklären, dass es diese schier endlose Aneinanderreihung von hitzeflimmernden Ferientagen nie wirklich gegeben hat. Aber im Moment beschleicht selbst mich das Gefühl, als hätte sich etwas Grundlegendes geändert. Als würde ich der Generalprobe für einen richtig großen Auftritt beiwohnen. Der erste Wirbelsturm im Allgäu, das wäre doch mal was …

Ich werfe die Rosenschere in den Eimer, streife die Handschuhe ab und befördere alles zusammen schwungvoll durch die Tür des Gartenhäuschens. Das Klappern von Plastik auf Plastik, gefolgt von einem metallischen Scheppern, das von drinnen erklingt, erfüllt mich mit einer kindischen Zufriedenheit: Der Eimer hat irgendein Gartengerät getroffen und umgeworfen, den Rechen wahrscheinlich. Stefan wird sich darüber ärgern, dass ich nicht sorgsamer mit unseren Sachen umgehe. Soll er doch!

Etwa eine Stunde später, als ich von meinem Laptop aufsehe, hat es sich dann doch richtig eingeregnet. So viel zum Platzregen. Am Himmel sind keine einzelnen Wolken mehr zu erkennen, er besteht nur noch aus unterschiedlich dunklen schmutzig grauen Schlieren, die längst die Alpen verschluckt haben und immer näher zu rücken scheinen, als wollten sie die ganze Welt verschwinden lassen. Sie hängen bedrohlich dicht über den Dächern und damit praktisch direkt über mir in meinem Dachbodenbüro. Ich merke, wie ich den Kopf einziehe, und verdrehe die Augen, weil meine Einbildungskraft mal wieder mit mir durchgeht. Also lasse ich das Rollo in der Dachgaube herunter und schalte den Deckenstrahler ein. Es wird wirklich Zeit, dass ich mich auf meine Übersetzung konzentriere. Die muss nämlich fertig werden, ganz gleich, ob irgendwem der Himmel auf den Kopf fällt.

Während ich eine Pause mache, um mir einen Kaffee zu holen, bereue ich den albernen Eimerwurf, also streife ich meine Regenjacke über, ziehe die Kapuze fest und husche mit tief in die Taschen geschobenen Händen über die Terrasse und hinüber zum Gartenhäuschen. Im Inneren der Kapuze klingt das Prasseln der Regentropfen auf meinem Kopf unangenehm laut, als wollte sich etwas gewaltsam Zutritt zu meinen Gedanken verschaffen.

Es war tatsächlich der Rechen, der umgefallen ist, außerdem sind die trockenen Rosenblüten überall verteilt. Ich kehre sie mit der Hand zusammen, pikse mich an ein paar kleinen Dornen und hebe grummelnd auch noch die Gartenhandschuhe vom Boden auf.

Zurück im Haus erwartet mich wie zum Ausgleich eine Überraschung, Stefan hat mir eine WhatsApp geschickt: *Zieh dir was Hübsches an, wir gehen essen. Ich hole dich um halb sieben ab.*

Was Hübsches, bei dem Wetter?

Ach, egal: Er hat es sich also doch zu Herzen genommen, ich habe ihm unrecht getan. Vielleicht ist ja Philipp mal wieder in der Gegend und die alte Clique trifft sich, das könnte lustig werden. Vielleicht wird es aber auch einfach ein romantischer Abend zu zweit, das würde mir, glaube ich, sogar noch besser gefallen.

Stefan steht pünktlich um halb sieben vor dem Haus, ich sehe den blauen BMW durchs Küchenfenster und beeile mich, in Schuhe und Jacke zu schlüpfen. Ich habe mein T-Shirt gegen eine gestreifte Bluse getauscht und zur Feier des Tages etwas Make-up aufgelegt. Wegen des Dauerregens hatte ich keine Lust auf einen Rock oder ein Kleid und habe die Jeans angelassen, außerdem greife ich an Pumps und Sandalen vorbei nach meinen Stiefeletten.

Sobald ich eingestiegen bin, zieht Stefan mich kurz zu sich hinüber und gibt mir einen Kuss. Das Make-up quittiert er mit einem anerkennenden Heben der Augenbrauen. Ich lächle, froh darüber, dass er kein großes Aufhebens darum macht. Ich möchte mir nicht vorkommen wie eine Zirkusattraktion, nur weil ich mal ein bisschen Lidschatten und Wimperntusche benützt habe.

Erst vermute ich, dass wir zu unserem Lieblingsitaliener drei Dörfer weiter fahren, aber im Kreisverkehr nimmt Stefan gleich die erste Ausfahrt, in Richtung Stadt. Zehn Minuten später stehen wir vor dem Wohnblock, in den Margot nach dem Tod von Stefans Vater gezogen ist. Ich rutsche auf die Rückbank, während Stefan nach oben geht, um seine Mutter abzuholen, und versuche, nicht allzu enttäuscht zu sein. Schließlich hätte ich es wissen müssen.

In Anbetracht von Stefans Größe muss sein Vater ein wahrer Riese gewesen sein, denn Margot ist eine winzige Frau, ein ganzes Stück kleiner noch als Nora. Ihr dichtes schlohweißes Haar kringelt sich um ihr rundliches Gesicht, ihre Nägel sind kurz geschnitten, als müsste sie immer noch den ganzen Tag in Haus und Garten werkeln, dafür trägt sie heute einen leuchtend roten Lippenstift.

Sie steigt ein, während Stefan einen Schirm über sie hält, dann beugt sie sich über die Rückenlehne und gibt mir etwas umständlich ein Küsschen auf die linke Wange.

Wir probieren ein neues chinesisches Restaurant aus, das Essen ist gar nicht schlecht: Meine Ente ist schön knusprig, und die süßsaure Soße schmeckt nicht, als käme sie fertig aus der Packung. Als Stefan vor dem Nachtisch – gebackener Ananas kann ich einfach nicht widerstehen – kurz zur Toilette verschwindet, legt Margot, die am Kopfende des Tisches zwischen uns sitzt, ihre federleichte Hand auf meinen Unterarm. In den Fenstern des Restaurants hängen rote Lampenschirme, das Licht lässt Margots Haar wie rosa Zuckerwatte aussehen.

»Stefan hat mir von deinem Freund erzählt, dem, bei dem du Anfang Juni diese Woche verbracht hast«, sagt sie. Ihre blauen Augen haben nichts Wässriges, nichts Altes. Sie mustern mich keineswegs unfreundlich, aber sehr aufmerksam.

»Morgan ist eigentlich unser gemeinsamer Freund«, stelle ich fest.

Margot schüttelt sacht den Kopf. »Er ist mein Sohn – glaub mir, ich weiß, dass er nicht perfekt ist. Aber er hat es verdient, dass du ehrlich zu ihm bist. Zu euch beiden, auch um deinetwillen, meinst du nicht?«

Dann ist Stefan zurück, und Margot tätschelt meinen Arm und bestellt sich ein Vanilleeis mit heißen Himbeeren. Keine Ahnung, wo sie das hinsteckt.

Ich kaue etwas lustlos auf meinen Ananasstücken herum, vielleicht hätte ich es doch mit der Ente gut sein lassen sollen. Margots Worte geistern mir noch durch den Kopf, als ich längst im Bett liege. Ich bin doch ehrlich – zumindest, was die wirklich wichtigen Dinge angeht, oder etwa nicht?

Gut, vielleicht hätte ich nicht die ganze Woche im Waldhaus bleiben müssen, aber im Nachhinein ist das leicht zu beurteilen. Und auch wenn Stefan nicht aufgetaucht wäre, wäre ich sicher bald nach Hause gefahren, ich hatte doch nicht vor …

Ehrlich gesagt weiß ich nicht, was ich vorhatte – ich habe ja nicht darüber nachgedacht. Ich habe einfach nur von Tag zu Tag gelebt, als gäbe es immer nur einen auf einmal, lose Perlen ohne eine verbindende Kette. Ich weiß ja, dass es so nicht funktioniert, das Leben, aber ist es wirklich so schlimm, sich für eine Weile einer Illusion hinzugeben? Jetzt bin ich doch wieder hier, wo ich hingehöre. Das ist es schließlich, was zählt.

Ich massiere meine Schläfen mit den Fingerspitzen, um den drohenden Kopfschmerz abzuwenden. Das unaufhörliche Prasseln der Regentropfen gegen den Rollladen vor unserem Schlafzimmerfenster macht mich wahnsinnig!

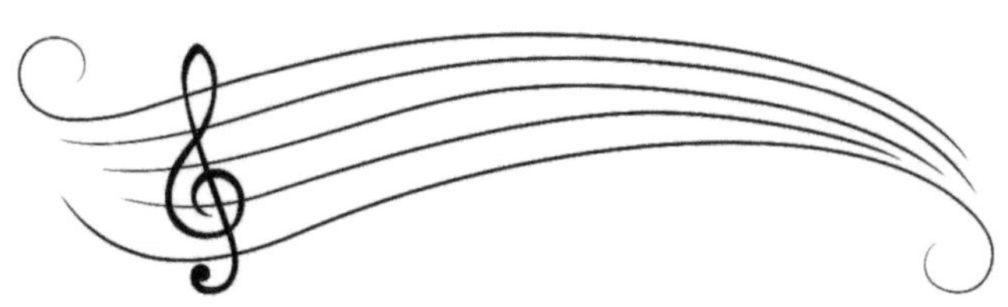

Zwölf

Die Einladung zu Morgans fünfzigstem Geburtstag kommt nicht von Morgan, sondern von Sven. Alles andere hätte mich auch überrascht.

»Ihr kommt doch, oder?«, fragt Sven mich am Telefon, etwa einen Monat nach der Woche im Waldhaus. Ich habe keine Ahnung, ob Morgan ihm von dem Streit mit Stefan erzählt hat. »Du kennst ihn ja: Wenn wir nicht ungefragt auf der Matte stehen, dann lässt er seinen Geburtstag einfach ausfallen. Ganz besonders dieses Jahr.«

Was Sven nicht sagt, was er auch gar nicht sagen muss, ist, dass wir Morgan gerade dieses Jahr und an diesem Geburtstag nicht unbedingt allein lassen sollten. »Klar kommen wir«, antworte ich deshalb, obwohl ich noch nicht mit Stefan gesprochen habe.

Als ich ihm beim Abendessen erzähle, dass wir zu Morgans Fünfzigstem eingeladen sind, ist Stefans Miene undurchdringlich. Ich betone das ›wir‹, damit er ja nicht denkt, ich könne erwägen, da auch allein hinzufahren.

»Ich weiß nicht, ob ich Zeit habe – in der Firma geht es drunter und drüber, das hast du doch mitbekommen.«

In Stefans Firma wird irgendein neues Softwaresystem eingeführt, das die Abteilungen und die verschiedenen

Standorte besser miteinander vernetzen soll. So ganz habe ich es nicht verstanden, aber es scheint wohl, wenigstens vorübergehend, dazu zu führen, dass niemand mehr vernünftig arbeiten kann.

»Komm schon«, sage ich und wage mich dann auf dünnes Eis: »Er ist auch dein Freund. Er wird fünfzig. Ohne Nora.«

Stefan seufzt. »Also gut. Aber wir übernachten im Hotel.«

Das ist jetzt wirklich Blödsinn: Die Villa hat ausreichend Gästezimmer, es wird spät werden und sicher nicht wenig Alkohol fließen. Außerdem wäre es furchtbar ... ungemütlich. Ich möchte morgens nicht in einem Hotelzimmer aufwachen und in einem Speisesaal frühstücken. Ich denke an all die Wochenenden, die wir in den vergangenen zwei Jahren bei Nora und Morgan verbracht haben, meistens hat Sven noch vorbeigeschaut, manchmal auch Alex und Susanne. Nora wird natürlich nicht da sein, aber Sven und Alex habe ich jetzt auch schon eine kleine Ewigkeit nicht mehr gesehen. Die Fahrt zum Waldhaus und die paar Minuten drinnen zählen nicht wirklich.

Ich greife nach Stefans Hand. »Wenn das für dich wichtig ist, dann machen wir es so. Es ist nur ... Das könnte Morgan kränken – er wird es nicht verstehen.«

»Herrgott noch mal!« Stefan wirft die Arme hoch und reißt dabei seine Hand aus meiner. »Was willst du denn noch? Gut, okay – bevor wir uns deswegen streiten!«

Ich bin schon dabei, den Tisch abzuräumen, und halb aus dem Raum, als Stefan noch etwas sagt, leise, als würde er nur mit sich selbst reden: »Ich schätze, er würde es ganz genau verstehen. Aber was ich hier nicht verstehe, das spielt wohl keine Rolle.«

Weil ich nicht weiß, was ich darauf erwidern soll, tue ich so, als hätte ich die Worte, die ja scheinbar auch gar nicht für mich gedacht waren, nicht gehört.

Insgesamt sind wir sieben Leute: Morgan natürlich, Alex und Susanne, Sven mit seiner neuen Freundin Liv und Stefan und ich. Ich begrüße Morgan mit einer kurzen, aber festen Umarmung. Aufs Gratulieren verzichte ich wie die anderen auch: Wir tun einfach so, als hätten wir uns heute nur zufällig hier getroffen, und hoffen, dass es das leichter für ihn macht.

Stefan gibt Morgan die Hand, beide lächeln kurz – nicht unbedingt überschwänglich, aber es wirkt auch nicht aufgesetzt. Es scheint, als hätten sie sich stillschweigend darauf geeinigt, die kleine Szene vorm Waldhaus zu vergessen. Ich atme innerlich auf, dann drückt mir Alex, auf dessen T-Shirt heute ein schlammiger Forrest-Gump-Smiley prangt, auch schon einen geräuschvollen Schmatzer auf die Wange und reicht mich an Susanne weiter, die sich richtig zu freuen scheint, mich zu sehen. Dass wir uns das letzte Mal hier getroffen haben, ist jetzt auch schon wieder gut drei Monate her, da hatte Morgan an einem schönen Aprilwochenende recht spontan beschlossen, die Grillsaison zu eröffnen.

Ich erkundige mich nach den Kindern, worauf Susanne erzählt, dass Emily jetzt das Reiten angefangen habe und sie eine der drei Doppelgaragen wohl bald zu einem echten Pferdestall umbauen müssten. Dabei wirft sie Alex einen neckenden Seitenblick zu. Der verdreht theatralisch die Augen und brummt, dass seine Tochter die Hobbys so schnell wechsele wie andere ihre Unterwäsche und er der kleinen Tyrannin ganz bestimmt keines *seiner* Pferde opfern werde – er meint natürlich die Ferraris, und offensichtlich ist das Ganze ein Running Gag zwischen den beiden.

Liv steht ein wenig abseits, während ich Sven umarme und mir dabei wie immer ungewohnt klein vorkomme. Sie wirkt sichtlich beeindruckt von Morgans Villa, dreht immer wieder den Kopf in alle Richtungen. Sie hat ja auch freie Sicht auf das komplette Erdgeschoss: Türen gibt es nur für zwei Gästetoiletten, in die Küche führt ein breiter bogenförmiger Durchgang. Die restliche Fläche ist ein einziger, riesiger Raum mit knappen drei Metern Deckenhöhe, der von gemauerten Ecken und Nischen geschickt in verschiedene Bereiche unterteilt wird. Unterstützt wird der Eindruck von Größe und Leichtigkeit durch die spärliche Möblierung und Weiß als vorherrschende Farbe, nicht nur für Böden, Wände und Decke, selbst die Möbel sind weiß. Für Farbakzente sorgen lediglich die Bilder: Fotos und Gemälde, die allesamt das Meer zeigen – blau, grau, grün und in allen Schattierungen dazwischen. Mal spiegelglatt träumend, mal zappelige Schaumkronen tragend, mal wütend gegen meterhohe Klippen anrennend. Auf manchen Bildern scheint das Wasser von innen heraus zu leuchten wie ein lebendiges Wesen, auf anderen glänzt es nur matt, wirkt fast metallisch.

Ein besonders großes Gemälde, das den Blick von einer grünen Klippe in eine felsige Bucht hinunter zeigt, hängt an der langen Außenmauer links neben den Sofas; je zwei größere Fotos, die dieselbe Bucht zu unterschiedlichen Tages- und Jahreszeiten zu zeigen scheinen, schmücken die beiden gemauerten Ecken, die den Wohn- vom Essbereich trennen. Jedes Mal, wenn ich hier bin, wird meine Aufmerksamkeit wenigstens für einen Moment von diesen Bildern gefesselt, als gäbe es diesmal etwas zu sehen, das mir beim letzten Mal entgangen ist.

»Das ist … ziemlich beeindruckend.« Ich merke etwas verspätet, dass Liv mit mir gesprochen hat. Ihr Blick ist auf die Glasfront gerichtet, die fast die komplette Breite des Hauses einnimmt und auf einen eingewachsenen Garten hinausschaut. Zwei japanische Ahornbäume, ein paar Zierkirschen, ein wuchernder Blauregen und diverse Sommerflieder- und Rhododendron-Sträucher sorgen das ganze Jahr über für Farbenpracht.

Ich kann mich gut daran erinnern, wie ich mich bei meinem ersten Besuch hier gefühlt habe – obwohl es Nacht war, kein Licht brannte und ich eigentlich viel zu aufgewühlt war, um auch noch eingeschüchtert zu sein –, also schenke ich Liv ein besonders warmes Lächeln. Sie scheint nett zu sein, aber ob es Sinn macht, sich mit ihr anzufreunden, kann ich nicht sagen: Sie ist Svens dritte Freundin in den gut zwei Jahren, die ich ihn jetzt kenne.

Unwillkürlich geht mir durch den Kopf, was Morgan mir am See erzählt hat, über Svens Schwester. Es ist das erste Mal, dass ich Sven sehe seitdem. Morgan meinte, ich hätte einen Instinkt für so etwas, aber das glaube ich nicht. Selbst mit dem Wissen um diese Tragödie finde ich nichts Auffälliges an Sven, er strahlt dieselbe leicht distanzierte Gelassenheit aus wie sonst auch. Als ob ihn ein unsichtbarer Kokon umgeben würde, der immer für einen gewissen Mindestabstand sorgt. Das ist allerdings etwas, das er mit Morgan gemeinsam hat, auch wenn es bei Sven so wirkt, als würde ihn das Aufrechterhalten dieses Kokons praktisch keinerlei Mühe kosten. Alex und in gewisser Weise auch Stefan scheinen dagegen fast über das Gegenteil einer Abschirmung zu verfügen, als würden sie ein Energiefeld ausstrahlen …

Oje, ich klinge schon wie eine Esoterikerin. Ich sollte mir mal lieber etwas zu essen holen, mit leerem Magen kommt man nur auf merkwürdige Ideen.

Morgan hat einen Cateringservice beauftragt, und in der Küche ist ein Buffet aufgebaut, das eher für die dreifache Anzahl Gäste gedacht scheint. Wir verteilen uns ziemlich bald auf die drei weißen Sofas. Als Couchtisch dient eine riesige Glasplatte, die auf einem weiß lackierten Stück Baumwurzel ruht, vielleicht von einer Mangrove oder etwas ähnlich seltsam Geformtem. Ich finde diesen Tisch jedenfalls unheimlich, als könnte die Wurzel jederzeit einen langen weißen Tentakel durch die Glasplatte stoßen.

Aus versteckt angebrachten Lautsprechern sickern a-ha mit ›Take on me‹ in meine Gedanken. Ich liebe diesen Song – wer nicht? Man müsste schon taub sein oder kein Herz haben –, trotzdem erzeugt er jetzt gerade ein unangenehmes Kribbeln in meinem Nacken, das noch verstärkt wird, als direkt im Anschluss O.M.D. ›Secret‹ anstimmen. Als würde die Musikauswahl eine geheime Botschaft an mich enthalten. Möglicherweise sogar eine Warnung: Erst geht es darum, sich auf jemanden einzulassen, der bald nicht mehr da sein wird; und dann um ein Geheimnis, das glücklich und unglücklich zugleich macht.

Das ist doch ... Unsinn! Ganz klar ist das Unsinn. Ich muss mich wirklich zusammenreißen – heute ist anscheinend wieder einer dieser Tage.

Dankenswerterweise erlöst Liv mich vorerst mit der unschuldigen Frage an Morgan, Sven und Alex, ob sie manchmal auch ihre eigenen Songs hören würden. Die drei sehen sich an, Alex mit einem breiten Grinsen, was Sven die Augenbrauen heben lässt. Da antwortet Morgan schon ganz ernsthaft: »Ach, privat höre ich eigentlich lieber richtige Musik.«

Wir brechen in prustendes Gelächter aus, nur Liv schaut leicht perplex in die Runde, bis Sven sich zu ihr beugt und ihr etwas ins Ohr flüstert.

Ich weiß nicht, warum ich gerade jetzt daran denken muss, wie Morgan mich damals, an meinem zweiten Tag hier, mit hinunter in den Keller genommen hat, in sein Tonstudio. Er hat ein paar Gitarren da unten, verschiedene Synthesizer, ein Klavier. Links ist ein Teil des Raumes mit einer schrägen Wand abgeteilt, durch ein großes Fenster sind zwei Bürostühle zu sehen und eine Menge ziemlich kompliziert aussehender Technik, mit eindeutig zu vielen Schaltern, Reglern, Drehknöpfen und so weiter.

»Hier entstehen also eure Songs?«, habe ich gefragt, und Morgan hat gelacht.

»Nur die Arbeitsgrundlage, wenn du so willst. Die finalen Aufnahmen fürs Album finden in einer etwas professionelleren Umgebung statt. Außerdem haben wir die Rollen bloß auf der Bühne klar verteilt – hinter den Kulissen schlagen wir uns so lange die Schädel ein, bis keiner mehr so genau sagen kann, was eigentlich von wem ist. Wobei Alex vor allem an den Melodien feilt, während

Sven erst jede einzelne Textzeile auseinandernimmt und am Schluss stundenlang an der Abmischung rummäkelt. Aber damit jetzt kein falscher Eindruck entsteht: Ich bin umgekehrt auch nicht besser.«

Während ich mich noch umgesehen und versucht habe, den Zweck einer mit Fenster und Tür versehenen Kabine zu enträtseln, die ich in einer anderen Umgebung vielleicht für eine Einbausauna gehalten hätte, hat Morgan nach einer Gitarre gegriffen. Erst hat er einfach improvisiert, ab und zu ein paar Takte mitgesummt und dann, ohne dass ich den Übergang bemerkt hätte, in ›Dreamhunter‹ gewechselt, die erste Single, die No Way! veröffentlicht hat. Danach hat er fast eine Stunde lang immer weitergespielt. Ich schätze, für eine Weile hatte er sogar vergessen, dass ich da war.

Plötzlich habe ich ›Dreamhunter‹ so deutlich im Ohr, als säße ich wieder unten im Studio, ich höre quasi die Akustikversion, nur die Gitarre und Morgans Stimme. Sie überlagert sowohl den Song, der gerade läuft, als auch die lebhaft geführte Unterhaltung um mich herum.

Don't you dare to let your fears
find their ways and means
to crush your dreams.
Hunt them down to the end,
bitter or sweet,
hunt them down to the end,
bitter or sweet,
hunt them down to the end ...

Mein Blick wandert quer über das Glasmonster zu Morgan und trifft sich mit seinem. Während um uns herum gelacht und geredet wird – Sven versucht, Liv irgendetwas zu erklären, Susanne hat mit Alex und Stefan eine Diskussion über Fußball angefangen, an der ich mich sonst sofort beteiligen würde –, scheint zwischen Morgan und mir die Zeit stillzustehen. Und rückwärtszulaufen.

Ein Jahr und elf Monate läuft sie zurück, zu einem Abend im August. Es ist der zweite Tag nach Morgans nächtlichem Anruf. Wir sitzen hier auf diesem Sofa. Morgan hat den Fernseher eingeschaltet, es läuft ›The Big Bang Theorie‹, aber er schaut kaum hin, zappelt auf dem Sofa herum wie ein hyperaktives Kind oder als wären unter der weichen Velourslederoberfläche lauter Reißnägel verborgen. Schließlich rutscht er nach vorn an die Sofakante. »Ich muss mal kurz nach oben.«

»Wo du die Pistole hast?«, platzt es aus mir heraus, bevor ich mir überlegen kann, ob ich das Recht habe, ihn das zu fragen. Oder ob der Zeitpunkt klug gewählt ist. Gestern habe ich ihn damit gesehen und bekomme das Bild seither einfach nicht aus dem Kopf. Diesen zärtlichen Blick.

Ein komisches kleines Lächeln flackert über Morgans Gesicht. Seine Worte klingen wie auswendig gelernt: »Sie hat meiner Mutter gehört. Ein halbes Jahr nach der Scheidung hat sie sich damit umgebracht. Ich war dreizehn und habe sie nach der Schule im Badezimmer gefunden. Danach hat mein alter Herr mich zu sich in die USA geholt.«

Er steht auf, als würde die Bewegung zwingend zu diesen Sätzen gehören, macht aber keine Anstalten, zu gehen. Stattdessen steht er genauso reglos da, wie er eben noch unruhig war – als hätte jemand einen Schalter umgelegt.

Ein oder zwei Herzschläge lang kann ich meinen Körper nicht spüren, auch nicht den Raum um mich herum. Ich befinde mich in einer Art Vakuum, während ich zu begreifen versuche, was er da eben gesagt hat, was das bedeutet. Für ihn. Für die Szene gestern. Für die Frau an seiner Seite, von der ich nur weiß, dass sie ihn verlassen hat. Ich kenne nicht mal ihren Namen, was die Klatschpresse über No Way! zu berichten wusste, hat mich nie interessiert. Morgans Privatleben hat mich nie interessiert. Trotzdem sitze ich jetzt hier, in seinem Haus, in diesem Augenblick – sehr viel privater geht es wohl kaum. In dem Moment bin ich mir sicher, dass ich in einem wirren Traum gefangen bin. Es ist einfach zu viel, um tatsächlich zu passieren. Ich möchte lachen – oder weinen? Ich weiß es nicht genau. Nur irgendetwas sollte ich tun. Denn falls ich *nicht* träume, dann ist Morgan gerade dabei, am Abgrund das Gleichgewicht zu verlieren. Und außer mir ist niemand hier, um das zu verhindern. Ich schlucke trocken und strecke die Hand nach ihm aus.

Morgan steht mit dem Rücken zu mir, kann es nicht sehen, scheint es aber irgendwie zu spüren. »Nicht! Anfassen. Bitte …« Er presst die Worte zwischen einzelnen, schweren Atemzügen hervor.

Ich stehe ebenfalls auf, grabe die Fingernägel in meine Oberarme, um mich daran zu hindern, ihn zu berühren. Morgen werde ich an den Stellen ein paar halbmondförmige rote Male haben. »Bitte geh nicht nach oben, Morgan.

Ich kann gehen, wenn du allein sein möchtest.«

Er macht zwei Schritte weg vom Sofa und von mir, aber wenigstens nicht in Richtung Treppe. Ich merke, dass ich die Luft anhalte. Der ganze Raum scheint in einer kaum erträglichen Spannung zu vibrieren.

Plötzlich kniet Morgan am Boden, zusammengekrümmt, die Stirn auf den Knien, Arme und Hände wie schützend über dem Kopf. Ich zögere nur einen winzigen Moment, dann knie ich neben ihm, schirme seinen Körper mit meinem ab – wovor, vor der Welt? Ich spüre den Abgrund, ganz nah, er zerrt nicht nur an Morgan, er ist wie ein Magnet, zieht mich an, lockt mich. Für einen Moment weiß ich nicht, wo ich bin. Der Raum ist dunkel bis auf das flackernde Licht des Fernsehers, das dem spiegelnden Parkettboden seine Festigkeit zu nehmen scheint. Ich bilde mir ein, Wind in hohen Bäumen wispern zu hören und kleine Steinchen, die über eine Kante rieseln und schweigend fallen, und die Pausen zwischen den Geräuschen ihres Aufpralls werden immer länger: *klack … … klack … … … klack … … … … klack …* Wie ein Herz, das langsam aussetzt.

Mir wird schwindlig, wovor habe ich bloß solche Angst? Aus dem Augenwinkel sehe ich eine Bewegung, da ist nichts, nur der Fernseher, aber es ist Lukas' Gesicht, das mich anlächelt, mit demselben wissenden Lächeln, das ich vier Wochen lang jedes Mal gesehen habe, wenn ich den Kopf von meinem Block gehoben und quer durch den Seminarraum zu ihm hinübergeschaut habe. Bis ich mich endlich getraut habe, nach dem Kurs nicht sofort zu verschwinden, sodass er mich ansprechen konnte. Aber in Wahrheit habe ich mich gar nicht getraut – ich habe nur aufgegeben.

Ich schließe die Augen, sperre die Welt aus und halte Morgan fest. Oder halte ich mich an Morgan fest?

»Nora«, wimmert Morgan.

Als wir uns eine gefühlte Ewigkeit später Gute Nacht sagen und ich ihn frage, ob ich ihn auch ganz sicher allein lassen kann, sieht er mich im dunklen Flur das erste Mal auf diese seltsam eindringliche, fragende Weise an, den Kopf ganz leicht zur Seite geneigt. Nur für einen Sekundenbruchteil – bevor er mein Gesicht in beide Hände nimmt und mich küsst. Weder leichthin noch leidenschaftlich. Vorsichtig. Behutsam. Wie etwas, das zu zart ist und zu flüchtig. »Bis morgen«, sagt er dann, »versprochen.«

Erst als Stefan den Arm um mich legt und mich ruckartig zurück in die Gegenwart befördert, merke ich, dass Morgan und ich uns immer noch ansehen. Wie lange? Hat das irgendjemand bemerkt? Hat Stefan das bemerkt?

Morgans dunkle Augen liegen im Schatten, sodass ich ihren Ausdruck nicht deuten kann, aber als Stefan mich jetzt an sich zieht, mir einen Kuss auf die Schläfe drückt und – etwas zu laut, ich fürchte, er hat schon eine ganze Menge getrunken – »Oder, Schatz?« sagt, murmelt Morgan eine Entschuldigung und verschwindet in Richtung Toilette.

Ich beeile mich zu lächeln und zu nicken, Stefans Arm liegt schwer auf meinen Schultern. Alex schlägt sich auf die Schenkel, alle lachen. Ich stimme mit ein und hoffe, dass es sich nicht allzu unecht anhört. Ich glaube, ich bin froh, dass Stefan mich zurückgeholt hat: Ich fröstele leicht und die Schatten im Raum kommen mir auf einmal dunkler vor. Trotzdem stehe ich nach ungefähr zehn Minuten ebenfalls auf, sobald ich sicher bin, dass Morgan nicht einfach nur aufs Klo wollte, und Stefan mich losgelassen und sich wieder ganz in die Unterhaltung vertieft hat.

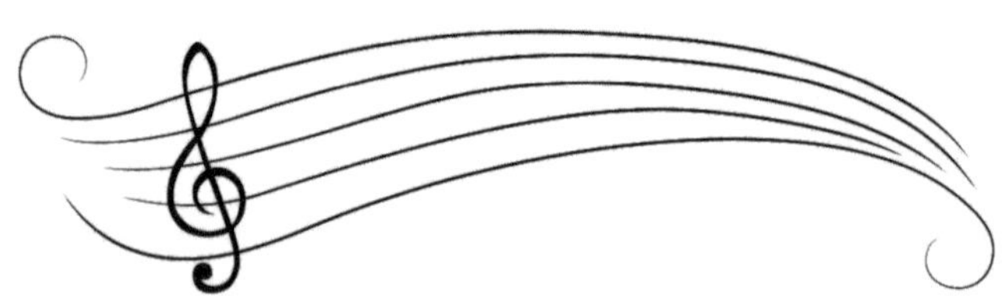

Dreizehn

Ich finde Morgan auf der Dachterrasse. Hier oben stehen lediglich ein paar Liegestühle und ein Whirlpool, in dem aber kein Wasser ist. Ich lehne mich neben Morgan auf die Brüstung, so nah, wie ich es wage, unsere Schultern nur Zentimeter voneinander entfernt. Die Nacht ist hier längst nicht so rein und weit wie beim Waldhaus: Eine Dunstglocke aus Streulicht hängt über der nahen Stadt und lässt den Himmel eher rötlich als schwarz erscheinen. In einem der umliegenden Gärten bellt ein Hund.

»Na, du«, sage ich leise, weil ich mir nicht sicher bin, ob Morgan mich überhaupt bemerkt hat.

Er sieht kurz zu mir herüber, lässt den Blick dann wieder in die Nacht gleiten. Das Schweigen, das ihn umgibt, ist tief, aber nicht abweisend. Nach einer Weile scheint es mich mit einzuschließen. Wie eine Decke, die die Welt draußen hält.

Natürlich ist mir bewusst, dass unten in der Villa die Zeit weiterläuft, dass ich nicht ewig hier oben bleiben kann, wenn ich nicht will, dass mein Fehlen auffällt. Wird es jetzt immer so sein? Gestohlene Augenblicke, wenn Stefans Wachsamkeit mal für einen Moment nachlässt?

Oder besteht die Chance, dass sich das Ganze wieder beruhigt, dass Stefan mir mit der Zeit wieder vertraut – mir und Morgan?

Hat er das denn überhaupt je getan?

Ich verfluche mich für diese spitzfindige innere Stimme, die mich daran erinnert, wie es nach meinem ersten Besuch hier gewesen ist, zwischen Stefan und mir. Sein Misstrauen. Sein Betrugsvorwurf. Damals hat es fast drei Monate gedauert, bevor ich Morgan wiedergesehen habe, und Stefan hat sich erst entspannt, als Nora und Morgan wieder zusammen waren.

Doch diesmal wird sie nicht zurückkommen.

Und mir ist die bloße Vorstellung, Morgan monatelang nicht zu sehen, plötzlich unerträglich. Unwillkürlich schüttele ich mich.

»Ist dir kalt?«

»M-m«, murmele ich verneinend und ein wenig verlegen. Meine letzten Gedanken möchte ich Morgan lieber nicht erläutern. Er scheint meine Antwort so hinzunehmen, und als ich schon sicher bin, dass er nichts weiter sagen wird, tut er es doch. »Ein halbes Jahrhundert – das ist eine Menge Zeit, um Dinge richtig zu machen, oder nicht?«

Ich ahne, worauf er hinauswill. »Du hast viele Dinge richtig gemacht ...«, beginne ich, aber er unterbricht mich mit einem Geräusch irgendwo zwischen einem Schnauben und einem abfälligen Lachen.

»Meinst du das hier?« Er zeigt auf den Garten, beugt sich dabei weit über die Brüstung – zu weit, für meinen Geschmack –, dann schwingt sein Arm zurück über die Dachterrasse und aufs Haus zu. Ich muss ihm ausweichen, um nicht von seinem Handrücken gestreift zu werden. Stefan ist wohl nicht der Einzige, der heute Abend zu viel erwischt hat. »Dass ich Kohle habe?«, fährt Morgan fort. »Dass Menschen, die nicht das Geringste von mir wissen, mir zujubeln und kreischen, dass sie ein Kind von mir wollen?« Er redet immer schneller, als wollte er sich zwingen, die Worte auszusprechen, bevor er es sich anders überlegen kann. »Ja, das habe ich ganz großartig hinbekommen!« Beißend. So kenne ich ihn sonst gar nicht. »Deswegen stehe ich jetzt auch allein hier oben, weil ich so viel richtig gemacht habe. Deswegen hat der Mensch, der mich am besten kennt, siebzehn Jahre gebraucht, um sich endlich von mir zu befreien!«

Ich atme tief durch. Diese Situation ist neu. Da ist eine Aggressivität in Morgans Tonfall, die mir fremd ist, mir sogar ein bisschen Angst macht. »Du bist nicht allein, Morgan.« Ich kann nur hoffen, dass meine Stimme souveräner klingt, als ich mich fühle. »Da unten sitzen Menschen, die genau wissen, wer du bist. Und die genau deswegen deine Freunde sind.« Ich mache eine kleine Pause – muss ich erst meinen Mut zusammennehmen? –, dann sage ich: »Und ich bin auch hier ...«

Morgan wendet sich mir zu, lässt seinen Blick betont langsam an mir hinunterwandern, als wollte er auf jedes noch so kleine Detail achten, und anschließend wieder nach oben, bis er mir direkt in die Augen sieht. Jetzt fröstele ich wirklich. »Ja«, sagt er dann gedehnt, fast in Zeitlupe, »du bist hier. Immer noch. Als ob das irgendetwas ändern würde. Aber das ist natürlich nicht dein Problem, nicht wahr? Du tust ja, was du kannst.«

Ich mache einen Schritt zur Seite, weg von der Brüstung und von Morgan, als könnte ich so den Worten ausweichen, die mir wie giftige kleine Pfeile entgegenschwirren.

Einen Moment lang fühle ich gar nichts.

Ich sehe an mir hinunter und entdecke keine Wunde, kein Blut. Ich bin unversehrt, die Geschosse haben mich verfehlt. Ist es das, was Nora passiert ist, wurde sie so getroffen, vielleicht ein Mal zu oft? Ist diese Seite an Morgan wirklich neu oder kommt sie immer erst nach einer Weile zum Vorschein? War es einfach nur Zufall, dass ich sie bislang noch nicht erlebt habe? Oder war das gerade doch eine Ausnahme, einmalig, der Last dieses Abends geschuldet? Die Gedanken huschen durch meinen Kopf, scheue nächtliche Tiere, die es nicht mögen, festgehalten und näher in Augenschein genommen zu werden.

Als ich den Kopf hebe und die kühle Feuchtigkeit auf meinen Wangen spüre, weiß ich, dass ich mich getäuscht habe: Ich habe es nicht im Mindesten geschafft auszuweichen. Das wäre gar nicht möglich gewesen. Und es wird auch nie möglich sein. Ich wende mich ab, weil ich nicht will, dass Morgan meine Tränen sieht. Es ist Zeit zu gehen, wieder nach unten, zu Stefan.

Die Tür, die zurück ins Haus führt, steht einen Spalt offen. Licht quillt daraus hervor, ein schmaler gelblicher Streifen, wie eine eitrige Wunde im kränklich wirkenden stumpfen Schwarz der Nacht. *Künstliches Licht,* denke ich und weiß nicht, was das bedeuten soll. Es ist noch zwei Schritte entfernt, als ich Morgans Arme um mich spüre.

Er hält mich fest. Hält mich auf. »Es tut mir so leid, Franziska.« Sein Flüstern kitzelt meinen Nacken. »Das wollte ich nicht – ich wollte nicht …« Er schweigt einen

Moment. »Ich bestehe aus lauter Scherben«, sagt er dann, plötzlich wieder ganz ruhig. »Ständig schneidet sich jemand an mir.«

Er will mich loslassen, als hätte er auf einmal Angst, dass mich seine bloße Nähe verletzen könne, also verschränke ich meine Arme, lege meine Hände über seine und schließe die Finger um seine Handgelenke. Eine sanfte Fessel. ›Vor allem du dich selbst‹, möchte ich sagen, aber weil ich meiner Stimme noch nicht traue, spreche ich es nicht aus, und so stehen wir für einen letzten Augenblick schweigend in der Nacht, die so wenig rein und weit ist, so wenig Schutz vor dem bietet, was der Morgen bringen mag.

Als wir wieder nach unten kommen, ist die Fußballdiskussion noch immer im Gang. Stefans Blick zuckt nur kurz zu mir, will schon wieder weiterwandern und bleibt dann doch hängen, als er Morgan hinter mir bemerkt. Seine Brauen schieben sich zusammen, bilden eine steile Falte über seiner Nasenwurzel. Da schlägt Alex ihm auf die Schulter und macht einen Witz über Stefans Lieblingsverein Bayern München. Dass ich Borussia-Dortmund-Fan bin, ist so ziemlich das einzige Thema, über das wir mit Begeisterung streiten. Stefan schnaubt empört und beginnt der ganzen Runde zu erläutern, dass der deutsche Rekordmeister der einzige Verein auf der Welt sei, der technische und taktische Perfektion mit Spielfreude und Leidenschaft verbinde und damit die Meisterschale von Rechts wegen einfach verdiene!

Ich lächle erleichtert, setze mich wieder neben Stefan und lasse in einer kleinen Gesprächspause die Bemerkung fallen, dass der BVB den Bayern durchaus die Lederhosen stramm ziehen könne – wenn die Dortmunder nicht gleich für eine unsanfte Landung auf dem Hosenboden sorgten. Die Anspielung auf das jetzt schon legendäre Pokal-Halbfinale zwischen den beiden Vereinen bringt sogar Stefan zum Lachen: Gleich zwei Bayern-Spielern hatte es während des Elfmeterschießens, beim Ausholen zum Schuss, das Standbein weggezogen. Fast schon in Slapstickmanier waren sie auf dem Allerwertesten gelandet, und der Ball hatte das Tor weit verfehlt.

Stefan stößt mit mir an und prostet dann der Runde zu: »Legt euch lieber nicht mit dieser Frau an, wenn's um Fußball geht: Da fährt sie scharfe Krallen aus!«

Es wird noch mehr gelacht, Morgan zwinkert mir zu, und der Abend nimmt schließlich ein allgemein versöhnliches, wenn auch definitiv äußerst alkoholseliges Ende.

Es wird spät, bis wir am nächsten Tag alle zum Brunchen versammelt sind, aber niemand ist richtig schlimm verkatert. Nach ein paar Tassen Kaffee und einigen Lachsröllchen nehmen die Gespräche schon wieder Fahrt auf.

Ich angle mir ein frisch aufgebackenes Croissant aus dem Brotkorb und versuche, mich für eine Marmeladensorte zu entscheiden, während ich mit einem halben Ohr Stefan und Alex zuhöre. Die beiden frönen ihrer gemeinsamen Leidenschaft für Ferrari. Morgan und Sven sind in eine Diskussion über Timings vertieft, ob ein Termin nächsten Sommer realistisch sei oder nicht – anscheinend nehmen die Pläne für ein neues Album tatsächlich Gestalt an. Und Susanne ist gerade dabei, Liv auszufragen: woher sie Sven kenne, was sie so mache ... Es stellt sich heraus, dass Liv Köchin ist. Sie hat seit zwei Jahren ein eigenes Restaurant und fragt die Gäste nach dem Essen gern persönlich, ob es geschmeckt habe. Sven war sehr angetan.

»Anscheinend nicht nur vom Essen!« Susanne lacht. Als begeisterte Hobbyköchin bestürmt sie Liv dann regelrecht mit Fragen.

Ich lehne mich zurück, lasse den Blick über die Runde gleiten und fühle mich wie eine Katze auf der Ofenbank: zufrieden. Vielleicht sogar glücklich.

Kurz darauf sagt Susanne etwas von »Rehrücken«, in meinem Kopf macht es *klick* und ich schaue mit einem Grinsen zu Morgan. »Jetzt hab ich's – es hatte rechts vor links, das Reh!«

Morgan braucht nur einen winzigen Moment, währenddessen sich in seiner Miene leise Ratlosigkeit spiegelt, bevor ein überraschtes Lachen emporsprudelt. Die anderen werfen sich fragende Blicke zu und kehren mit einem Achselzucken zu ihren Gesprächen zurück. Nur Sven sieht noch einen Augenblick zu mir herüber – oder zu Stefan? Auf seiner Stirn ist eine leichte Furche zu sehen.

Stefan hat zwar noch eine halbe Semmel auf seinem Teller liegen, trotzdem steht er plötzlich auf. »Tut mir leid, wenn ich ungemütlich bin, aber wir müssen langsam los.«

Alle wissen, dass wir noch ein paar Stunden Autofahrt vor uns haben, also gibt es nur verständnisvolle Kommentare, gute Fahrt, schön, dass wir da waren, und bis bald. Lediglich Svens Stirnrunzeln scheint noch etwas tiefer zu werden. Als er mich zum Abschied kurz umarmt, sagt er, so leise, dass es außer mir garantiert niemand hört: »Pass auf dich auf, ja?«

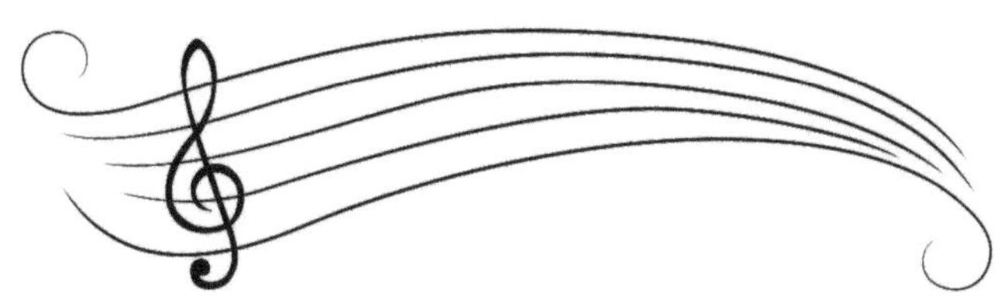

Vierzehn

Die erste Hälfte der Autofahrt vergeht fast vollständig schweigend. Ich versuche ein paar Mal, ein Gespräch anzufangen, aber Stefan antwortet höchst einsilbig, wenn überhaupt. Außerdem hat er das Radio ausgeschaltet, und der Innenraum des BMW ist hervorragend schallisoliert: Mehr als ein leises Rauschen ist selbst bei Tempo hundertachtzig nicht zu hören, die Welt gleitet stumm an uns vorbei. Kurz vor Karlsruhe stehen wir eine Weile im Stau, was Stefan nutzt, um seine Mails zu checken. Bis Stuttgart habe ich meine Finger in allen denkbaren Varianten miteinander verschränkt und lustige Muster geformt wie beim Fadenspiel, nur ohne Faden, und ertappe mich dabei, irgendeinen Rhythmus auf die Armlehne zu trommeln. Stefan schaltet das Radio ein, B5 aktuell.

»Bist du sauer wegen irgendwas?«, frage ich schließlich.

Stefans Hände schließen sich für einen Moment so fest ums Lenkrad, dass seine Knöchel weiß hervortreten. Er *ist* sauer. Dass ich nicht weiß, weswegen, verursacht mir eine leichte Gänsehaut. Ich habe vorhin extra darauf geachtet, mich von Morgan nicht länger zu verabschieden als von den anderen ...

»Ob ich sauer bin?«, wiederholt Stefan meine Frage, und seine Stimme vibriert dabei. »Weswegen sollte ich denn bitte schön sauer sein?«

»Ich würde nicht fragen, wenn ich es wüsste«, sage ich, möglichst defensiv.

»Na klar! Du weißt es nicht! Heißt das, du merkst es nicht mal mehr? Oder denkst du wirklich, dass ich es nicht merke?«

Ich will ihn fragen, was ich nicht merken soll – oder er –, aber Stefans Kopf fährt zu mir herum, und sein Blick warnt mich davor, jetzt den Mund aufzumachen.

Es dauert ein paar Minuten, bis er weiterspricht. »Glaubst du wirklich, ich hätte nicht mitbekommen, wie ihr beiden gestern zusammen verschwunden seid?«

›Das ist unfair‹, will ich sagen, ›wir sind überhaupt nicht *zusammen* verschwunden. Ich habe nur kurz nach Morgan gesehen, es war immerhin sein Geburtstag.‹

Aber Stefan redet einfach weiter. »Oder die Blicke, die ihr euch dauernd zuwerft: Denkt ihr, das sieht keiner? Und dann auch noch euer hübscher kleiner Insiderwitz mit dem Reh heute Morgen – da hat selbst der Letzte am Tisch kapiert, dass da was läuft zwischen euch! Was glaubst du eigentlich, wie ich mich da fühle?« Er klingt auf einmal eher müde als wütend.

»Ach, das Reh«, sage ich, fast erleichtert. Das Reh kann ich doch ganz leicht erklären, da war ja nun wirklich nichts dabei!

Ich erzähle Stefan vom Ausflug zum See und dem Beinahe-Unfall und lasse es wie eine lustige Geschichte klingen. Rückblickend ist es das ja auch irgendwie: wie ich dachte, das Auto würde gleich fliegen lernen … Und das Reh kam wirklich von rechts aus dem Wald gesprungen.

Aber Stefan lacht nicht.

Seine Stimme ist gefährlich leise, als er endlich antwortet: »Du lässt dich von diesem Idioten also beinahe umbringen und reißt hinterher auch noch Witzchen mit ihm darüber. So langsam wird mir so einiges klar.«

Ich weiß, dass ich das irgendwie in Ordnung bringen muss – nur wie, das will mir einfach nicht einfallen. Das Zittern, das vor dem Waldhaus durch mein Fundament gelaufen ist, das war nur das Vorbeben. Jetzt wackelt es richtig. Es schüttelt mich durch und durch, ich kann die Risse spüren und weiß nicht, wie ich sie kitten soll.

Aber ich muss sie kitten!

Sonst falle ich.

Und wo soll ich mich dann festhalten?

Stefan wird mir kein Seil zuwerfen diesmal.

Und Morgan?

Er würde es sicher versuchen – aber mal ehrlich, die Chancen stehen besser, dass ich ihn mit hinunterreiße, als dass es ihm gelingt, mich aus dem Abgrund zu ziehen. Das ist eine Tatsache.

Nein, ich muss das selber schaffen.

Ich brauche Stefan. Ich liebe Stefan!

Das sage ich ihm und es scheint ihn zu besänftigen.

Das Beben lässt nach.

Dass Morgan ein paar Tage später anruft, weil er auf dem Weg ins Waldhaus ist, wo er an neuen Songs arbeiten will, kommt mir mehr als ungelegen. Aber er ist praktisch schon da, will nur auf einen Sprung vorbeischauen, bevor er weitermüsse. Stefan ist zu irgendeinem Notfall-Termin wegen des neuen Systems nach Colmar gefahren, wo seine Firma seit diesem Jahr die zweitgrößte Niederlassung hat. Er wird erst morgen Abend wieder hier sein.

Vielleicht ist es ganz gut, wenn ich mit Morgan rede, ihm sage, dass wir eine Weile etwas mehr Abstand halten müssen, damit Stefan keinen falschen Eindruck bekommt.

Denn das ist es doch: ein falscher Eindruck. Mehr nicht.

Möglicherweise habe ich ein schlechtes Gewissen wegen dem, was ich Morgan sagen will. Es ist ja nicht seine Schuld, dass Stefan so überreagiert. Möglicherweise will ich es auch noch einen Moment hinauszögern, weil es mich ärgert, dass es überhaupt so weit gekommen ist, dass es nicht einfach bleiben kann, wie es war. Was es auch ist: Als wir uns im engen Hausflur gegenüberstehen – diesmal hat Morgan keinen Wein in der Hand, den er erst abstellen müsste –, umarme ich ihn einen Moment länger als nötig. Der Duft seines Aftershaves hüllt mich ein, Waldhonig und Patschuli, trägt mich zurück zu diesem Augenblick neben der Straße. Noch einmal kann ich seine Angst fühlen und dann die grenzenlose Erleichterung, als ich die Augen aufschlage. Etwas Warmes zerfließt in meiner Brust. Statt mich endlich von Morgan zu lösen, lege ich mein Kinn auf seine Schulter.

Da schiebt er mich sanft ein paar Zentimeter von sich – und küsst mich.

Eigentlich ist es gar kein richtiger Kuss, lediglich ein

neckendes Knabbern an meiner Unterlippe. Aber das genügt.

Ich stoße ihn weg.

Morgan lässt mich los und tritt einen Schritt zurück. Seine Mimik ist ein einziges Fragezeichen. »Alles okay?«

Ich atme heftig. »Ja. Das heißt ... nein! Das ... das geht so nicht, Morgan. Du kannst mich nicht einfach küssen!«

Er sieht aus, als hätte ich ihn geohrfeigt. Und irgendwie fühlt es sich auch so an. »Entschuldige. Ich wollte nicht ... Ich dachte nur ... Ehrlich gesagt weiß ich auch nicht, was ich dachte.«

Dieses winzige Lächeln, das an seinem rechten Mundwinkel hängt, treibt mir die Tränen in die Augen. Ich möchte ihm sagen, dass alles gut ist, dass wir es einfach vergessen – aber das ist es eben nicht, und das können wir nicht, genau das ist ja das Problem! Endlich habe ich es verstanden. Wie konnte ich so lange so blind sein? Ich muss das in Ordnung bringen – jetzt! –, also sage ich stattdessen: »Was denkst du denn, was das hier wird, mit uns?«

Er breitet die Arme aus, hilflos, schüttelt den Kopf. »Ich weiß es nicht. Sag du's mir.« Und dann, bevor ich etwas erwidern kann: »Das letzte Mal hast du mich geküsst ...«

Das letzte Mal, das wir uns gesehen haben, war an seinem Geburtstag, und da gab es keinen Kuss. Aber ich weiß natürlich, wovon er spricht. Ich sehe sein Gesicht vor mir, auf dem der bläuliche Schein des Fernsehers ein psychedelisches Licht-und-Schatten-Spiel veranstaltet. Sehe meine Hände an diesem Gesicht, meine Finger, die über seine Brauen streichen ... Meine Wangen brennen – vor Schuld, nicht vor Scham. »Das war ein Fehler«, sage ich tonlos. Und sehe, wie etwas in ihm zerbricht. Wie die Tür zufällt, die er mir bei diesem Anruf vor zwei Jahren einen Spaltbreit geöffnet hatte.

»Tut mir leid, Franziska.«

Ist das wirklich Morgans Stimme? So flach, so ausdruckslos – ich kann nicht mal die Verletzung darin hören, die ich ihm gerade zugefügt habe. Ich möchte ihn anschreien: ›Hör endlich auf, dich dauernd zu entschuldigen! Hör auf, dich bei der ganzen Welt dafür zu entschuldigen, dass du du bist! Du bist ein wunderbarer Mensch, Morgan. Keiner von uns ist perfekt, keiner macht den anderen immer nur das Leben leichter.‹ Aber ich sage nichts davon. Mein ganzer Körper ist ein ziehender Schmerz, aber ich rühre mich nicht. Ich stehe und schweige, und Morgan nickt und wendet sich zum Gehen. Ich halte ihn nicht auf.

Er zieht die Haustür auf, ohne sich noch einmal umzusehen. Sie fällt mit einem dumpfen, endgültig klingenden Laut hinter ihm ins Schloss und schließt mich ein.

Wie Sandpapier reiben die Lider über meine Augen, Tränen wollen trotzdem keine kommen. Was habe ich bloß getan? Wie konnte das passieren? Habe ich mich selbst belogen, von Anfang an? Habe ich wirklich geglaubt, das könnte funktionieren?

»Du kannst uns nicht beide haben«, hat Stefan gesagt, und ich war überzeugt, dass er sich irrt, weil es ja gar nicht das war, was ich wollte, jedenfalls nicht so, wie er es gemeint hat. Aber er hatte recht.

Ich habe so viel kaputt gemacht. Ich habe die beiden Menschen verletzt, die das am wenigsten von mir erwarten durften. Die mir am meisten vertraut haben. Ausgerechnet. Wie leichtfertig von ihnen. Lukas hätte dazu sicher ein paar passende Worte zu sagen. Wenn Morgan schon meint, aus Scherben zu bestehen, aus was bestehe ich dann? Wie viel Unheil muss ich noch anrichten, bis ich endlich gelernt habe, vorsichtiger zu sein?

Jetzt, endlich, kommen die Tränen, und ich schleiche die Treppe hinauf ins Schlafzimmer, vergrabe mich im Bett und lasse es geschehen. Es ist kein erleichterndes Weinen. Die Schluchzer sind wie Tiere, die darum kämpfen, sich aus einem verschlossenen Bau ans Tageslicht zu retten. Sie drohen mich zu zerreißen. Meine Muskeln ziehen sich mit jeder neuen Welle schmerzhaft zusammen, zwingen mich in eine Art Embryonalhaltung, aus der ich mich ein ums andere Mal mit einem verzweifelten Nach-Luft-Schnappen befreie, bevor ich an dem Druck auf meiner Brust ersticke. So habe ich seit der Zeit nach Lukas nicht mehr geweint.

Als mein Körper irgendwann zu erschöpft ist, dämmere ich weg und gleite schließlich in einen unruhigen Schlaf hinüber.

Am nächsten Morgen bin ich wach, lange bevor der Wecker klingelt. Ich fühle mich, als hätte ich einen Kater, inklusive des pochenden Schmerzes hinter der Stirn. Es hat lange gedauert, zu lange, bis ich wirklich daheim angekommen bin, in der Realität, meinem echten Leben. Das Waldhaus, das war nicht real, das war mein persönliches Sommermärchen. Bis hin zum Wetter. Der Gedanke ist absurd und selbstmitleidig, doch als ich jetzt durch eine Fensterscheibe, an der Tropfen wie stumme Tränen herabrinnen, auf die blassgraue Welt schaue, die mein Zuhause ist, da fühle ich mich auf eine merkwürdige Weise getröstet. Von einem Märchen ist der Anblick denkbar weit entfernt, aber wenigstens ist er echt.

Ich vermeide den Blick in den Spiegel und bereite mich darauf vor, was ich heute Abend zu tun habe: Ich muss Verantwortung übernehmen für das Chaos, in das ich uns drei gestürzt habe. Für Klarheit sorgen. Ich muss Stefan die Wahrheit sagen. Ich muss ihm von dem Kuss erzählen – zumindest von dem einen, dem, der von mir ausgegangen ist.

Stefans Reaktion verunsichert mich. Er wird nicht wütend, und seine Stimme klingt nicht triumphierend, als er sagt: »Das überrascht mich nicht.« Er wartet, ob ich etwas antworten will, und als ich es nicht tue, fährt er fort. »Mir war das damals schon klar, nach meiner Geschäftsreise. Auch wenn du es dir nicht eingestehen wolltest. Oder immer noch nicht willst. Dafür kenne ich dich zu gut.« Wieder macht er eine Pause, aber in meinem Kopf wirbeln einzelne Worte wild durcheinander und wollen einfach keinen Satz ergeben. Stefan sieht mich nicht an, als er weiterspricht. »Nur eines verstehe ich nicht: Warum du nicht einfach zu ihm gehst. Ich halte dich nicht auf.«

»Weil ich dich liebe«, flüstere ich. Der Druck auf meiner Brust presst meine Stimme zu etwas Winzigem zusammen.

Jetzt sieht Stefan mich doch an. »Bist du dir da sicher?«

›Ja!‹, will ich schreien, aber mein Mund öffnet sich, ohne dass ein Laut herauskommt. Ich klappe ihn auf und zu wie ein Fisch auf dem Trockenen, versuche es noch mal, aber als es mir endlich gelingt, ein krächzendes »Ja« hervorzupressen, schüttelt Stefan nur den Kopf.

»Lass uns am Wochenende weiterreden, okay? Ich habe morgen ein paar anstrengende Termine.«

Ich schlafe in dieser Nacht im Gästezimmer.

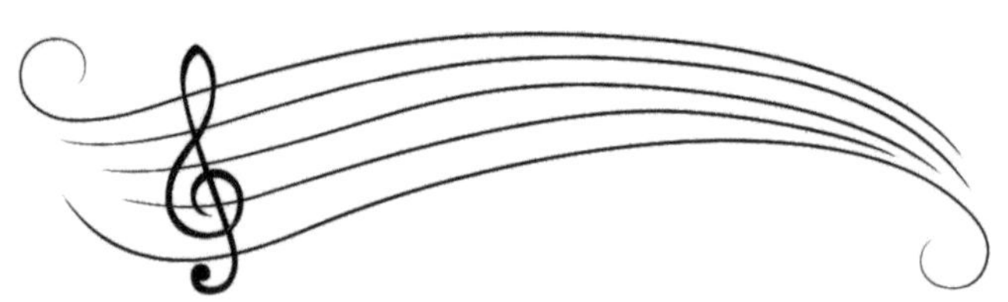

Fünfzehn

Es ist jetzt sechs Wochen her, dass Morgan gegangen ist. Stefan habe ich versichert, dass ich mich für ihn entschieden habe, endgültig: Ich habe ihm versprochen, den Kontakt zu Morgan abzubrechen, was nicht schwierig war, weil er sich nicht gemeldet hat, seit ich ihn so abgewiesen habe. Stefan verlangt das nicht von mir, aber ich weiß, dass er es erwartet. Zu Recht.

Nora telefoniert ab und zu mit Sven. Sie hat mir erzählt, dass es Morgan gut geht. Die Jungs arbeiten an dem neuen Album. Wenn Morgan Musik macht, vergisst er die Welt um sich herum. Das ist gut. Nora versucht auch, mich zu trösten. Sie meint, es würde sich schon alles wieder beruhigen. Ich müsse Stefan nur Zeit geben. Und das Gefühl, dass er sich meiner sicher sein kann.

Ich habe ihr den Kuss gebeichtet, den, der von mir ausging. Die ersten beiden, die gehören nicht hierher. Sie waren am Ende nur ein Traum, in dem ich mich verfangen hatte.

»So etwas passiert«, hat Nora gesagt, seltsam gelassen in Anbetracht meines Gestammels. »Das ist nicht das Ende der Welt. Ihr seid doch nicht die Ersten, die mit so was klarkommen müssen. Ihr schafft das schon.«

Ich hatte das Gefühl, für einen winzigen Moment wollte sie noch mehr sagen, hat es sich dann aber anders überlegt. Vielleicht hätte ich nachfragen sollen. Zurzeit scheint mir so etwas immer erst viel zu spät einzufallen. Überhaupt fällt es mir ungewohnt schwer, mich auf Gespräche zu konzentrieren. Dabei ist es nicht so, dass ich abgelenkt wäre – mein Kopf fühlt sich nur an, als wäre er mit Watte ausgestopft, durch die Stimmen und Worte nur gedämpft und mit einiger Verzögerung gelangen.

Stefan scheint sich daran gewöhnt zu haben, dass er fast alles zweimal sagen muss. Oder am besten gleich selbst entscheiden. Die meiste Zeit bin ich ohnehin zu müde, um eine Meinung dazu zu haben, was wir zu Abend essen oder welchen Film wir ansehen wollen. Er gibt sich wirklich Mühe, und das ist fast das Schlimmste daran. Er bemüht sich, mich normal zu behandeln, freundlich, locker. Sogar liebevoll.

Aber die Schatten werden immer länger.

Gestern hat er mich gefragt, ob ich Lust hätte, am Wochenende mal wieder etwas zu unternehmen. Ich wollte ihm erst sagen, dass wir es uns doch einfach daheim gemütlich machen können, aber dann hatte ich ein schlechtes Gewissen, weil er wirklich alles versucht. Also habe ich mich zu einem Lächeln aufgerafft. »Kino wäre schön.«

»Okay, ich schaue mal, was gerade läuft.« Er hat mir einen Kuss auf die Wange gegeben und dabei so fröhlich gewirkt, dass mir beinahe die Tränen gekommen wären.

Das muss aufhören, das ist mir vollkommen klar – ich weiß nur nicht, wie.

Stefan hat den Samstag für unseren Kinobesuch ausgewählt. Um halb fünf sagt er mir, ich solle mich langsam fertig machen, er hätte noch eine Überraschung für mich. Er weiß ja, dass ich nicht lang brauche. Eine halbe Stunde später können wir los. Er hält mir sogar die Autotür auf.

Wir haben eigentlich ein ganz gutes Kino in der Stadt, ein wenig neugierig werde ich also schon, als Stefan Richtung Autobahn fährt. Er unterhält mich mit Geschichten aus der Firma: Das neue System läuft inzwischen fast fehlerlos, trotzdem musste der Leiter der IT-Abteilung seinen Hut nehmen. Und ein Kollege hat sich von seiner Frau getrennt – die nur ein paar Büros weiter in der Buchhaltung arbeitet. Es wird gemunkelt, er hätte etwas mit einer Marketingassistentin am Laufen, die nicht mal halb so alt ist wie er. Stefan schildert den Kollegen als schmerbäuchigen Mittfünfziger mit Gartenzwerg-Frisur: eine Platte von der Stirn bis fast zum Hinterkopf, dafür aber dicke Koteletten und einen Vollbart. Harley-Fahrer und eigentlich ein netter Kerl, der aber laut Stefan ohne seine Frau, mit der er praktisch seit der Schule zusammen ist, nichts auf die Reihe bekommt. »Er denkt, er hätte was verpasst – dabei ist das einzige, das er wirklich verpasst hat, die Erkenntnis, dass er es viel früher als andere richtig gut getroffen hat. In ein paar Wochen kommt er reumütig zu Hause angekrochen, da gehe ich jede Wette ein«, sagt er und bringt mich tatsächlich zum Schmunzeln.

Als wir in München sind und Stefan die Autobahn bis zum Ende durchfährt, ahne ich, was er vorhat. Spätestens auf der Donnersberger Brücke bin ich sicher. Stefan fährt Richtung Neuhausen ab und hält schließlich in einer schmalen Seitenstraße, die mir sehr vertraut vorkommt, obwohl ich seit fast zehn Jahren nicht mehr hier gewesen bin. Auf dem Schild über dem Eingang steht ein anderer Name, doch an der Inneneinrichtung des Lokals hat der neue Pächter offensichtlich nichts geändert: Durch kleine Butzenscheiben fällt staubiges Licht auf schmucklose dunkle Holztische, die wie aus einem anderen Jahrhundert wirken, und auf nicht dazu passende Ikea-Stühle mit blau-weiß gemusterten Sitzkissen.

Stefan führt mich durch den engen Raum bis in die hinterste Ecke, wo auf einem etwas kleineren Tisch ein *Reserviert*-Schild steht.

Auf unserem Tisch.

Stefan grinst. »Na, heute schon jemanden überfahren?«

Ich kuschle mich in seine Arme, spüre seine Finger in meinem Nacken, die mit meinem Pferdeschwanz spielen, und die vertrauten Konturen seines Körpers, der genau die richtige Größe hat, um sich daran anzulehnen. Ich erinnere mich, wie es sich angefühlt hat, diesen Raum zu betreten und zu wissen, dass Stefan dort hinten auf mich wartet. Er war immer vor mir da, jedes einzelne Mal, obwohl ich nur ein Mal zu spät gekommen bin. »Nein«, flüstere ich, »ich konnte dich einfach nirgendwo entdecken.«

Das Roastbeef, das ich früher hier so gern gegessen habe, steht leider nicht mehr auf der Karte, aber der Spanferkelbraten mit Dunkelbiersoße und Kartoffelknödel hört sich auch lecker an. Stefan bestellt die halbe Haxe mit Knödel und Krautsalat.

Als das Essen kommt, bin ich mir plötzlich sicher, dass wir es tatsächlich schaffen können. Dass das hier unser Neuanfang wird. Wir machen ein paar Scherze über die Bedienung, die trotz des kleinen und dazu noch halb leeren Gastraums mit jeder Bestellung mitten zwischen den Tischen stehen bleibt und ruft: »Wo war des Weizn?« oder »Wer hot de Haxn bstellt?«, bis jemand die Hand hebt und »Hier!« ruft.

Ich habe mein Spanferkel, das ausgezeichnet ist, zur Hälfte aufgegessen, als es passiert. Ich hätte damit rechnen müssen – im Radio läuft ein Mix aus aktuellen und Achtziger-Jahre-Hits wie mittlerweile auf fast jedem Sender –, trotzdem fällt mir fast das Besteck aus der Hand, als ein wuchtiges Synthesizer-Intro ›Don't fight the rain‹ ankündigt. Mein Blick zuckt zu Stefan, ich rechne mit irgendeinem bissigen Kommentar.

Aber er legt nur seine Hand über meine und lächelt. »Das lief damals auch dauernd, weißt du noch?«

Und das ist zu viel. Ich hätte es ertragen, wenn er darüber gelästert hätte, dass Morgan uns selbst hier nicht in Ruhe lassen kann, ich hätte es vielleicht sogar geschafft, einen Witz daraus zu machen. Aber Stefans Lächeln ertrage ich nicht. Die stumme Bitte darin ... Ich entziehe ihm meine Hand, gebe vor, ich hätte etwas ins Auge bekommen und müsse es kurz auswaschen.

Die Toilette ist winzig: ein Klo, ein Mülleimer und ein Waschbecken, über dem statt eines Spiegels der Spender für die Papierhandtücher hängt. Ich habe keine Ahnung, wie lange ich schon hier drin bin und mir das Gesicht wasche, immer wieder, weil immer neue Tränen nachkommen, als es schließlich an der Tür klopft.

»Möchtest du nach Hause?«, fragt Stefan.

Ich mache ihm auf und nicke, er hat schon bezahlt. Während der Heimfahrt sagt er kein einziges Wort, sieht mich nicht ein Mal an.

Ob ich wirklich nicht geschlafen habe letzte Nacht, kann ich nicht sagen, ich habe ja nicht die ganze Zeit auf die Uhr gesehen. Und wenn man in einem dunklen Raum liegt, dem langsamen Atem eines Schlafenden lauscht und darauf wartet, dass die Zeit vergeht, können sich schon Minuten wie eine Ewigkeit anfühlen. Ich habe versucht, mich möglichst wenig zu bewegen, um Stefan nicht zu stören. Selbst der Regen hatte aufgehört. Sein ungleichmäßiges Trommeln wäre ein Indiz dafür gewesen, dass die Welt sich weiterbewegt. Irgendwann habe ich mich gefragt, ob es möglich wäre, rein theoretisch, dass die Nacht einfach nicht mehr endet. Aber das war natürlich Unsinn.

Als ich Nora zu unserem mittlerweile üblichen Sonntagnachmittagskaffee im Rokoko treffe, hält sie mich auf Armeslänge von sich. »Ach du meine Güte!«, sagt sie und sieht ehrlich erschrocken aus. »Du kannst so nicht weitermachen, Franziska, merkst du das denn gar nicht? Red mit Stefan. So oft, bis er es eben versteht. Er liebt dich doch. Ich bin sicher, er kommt über diesen albernen Kuss hinweg. Oder soll ich mal mit ihm reden? Irgendwie ist es ja meine Schuld, dass es überhaupt dazu gekommen ist …«

Es ist lieb von ihr, das zu sagen, nur geht es darum längst nicht mehr; wie alles angefangen hat oder ob ich Morgan helfen wollte, weil ich etwas mit ihm teile, das Stefan und Nora fremd ist. Das war nicht der Grund dafür, dass ich ihn geküsst habe. Nicht einmal ich kann mir das einreden.

Stefan hatte recht. Ich wollte sie beide. Vielleicht nicht auf dieselbe Art, doch spielt das wirklich eine Rolle?

Ich sehe mich in Florida mit dem Rücken an der Theke in der Küche lehnen, irgendwann nach dem Frühstück. Die anderen sind schon dabei, ihre Sachen für den Strand zu packen, aber ich habe mir noch eine zweite Tasse Kaffee geholt und trödele ein bisschen herum. Da kommt Morgan herein, wir schauen uns kurz an, wortlos, dann lehnt er sich neben mich. Wie ich stützt er die Ellenbogen auf der Theke auf. Die ist nicht besonders lang, es ist also lediglich Zufall, dass seine Handkante meine ganz leicht berührt. Reflexhaft zuckt mein kleiner Finger zu seinem und sofort wieder zurück. Natürlich hat das nichts zu bedeuten, schließlich ist absolut nichts passiert. Richtig?

Falsch, antwortet meine innere Stimme mit diesem kleinen selbstgefälligen Lächeln.

War es wirklich nur Zufall? Ein Versehen, weil Morgan seinen Platz bei dem begrenzten Raum recht sorgfältig hätte wählen müssen, um mich *nicht* zu berühren? Und warum hätte er das überhaupt tun sollen – eine derart harmlose Berührung vermeiden?

Weil er es gespürt hat, gebe ich mir diesmal selbst die offensichtliche Antwort. Weil er fühlen konnte, was ich nicht fühlen wollte: dieses Etwas zwischen uns, dieses Band, das meinen Finger hat zucken lassen. Ich konnte es erst im Waldhaus nicht mehr ignorieren, in dem Moment, als ich die Haustür geöffnet habe, um zu gehen, zu Stefan. Dann habe ich mir eingeredet, das sei nur ein einziger Augenblick gewesen, bedeutungslos, der Emotionalität der letzten Woche geschuldet.

Niemand kann dich so gut belügen wie du selbst.

Etwas von dem, was ich Morgan gegeben habe, habe ich Stefan weggenommen. Ich kann nicht verlangen, dass er das akzeptiert. Ich kann überhaupt nichts mehr von ihm verlangen, nicht nach allem, was er ohnehin schon für mich getan hat.

Ich versuche, das Nora zu erklären, aber je länger ich rede, nach Worten suche und mich in halb angefangenen Sätzen verheddere, desto unangenehmer lastet ihr Blick auf mir. Als ich es schließlich aufgebe und der Kellnerin winken will, damit wir zahlen können, hält sie meine Hand fest. Einen scheinbar endlosen Moment sieht sie mich nur an. Der Blick ihrer braunen Augen, der die ganze Zeit so warm und mitfühlend gewesen ist, hat etwas Durchdringendes bekommen, aus dem ich mich hervorwinden möchte.

»Bist du dir wirklich sicher – mit Stefan?«, fragt Nora leise.

Ich zwinge mich, ihr direkt in die Augen zu sehen, obwohl ich am liebsten aufspringen und aus dem Café laufen würde, und sage: »Ja?«

Nora lässt es dabei bewenden, trotzdem denke ich nicht, dass sie mir glaubt. Ich bin ja nicht mal sicher, ob ich mir selbst glaube. Es sollte ruhig und fest klingen, dieses ›Ja‹, selbstsicher. Aber beim Sprechen hat es im Hals wehgetan, als wäre ich schwer erkältet. Meine Stimme hat sich piepsig angehört und ist hinten hochgegangen. Wie bei einer Frage.

Was kann ich denn noch sagen, wenn sich Antworten einfach so in Fragen verwandeln?

Die Worte selbst sind unzuverlässig geworden, sie scheinen immer wieder ihre Bedeutung zu ändern. Ich weiß nicht mehr, was das heißt, ›ich liebe dich‹. Ich dachte, ich wüsste es. Jetzt bin ich mir da nicht mehr so sicher.

Liebe ich Stefan?

Es muss so sein: Er ist mein Leben, mein Zuhause. Das Fundament, auf dem ich stehe. Morgan dagegen ist jetzt seit sechs Wochen kein Teil meines Lebens mehr. Trotzdem ist er praktisch überall, wie um mich zu verspotten: Er ist eine Bewegung im Augenwinkel – auf der Straße, im Café, im Supermarkt. Er ist eine Stimme in meinen Gedanken, wenn ich zu schlafen versuche. Er ist eine schwarze Leere irgendwo in meiner Brust, die jedes bisschen Licht aufzusaugen scheint. Aber das kann ich niemandem sagen – vor allem nicht Stefan! Ich verliere mich in Schweigen, weil die Worte mich im Stich gelassen haben. Sie sind keine Freunde mehr. Vielleicht sind sie sogar gefährlich.

Nach drei weiteren Wochen, in denen das Schweigen in jede Ritze sickert, bis das ganze Haus so voll davon ist, dass ich es als Druck auf den Ohren spüren kann, bin ich dann auch nicht besonders überrascht, als Stefan sagt: »Ich glaube, es ist besser, wenn du ausziehst, Franziska. Für uns beide.«

Selbst wenn ich wollte, ich habe einfach keine Kraft mehr, um zu widersprechen. Ich denke kurz an Lukas, daran, wie sinnlos es war, ihn von seiner Entscheidung abbringen zu wollen. Also nicke ich nur.

MORGAN

Sven kommt selten unangekündigt bei mir vorbei. Als er jetzt vor der Tür steht, reagiere ich wohl einen Moment zu langsam, jedenfalls wartet er nicht, bis ich ihn hereinbitte, sondern schiebt mich wortlos zur Seite und marschiert in die Küche. Dort schaltet er den Kaffeeautomaten ein und zieht sich einen der Barhocker von der Theke zurück, allerdings ohne sich zu setzen.

Ich warte darauf, dass er das Gespräch anfängt, das er offensichtlich führen will. Er ist kein großer Redner, das hat mir von Anfang an an ihm gefallen. Wenn er dann aber etwas sagt, hat es Gewicht.

»Sie ist ausgezogen, Morgan.«

Natürlich weiß ich, von wem er spricht. Nur was ich dabei fühle, ist ein einziges Chaos. Diese Worte treffen mich wie ein Schwall kaltes Wasser. Ich möchte nach Luft schnappen und bemühe mich um eine ausdruckslose Miene. Ich sollte mich schuldig fühlen. Das *ist* meine Schuld. Ich hätte nicht versuchen dürfen, sie zu küssen. Sie *so* zu küssen. Was sich tatsächlich sirupartig kitzelnd in mir ausbreitet, ist jedoch etwas ganz anderes. Etwas Verbotenes. Hoffnung?

»Alex und ich haben ihr beim Umzug geholfen.« Svens Blick ist eine stumme Herausforderung.

Was erwartet er von mir, dass ich mich entschuldige? Ihm sage, wie leid mir das alles tut? Was hätte er davon? Mir fällt ein, dass er keine Anstalten gemacht hat, Nora beim Umzug zu helfen, während ich im Waldhaus war – obwohl er sie mag, anders als Alex. Alex behauptet, Nora sei ihm zu künstlich. Er meint damit, dass sie sich nicht so ohne Weiteres hinter die Fassade blicken lässt, dass es ihr – anders als mir – immer gelingt, die Fassung zu wahren, wenigstens nach außen. So ganz unrecht hat er nicht, hin und wieder kann sie wirken wie eine Statue. Unnahbar. Mir ist trotzdem klar, dass Alex nicht ganz ehrlich ist.

Jetzt haben die beiden also für Franziska Möbel geschleppt. Eine seltsame Vorstellung: Alex hebt sonst nichts Schwereres als seinen Gitarrenkoffer oder die berühmte Kiste Bier, und Sven hält Sport für die gesellschaftlich akzeptierte Flucht vor den eigenen Gedanken oder dem Denken an sich. Oder so ähnlich. Wieso habe ich den absurden Drang, mich bei ihm zu bedanken? Als hätte er *mir* damit einen Gefallen getan.

»Morgan? Ich rede mit dir, Mann!«

Sven klingt ungehalten, ich sollte wirklich irgendetwas sagen ... »Hast du ihre Nummer?«

Ich bin sicher, dass er sich jetzt auf mich stürzt. Was zum Teufel habe ich mir denn dabei gedacht? Er kommt her, um mir zu sagen, dass ich es endgültig geschafft habe, die Beziehung einer Freundin zu ruinieren – und ich frage nach ihrer Nummer! Ich könnte sie natürlich auch auf dem Handy anrufen, aber das wäre nicht richtig. Es *ist* nicht richtig, weil es zu einfach wäre. Weil es Dinge gibt, die man nicht am Handy bespricht. Vielleicht auch, weil es etwas Altmodisches, etwas Ritualhaftes hat und ich aus einer Generation stamme, in der man sich noch Briefe geschickt hat. So oder so: Ich brauche ihre Festnetznummer! Ich merke, wie ich mich anspanne.

Fuck – ich denke nicht gerade ernsthaft darüber nach, mich wegen der Telefonnummer einer Frau mit meinem besten Freund zu prügeln, oder? Wir sind fünfzig, keine fünfzehn, Herrgott!

Sven rückt seine Brille zurecht, mustert mich mit hochgezogenen Brauen und tritt – vorsichtshalber? – einen Schritt von der Theke zurück. Obwohl, eigentlich wirkt er eher interessiert als beunruhigt. Für ein oder zwei lange Sekunden fühle ich mich wie ein Labortier, während wir uns anstarren. Dann grinst Sven plötzlich und brummt: »Ich dachte schon, du fragst nie.« Er schickt mir eine WhatsApp, die anscheinend schon vorbereitet war. »Bring das in Ordnung, Morgan. Ich mag das Mädchen.«

Wow. Für Svens Verhältnisse ist das eine Moralpredigt. Und eine Liebeserklärung, auch wenn ich Franziska ganz sicher nicht als Mädchen bezeichnen würde. Ich nicke. »Ich werd's versuchen. Danke, Mann.«

Sven schnaubt. Blitzschnell ist er wieder vorn an der Theke, packt mich am Arm und zerrt mich ein Stück auf sich zu. Die Kante der Marmorplatte bohrt sich schmerzhaft in meine Hüfte. »Hast du schon mal *versucht*, einen Song zu schreiben? Tu's einfach, verdammt noch mal!«

Als Sven gegangen ist, reibe ich noch immer die Stelle, um die sich seine Finger geschlossen haben. Wie ein Schraubstock. Dabei bin ich derjenige, der zwei-, dreimal die Woche ins Fitnessstudio geht. Ich glaube nicht, dass ich ihn überhaupt schon mal so erlebt habe.

Ich liebe Sven wie den Bruder, den ich nicht habe. Wir machen seit über dreißig Jahren zusammen Musik und brüllen uns oft genug an, bis wir beide heiser sind. Wenn es um Musik geht, kann Sven richtig laut werden. Keiner unserer Songs wäre auch nur halb so gut ohne ihn, weil er mich und Alex immer wieder dazu zwingt, besser zu sein. Es gibt Tage, und nicht eben wenige, da macht er mich wahnsinnig mit seiner sturen Kompromisslosigkeit. Das Schlimmste daran ist, dass er recht hat.

Aber aus Privatangelegenheiten, wie er das nennt, hält er sich normalerweise raus. So sehr, dass man ihm leicht Desinteresse unterstellen könnte. Er hört zu – und schweigt. Während der schlussendlich acht Trennungen von Nora hat er mir nicht einen Rat gegeben.

Ich frage mich ernsthaft, was bei Franziska anders ist.

Ich war Svens Trauzeuge, als er Isabell geheiratet hat, seine große Liebe. Nach der Musik. Zehn Jahre hat sie das ausgehalten, dann hat sie die Scheidung eingereicht. Ich schätze, sie ist bis heute davon überzeugt, dass er sie ständig betrogen hat. Damals habe ich ihn gefragt, ob er denn nicht um sie kämpfen, das nicht geradestellen wolle. Seine Antwort war so typisch für ihn, dass ich sie eigentlich hätte voraussehen müssen: »Du kannst jemandem nicht erklären, was er oder sie denken soll. Denken muss jeder für sich selbst, Morgan.« Danach ist er jeder weiteren Unterhaltung über Isabell ausgewichen. Dafür hat er mich ein paar Monate später gefragt, ob ich glaube, dass man im Leben mehr als eine Sache richtig gut machen könne. Es war eins dieser Gespräche am Feuer, vor seinem Haus in Norwegen, nachts um halb zwei nach zu viel Bier und Whiskey. Er hat keine Antwort erwartet, und ich habe ihm auch keine gegeben, aber seitdem geht mir die Frage immer mal wieder durch den Kopf.

Tatsächlich scheint Alex der Einzige von uns dreien zu sein, der halbwegs multitaskingfähig ist. Immerhin hat er nicht nur eine Familie gegründet und ist nach wie vor glücklich verheiratet, er findet sogar noch Zeit für seine Autosammlung.

Mir dagegen hat Nora mal vorgeworfen, wenn ich an neuen Songs arbeite, könnte sie tagelang tot im Schlafzimmer liegen, und ich würde es nicht merken. Wie würde sich Franziska fühlen, wenn ich über Wochen zehn, zwölf Stunden täglich im Keller verschwinde? Ich weiß, dass ich dann blind und taub bin für den Rest der Welt.

Aber Sven weiß das auch, und er hat mir ihre Nummer gegeben.

Abgesehen davon habe ich nicht die leiseste Ahnung, warum ich mir überhaupt Gedanken darüber mache, wie es mit uns sein könnte. Als ob es ein ›uns‹ gäbe!

Ich habe eine Telefonnummer, mehr nicht.

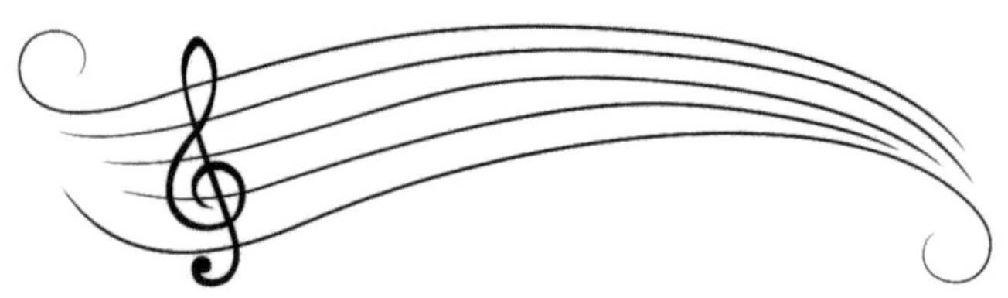

Sechzehn

Stefan hat mir geholfen, eine Wohnung zu finden. Der Vermieter, den er aufgetan hat, hat sich nicht für Einkommensnachweise interessiert – die ich als Freiberufler nicht so einfach beibringen kann –, sondern mir per Handschlag versichert, dass er den Leuten lieber ins Gesicht statt auf den Kontoauszug schaue.

Man scheint meinem Gesicht nicht anzusehen, was ich Stefan angetan habe, und das nach allem, was er für mich getan hat. Und immer noch tut. Er hat sich sogar für ein paar Tage ein Hotelzimmer genommen, damit ich in Ruhe meine Sachen packen konnte, weil ich jedes Mal, wenn ich ihn bloß gesehen habe, in Tränen ausgebrochen bin.

Stefan glaubt, dass ich für mich allein herausfinden muss, was ich wirklich will. Dass ich es besser werde erkennen können, wenn ich den gleichen Abstand zu beiden Möglichkeiten habe. Obwohl er überzeugt ist, bereits zu wissen, wie meine Entscheidung ausfallen wird. Das merke ich ihm an. Ich widerspreche ihm nicht, weil es schließlich genau danach aussieht: als hätte ich mich nicht entschieden. Dabei habe ich das längst getan – es will mir nur einfach nicht gelingen, auch die Konsequenzen anzunehmen.

Man kann den Kuchen nicht aufessen und gleichzeitig behalten. Jedes kleine Kind begreift das, es gehört zu den ersten Dingen, die man über das Leben lernt. Warum stelle ich mich dann bloß so an? Es kann doch nicht so schwer sein, eine Erkenntnis auch in die Tat umzusetzen!

Es gab Tage in den letzten vier Wochen, da bin ich morgens in diesem kleinen, frisch geweißelten Raum aufgewacht, in dem sich der beißende Geruch der Farbe für immer festgesetzt zu haben scheint, in meinem schmalen neuen Bett, und habe für einen schrecklichen Moment geglaubt, ich hätte die letzten elf Jahre nur geträumt. Mit einem Griff unters Bett würde ich den Karton zutage fördern können, in dem acht Jahre Lukas Platz gefunden haben, einen erstaunlich kleinen Karton, wie mir jedes Mal bewusst wird, wenn ich die wenigen Dinge in die Hand nehme, die von meinem Leben übrig geblieben sind: der Stapel Fotos, die Geburtstagskarten, zwei Parfümflakons, fünf Bücher, drei CDs, ein paar getrocknete Rosen, Kinokarten, ein rot-weißer Teddybär und eine Sammlung von bunten Post-its, alle mit Herzchen über jedem ›i‹, die wir uns eine Zeit lang immer an die Kühlschranktür geklebt haben.

Aber dieser Karton ist längst Geschichte, und ich werde nie wieder erlauben, dass es so weit kommt – auch wenn mir noch nicht ganz klar ist, was genau ich damit meine: dass es keinen Karton für Stefan geben wird, weil diese Trennung nur vorübergehend ist? Oder dass ich mir selbst nie mehr gestatten werde, mein Leben auf Erinnerungen zu reduzieren, auf Dinge in einem Karton?

Das ist ein guter Gedanke, die Vorstellung, dass es meine Entscheidung ist, wie viel ich zulasse. Wie tief ich mich fallen lasse. Oder wie nah ich mich an diesen vermaledeiten Abgrund heranwage. Schließlich ist es *mein* Abgrund, also werde ich ja wohl mit ihm fertig werden! Am Ende hat Morgan doch recht, wenn er sagt …

Morgan. Natürlich. Er schleicht sich in meine Gedanken, sobald ich für eine Millisekunde nicht aufpasse, und schon krümme ich mich zusammen, als hätte ich heftige Unterleibsschmerzen. Ich will das nicht, ich will diesen Schmerz nicht – er steht zwischen mir und Stefan!

Für einen flüchtigen Moment spüre ich seine Arme, die eine Decke um uns geschlungen halten, während wir auf unserer Terrasse stehen und den Sternschnuppen zusehen. Ich würde alles tun, um zu diesem Augenblick zurückkehren zu können. Auch wenn er mich noch nie gefragt hat, ob ich mir schon mal gewünscht habe, da oben zu sein. Nur wie soll das gehen, wenn es mir nicht gelingt, diese dämlichen Entzugserscheinungen loszuwerden?

Ich strenge mich an, seit Wochen strenge ich mich an, aber ich habe einfach keine Kontrolle darüber. Mein Körper verweigert sich mir, eine Marionette mit durchtrennten Fäden. Und die Schatten lauern in jedem Winkel.

Ich ziehe mir die Bettdecke über den Kopf, schließe die Augen und warte. Irgendwann hört es auf. Es hört immer irgendwann auf.

Misstönend blechern, und das mit einer gänzlich unbekümmerten, aufdringlichen Fröhlichkeit, dringt etwas unter die Decke und zerrt mich gewaltsam von der Grenze des Schlafes zurück. Ich brauche einen Moment, um das penetrante Gedudel zuzuordnen: das Klingeln meines Telefons.

Irgendjemand gönnt es mir nicht, den Tag einfach vorüberdämmern zu lassen. Es könnte immerhin einer meiner Kunden sein, und da ich jetzt tatsächlich auf das Geld angewiesen bin, stemme ich mich aus dem Bett und schleppe mich ins Wohnzimmer. Das Mobilteil liegt auf meinem alten schwarzen Sofa, das in Stefans Haus als Gästebett gedient hat. Gestern oder vorgestern habe ich mit Nora telefoniert.

Für ein paar Sekunden starre ich einfach nur auf das Display. Aus dem Adressbuch des Telefons habe ich diese Nummer mit ein paar simplen Tastendrücken gelöscht. Was natürlich rein gar nichts daran ändert, dass ich sie auswendig kenne. Leider wurde mein Hirn ohne Löschfunktion ausgeliefert.

Ich weiß nicht genau, wer ihm meine neue Festnetznummer gegeben hat: Sven und Alex haben mir beim Umzug geholfen; sie hätten natürlich auch einfach ein Unternehmen beauftragen können, und dass sie das nicht getan, sondern stattdessen selbst mit angepackt und Möbel geschleppt haben, rührt mich auf eine schwer zu beschreibende Weise. Und Nora hat die Schränke eingeräumt. Erst wollte sie, dass ich ihr zumindest sage, was wohin soll, aber als sie festgestellt hat, dass ich nicht mal dazu in der Lage war, hat sie achselzuckend gemeint, ich könne ja jederzeit umsortieren. Was ich bis heute nicht getan habe. Irgendwie scheint es nichts Nebensächlicheres zu geben, als welche Dinge sich in welchem Schrank befinden. Das meiste von dem Zeug brauche ich ohnehin nicht.

Soll ich rangehen? Kann ich es riskieren, seine Stimme zu hören, wenn ich es nicht mal ertrage, an ihn zu denken? Nein, das ist ganz sicher eine ganz dumme Idee …

Während ich noch mit mir ringe, macht mein Daumen sich einfach selbstständig und drückt auf das grüne Hörersymbol. Vielleicht sind die Fäden gar nicht durchtrennt, vielleicht hält sie einfach nur jemand anderes in der Hand?

Ich schaffe es nicht, mich zu melden.

»Hey«, sagt Morgan in die Stille. Und dann: »Sven hat mir deine Nummer gegeben. Ich dachte, vielleicht brauchst *du* jetzt mal jemanden zum Reden?«

Als wäre das ein geheimes Stichwort, sinke ich aufs Sofa und fange an zu schluchzen. Es fühlt sich an, als würde ich überlaufen, es gibt nichts, was ich dagegen tun kann.

»Schon gut«, murmelt Morgan am anderen Ende der Leitung, und dann, nach einer Pause, die mir so lang vorkommt, dass ich mich schon frage, ob er vielleicht einfach wieder aufgelegt hat: »Ich wünschte nur, ich könnte dir jetzt wenigstens ein Päckchen Taschentücher reichen.«

Ohne zu wissen, warum, muss ich lachen. Es hört sich ein bisschen wie Schluckauf an, aber es hilft mir, mich wieder zu sammeln, ein paar Mal tief durchzuatmen.

»Wie wär's mit einem Kaffee?«, fragt Morgan. »Ich fahre morgen zum Waldhaus – irgendwie kann ich da im Moment besser arbeiten. Und das, obwohl ich kaum anständiges Equipment dort habe.«

Ich sehe sein Gesicht vor mir, als er das sagt: die Brauen, die kurz nach oben zucken, seine Mundwinkel, die sich in einem selbstironischen Schmunzeln kräuseln. Was er *mir* damit sagen will – vielleicht –, das schiebe ich weg, bevor die vage Ahnung die Chance hat, Worte in meinem Kopf zu formen.

»Wir können uns irgendwo treffen. Oder ich hole dich ab? Einfach nur zum Reden?«

Können wir das denn noch, einfach nur reden?

Ich merke erst, dass ich den Gedanken ausgesprochen habe, als Morgan leise lacht. »Das konnten wir doch immer, du und ich, vom ersten Moment an. Auch ohne Worte.«

Ich fühle mich seltsam leicht bei dieser Feststellung. Wir haben über so vieles gesprochen: über Nora natürlich und über Musik. Über Wolken, die wie Pudel aussehen, die sich am Ohr kratzen. Oder über Dinge, die nach Karamell schmecken sollten. Über das Fliegen und die Freiheit zwischen den Sternen. Und über unsichtbare Schatten.

Doch zwischen den Worten – unausgesprochen, aber keineswegs unbeabsichtigt – hat sich oft noch so viel mehr versteckt. Wie gerade eben. Von Anfang an?

Meine Gedanken wandern zu einem Abend in Florida vor ziemlich genau zwei Jahren: Alex, Susanne, Jack und Emily waren vormittags abgereist, weil sie die Herbstferien eh schon etwas verlängert hatten. Sven und seine Freundin haben einen Ausflug gemacht, eine Bootstour, glaube ich. Stefan und ich sind mit Nora und Morgan auf der Veranda gesessen, mit Blick auf den nierenförmigen Pool und dahinter, zwischen ein paar großen Hibiskussträuchern, den schmalen gefliesten Weg zum Strand hinunter. Wir haben die tropische Luft genossen, immer noch warm und weich vor Feuchtigkeit, aber nicht mehr so drückend heiß wie tagsüber. Ohne den riesigen Moskito-Cage, der auch den Pool überspannt, wäre das in der fast windstillen Dämmerung allerdings ein zweifelhaftes Vergnügen gewesen.

Morgan wollte noch eine Flasche Wein holen, und ich bin aufgestanden, um ihm mit den Gläsern zu helfen. Ganz selbstverständlich. Ich, nicht Nora. Seltsam, dass mir das damals überhaupt nicht aufgefallen ist. Ich war mit den Gläsern schon wieder unterwegs nach draußen, während Morgan noch die Flasche entkorkt hat, als ich Nora und Stefan durch die angelehnte Verandatür habe reden hören.

»Stört dich das denn gar nicht?« Stefan.

Noras leises Lachen. »Früher hätte es mich wahnsinnig gemacht!« Eine Pause wie ein tiefer Atemzug. »Ich kenne Morgan jetzt seit fünfzehn Jahren, Stefan. Er ist ... kein einfacher Mensch. Franziska tut ihm gut, und das ist gut für uns beide. Und es ändert nichts daran, dass er mich liebt.«

»Woher weißt du das?«

»Woher weißt *du*, dass Franziska dich liebt?«

Bevor ich Stefans Antwort hören kann, taucht Morgan hinter mir auf und zupft an meinem T-Shirt. »Hey«, flüstert er, »lass den beiden mal ein bisschen Privatsphäre.« Damit zieht er mich zurück in die Küche.

Dort lehnen wir dann ein paar Minuten an der Frühstückstheke. Morgan erzählt mir, dass weder er noch Nora Tennis spielen. Dass er die Strandvilla eigentlich gern verkaufen würde, vielleicht, um sich ein Haus in einem Küstenstädtchen in Oregon zuzulegen.

Ich war noch nie im Nordwesten der USA. Als ich

Morgan das sage, beschreibt er mir die Gegend. Dabei schwingt eine Sehnsucht in seiner Stimme mit, die sich auf mich zu übertragen scheint, während seine Worte in meinem Kopf Bilder formen, die ich aus seinem Wohnzimmer kenne: Leuchtend grün hebt sich die bewaldete Steilküste vor einem azurblauen Himmel ab, unter dem der unruhige Pazifik das Sonnenlicht in tausend Prismen bricht. Schmale, silbrig funkelnde Wasserfälle stürzen sich in kleine Buchten; gischtschäumend branden kalte blaugrüne Wogen gegen schroffe schwarze Felsen und hüllen die Szenerie morgens in verwunschenen weißen Dunst, während sie abends zarte Schleier aus Flieder- und Lavendeltönen tragen; dazu die kleinen Fischerdörfer mit ihren bunt verschalten Häusern und den gedrungenen strahlend weißen Leuchttürmen.

»Die Luft hat selbst im Sommer eine salzige Frische«, sagt Morgan, »ganz anders als hier: Hier ist sie immer irgendwie klebrig, selbst am frühen Morgen.«

Mir gefällt es in Florida, ich genieße die Sonne, das warme Wasser, den puderzuckerartigen weichen Sand. Trotzdem kann ich fühlen, was er meint. Für einen Moment bin ich dort, stehe auf einer Klippe und lausche dem Donnern von Wellen, die sich auf einen dunklen Strand werfen und bizarr geformtes Treibholz abladen. Und spüre eine Weite um mich, die mich leichter atmen lässt, freier …

Dann schüttelt Morgan sich leicht, stößt sich von der Theke ab und meint, dass es Nora hier aber so gut gefalle und er die Villa deshalb wohl behalten würde. Immerhin könne man tolle Poolpartys feiern.

Ein oder zwei Stunden später, als Sven mit seiner Freundin zurück war, waren wir tatsächlich alle noch mitternachtsschwimmen, wie Nora es nannte, und die Stimmung war so gelöst und entspannt, als hätte das seltsame Gespräch zwischen Nora und Stefan nie stattgefunden.

»Also, was sagst du?« Morgan holt mich zurück in die Gegenwart.

Ich hätte jetzt wirklich gern einen altmodischen Telefonhörer in der Hand, einen mit einem dicken, gedrehten Kabel, das man sich um den Zeigefinger wickeln kann, auf und ab und wieder von vorn – nicht dieses winzige, glatte Mobilteil. Ich seufze. »Bald, Morgan«, sage ich dann, und meine Stimme hat auf einmal wieder diesen weichen Klang, der irgendwie für ihn reserviert zu sein scheint. »Bald. Ich brauche nur erst noch ein bisschen Zeit.«

»Klar, natürlich«, sagt Morgan, aber ich kann seine Enttäuschung hören.

Vielleicht sage ich deshalb: »Es war schön, dass du angerufen hast.«

»Ja. Okay. Dann bis bald, Franziska.«

»Bis bald.«

Wir legen auf, und ich breche schon wieder in Tränen aus. Ich brauche nicht *ein bisschen Zeit* – Zeit hilft mir überhaupt nichts! Was ich brauche, ist ein Exorzismus ...

Morgan

Ich habe drei Wochen gewartet, bis ich sie angerufen habe. Ich wollte ihr Zeit geben, mit der neuen Situation zurechtzukommen, sie nicht gleich überfallen.

Vielleicht war es noch zu wenig Zeit, vielleicht auch schon zu viel.

Sie will mich nicht sehen.

»Bald«, hat sie gesagt, aber ich weiß, dass sie nicht anrufen wird. Genauso sicher, wie ich wusste, dass sie zum Waldhaus kommen würde.

Sie ist fort. Ich kann sie nicht mehr spüren, auch dort nicht.

Ich sage mir, dass es so besser ist. Für sie. Auf der Dachterrasse, da hatte ich es begriffen, wenn auch nur für einen Moment. Ich wollte sie wegstoßen von mir, wollte, dass sie geht, zurück zu Stefan. Und dann habe ich es nicht ausgehalten, sie wirklich gehen zu lassen. Sie war schon fast an der Tür, als ich sie festgehalten habe, ich hätte nur noch ein oder zwei Sekunden länger durchhalten müssen. Und als ich mich wieder im Griff hatte, als ich meinen Fehler wiedergutmachen wollte, da hat sie mich nicht gelassen. Als ob sie es besser wüsste als ich. Und wieder schweigend. Sie braucht nie Worte, um die wirklich wichtigen Dinge zu sagen.

Oder sie sagt sie zwischen den Worten: Ich hätte sie umbringen können, damals im Auto, ich habe nur an mich selbst gedacht, dass es *mir* egal ist … Und dabei weiß ich nicht mal, ob es das wirklich war. Und was sagt sie? »Für das Reh konntest du nichts.« Und dann macht sie einen Witz daraus, weil das Reh rechts vor links hatte.

Das Leben *ist* ein Witz. Oder zumindest sollte es einer sein. Genau wie der Tod. Wenn wir darüber nicht lachen können, worüber denn dann?

Mein persönlicher Witz besteht darin, dass ich mir so sicher war, all diese wortlosen Botschaften richtig zu verstehen. Mir war immer bewusst, wie sehr Worte täuschen können, wie leicht sie manipulieren und wie schnell sie missverstanden werden. Worten habe ich nie getraut. Meinem Gefühl schon. Aber Hochmut kommt ja bekanntlich stets vor dem Fall.

Wenn ich gesehen habe, wie Stefan sie ansieht, habe ich gewusst, dass er sie nicht versteht. Nicht so wie ich. Er hat einen Vogel mit gebrochenen Flügeln gesund gepflegt, der seither Angst vorm Fliegen hat. Ich war mir nur nicht sicher, ob er das bloß nicht bemerkt, ob er deshalb nicht versucht, ihr das Fliegen wieder beizubringen. Oder ob es ihm sogar gefällt, wie es ist. Manche Menschen glauben tatsächlich, sie seien etwas Besonderes, weil sie sich ein wildes Tier als Haustier halten. Weil es nicht versucht zu fliehen oder sie anzugreifen. Diese Menschen haben rein gar nichts verstanden, nicht einmal sich selbst.

Ich habe mir eingebildet, zwischen uns könnte es anders sein. Dass sie es auch sehen würde. Ich dachte, dass es vielleicht sogar das ist, was sie will: dass ich versuche, ihr zu zeigen, dass sie es immer noch kann, fliegen, wenn sie nur möchte. Jetzt hört sich das lächerlich an, die schwärmerischen Ergüsse eines weltfremden Trottels. Vor drei Monaten klang es jedenfalls überzeugender. Deshalb bin ich zu ihr gefahren. Deshalb habe ich versucht, sie zu küssen.

Und sie hat mich weggestoßen.

Ich wusste nicht, was ich denken soll. Vielleicht hatte ich den falschen Zeitpunkt gewählt, war es noch zu früh? Ich habe mich auf die Musik konzentriert, weil ich sie immer noch spüren konnte. Ich war immer noch sicher. Manchmal muss man eben Geduld haben, umso mehr, wenn es schwerfällt.

Dann ist Sven hier reingeplatzt, und das schien es gewesen zu sein. Wenn sie glücklich wäre mit Stefan, wenn er der Richtige für sie wäre, hätten die beiden doch in den Wochen, in denen ich mich ferngehalten habe, wieder zueinanderfinden müssen. Stattdessen ist sie ausgezogen. War das denn kein Beweis?

Aber jetzt ist sie fort. Endgültig.

Und ich frage mich, wie ich so dumm sein konnte: Warum musste es denn entweder Stefan sein oder ich? Entweder – oder. Als ob ich nicht viel zu gut wüsste, dass es niemals so einfach ist. Jetzt ist es keiner von uns beiden, und möglicherweise ist das das einzig Richtige.

Wir haben Anfang November, der Sommer ist schon lang vorbei, doch daran liegt es nicht, dass es im Haus immer dunkler wird. Ich habe keine Lust mehr, mich dagegen zu wehren. Wozu? Es raubt mir den verdammten letzten Nerv!

Als ich hier eingezogen bin, noch vor Nora, habe ich die vordere Front, auf der Gartenseite, komplett durch Glas ersetzt. Ich habe im Erdgeschoss alle Wände herausnehmen lassen. Geblieben sind nur ein paar Säulen und Ecken, um die Stahlträger zu verbergen und eine Illusion von verschiedenen Räumen zu schaffen. Alles ist weiß hier, Wände, Decke, Böden, sogar die Möbel: weiße Veloursledersofas, Herrgott!

Nur, damit es nicht dunkel ist.

Geholfen hat es nichts. Ich lasse das Licht aus, weil es die Schatten nur deutlicher sichtbar macht.

Dieser Herbst war so viel mehr als nur das Ende eines Sommers. Das wäre ein hübsches Thema für einen Song. Ich könnte ihn ›Fall of Leaves‹ nennen, ein nettes kleines Wortspiel. Ich höre ein minimalistisches Arrangement, vielleicht etwas Elektronisches, vielleicht aber auch ein einzelnes Klavier. Und beim Einsetzen des Refrains einen Streicher …

Dann höre ich Alex: »Streicher sind ziemlich kitschig, findest du nicht? Außerdem ist dieser melancholische Kram so was von nicht tanzbar.«

Möglicherweise würde er einen Deal vorschlagen: Wir machen den Song so, wie ich es möchte, als Rausschmeißer am Ende des Albums – wenn ich dafür endlich dieser Jurysache zustimme.

Mir wird schon von dem Gedanken übel!

Vielleicht sage ich Alex, er solle einmal in seinem Leben die Klappe halten, nur ein einziges Mal. Vielleicht gehe ich auch einfach nach oben.

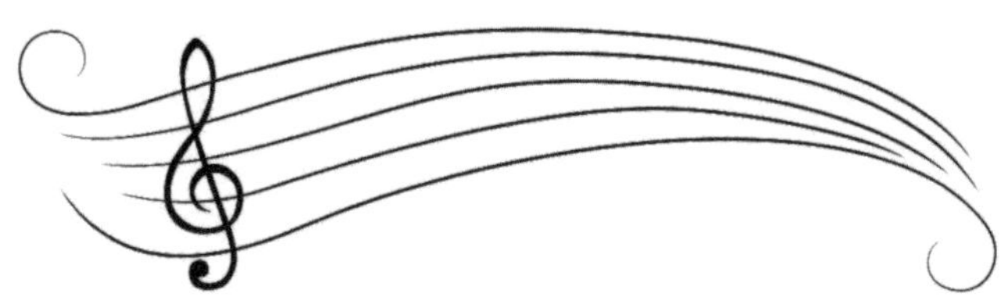

Siebzehn

Die Zeit heilt keine Wunden: Seit Morgans Anruf sind drei Wochen vergangen, das sind einundzwanzig Tage oder fünfhundertvier Stunden oder dreißigtausendzweihundertvierzig Minuten oder eine Million und achthundertvierzehntausend Sekunden. Und ich habe jede einzelne davon gespürt wie einen Nadelstich.

Das ist doch verrückt!

Als ob es keine Rolle spielen würde, was ich denke, was ich will, was ich entschieden habe. Ich kenne Morgan jetzt seit zweieinhalb Jahren – davor war ich siebenunddreißig Jahre lang auch ohne ihn glücklich. Wie kann er dann ein derartiges Loch in mein Leben reißen? Die Antwort ist einfach: gar nicht. Ich bin es, die das tut. Ich habe mich da in etwas hineingesteigert, weil ... Tja, warum? Das ist das Puzzlestück, das mir noch fehlt. Ich muss endlich ehrlich zu mir selbst sein, anstatt mir leidzutun. Ich habe mich in den Schatten verlaufen, mal wieder. Und ehrlich sein bedeutet zuzugeben, dass ich nicht wirklich nach dem Ausgang suche, weil es mir hier gefällt – nicht die ganze Zeit, aber eben auch. So unsinnig sich das anhört: Wer leidet schon gerne? Nur ist da noch die Sache mit den Kontrasten, mit den Farben, die leuchtender wirken, intensiver, eben nicht wie auf einem ausgeblichenen alten Foto. Als würde ich mich an eine Art Phantomschmerz klammern, um ein Gefühl lebendig zu halten, das den Tagen Kontur gibt, wo sie sonst einfach nur ununterscheidbar ineinanderlaufen, sich zu Jahren verbinden, die bedeutungslos vorübertreiben, bis ein ganzes Leben in freundlichem Stumpfsinn verstrichen ist.

Ich schlage die flache Hand auf die Schreibtischplatte und zucke dann albernerweise vor dem lauten Geräusch zusammen. Es ist Jahre her, dass ich mich zuletzt zu solch unsinnigen Gedankengängen habe hinreißen lassen. Stefan hat mich geerdet, und jetzt, ohne ihn, muss ich aufpassen, dass ich die Bodenhaftung nicht verliere.

Ein Vogel kann fliegen, weil er dafür konstruiert wurde: Körperform, Knochenstruktur, Muskulatur. Ein kleines Hightech-Wunderwerk der Natur. Das mag sich fantasielos anhören, aber so funktioniert die Welt nun mal. Was soll es denn bringen, sich dagegen aufzulehnen? Ich klappe meinen Laptop zu, weil ich jetzt bestimmt seit einer halben Stunde auf den Bildschirm starre, ohne einen einzigen Satz zu schreiben. Das Gutachten für Maike ist zur Hälfte fertig, den Rest werde ich morgen schon schaffen.

Mein Arbeitszimmer ist eigentlich nur der hintere Teil meines Wohnzimmers, der von einem langen, mit all meinen Büchern befüllten Regal vom restlichen Raum abgetrennt wird. Ich habe es also nicht weit zum Sofa, wo ich mich auf den Rücken lege und der ausdauernden Stille in meiner Wohnung lausche. Daran habe ich mich auch in fast zwei Monaten noch nicht gewöhnt, sie kommt mir beinahe laut vor, wie ein niederfrequentes Summen, das nach einer Weile Kopfschmerzen verursacht. Ich vermisse das Klappern von Stefans Laptoptastatur, wenn er abends noch schnell irgendetwas für die Firma erledigt hat.

Ich vermisse Stefan.

Das ist es, woran ich mich festhalten muss! Trotzdem macht mein Herz einen Satz, als die Stille vom Schrillen der Türklingel durchbrochen wird. Es ist kurz nach neunzehn Uhr, also weder die Post noch die Zeugen Jehovas. Mir wird fast schlecht vor Angst bei dem Gedanken, dass es vielleicht ...

Jemand, der offensichtlich recht ungeduldig ist, klopft an meine Wohnungstür, während ich noch wie erstarrt auf dem Sofa liege. Wahrscheinlich war unten mal wieder die Haustür offen, das ist sie eigentlich meistens. Ich zwinge mich, aufzustehen und in den Flur zu gehen. Nach einem Blick durch den Spion reiße ich die Tür auf und falle Nora vor lauter Erleichterung stürmisch um den Hals. Sie umarmt mich etwas ungeschickt mit einer Flasche Prosecco in jeder Hand und lacht. »Schau mal, wen ich dir mitgebracht habe!«

Jetzt erst bemerke ich, dass noch jemand hinter ihr steht. Jemand sehr Großes. Ich stoße die Luft aus, die ich für eine weitere Schrecksekunde angehalten hatte. »Sven!«

Sven trägt eine große weiße Plastiktüte, aus der es verführerisch nach indischem Essen duftet. Ich bitte die beiden herein und hole Teller und Besteck. Weil ich keinen richtigen Esstisch habe, nur einen kleinen Klapptisch in der Küche, lasse ich Nora und Sven auf dem Sofa Platz nehmen und ziehe mir den einzelnen Stuhl heran, der sonst hinter der Küchentür darauf wartet, nicht benutzt zu werden: Ich habe mir angewöhnt, vor dem Fernseher zu essen, um wenigstens die Illusion von Gesellschaft zu haben.

»Ich fürchte, ich bin noch nicht so gut auf Gäste vorbereitet«, sage ich, aber die beiden winken ab.

»Tut uns leid, dass wir dich einfach so überfallen«, sagt Nora, »aber wir wollten sicherstellen, dass du keine Zeit hast, dir eine glaubwürdige Ausrede einfallen zu lassen.« Sie zwinkert mir zu.

Ich lächle ertappt und biete Sven etwas verspätet ein Bier an, das er mit Blick auf die Prosecco-Flaschen und der Begründung, irgendjemand müsse nachher schließlich noch fahren, dankend ablehnt.

Während wir uns das Essen schmecken lassen, könnte ich beinahe glauben, dass das hier ein ganz normaler Abend mit Freunden ist. Bis ich mich selbst fast beiläufig sagen höre: »Und wie geht es Morgan?«

Nora wirft Sven einen auffordernden Blick zu, immerhin ist er der Einzige mit Informationen aus erster Hand. Er lässt sich Zeit mit der Antwort, kaut, schluckt, schiebt seine Brille zurecht. Ich verfluche mich selbst für meine unbedachte Frage: Will ich das denn wirklich wissen, und zwar unabhängig davon, wie die Antwort ausfällt?

»Ganz gut so weit«, meint Sven dann, und ich stelle fest, dass ich ihn angestarrt habe.

Ich will mich gerade wieder entspannen, als ich Noras Gesichtsausdruck bemerke. Ihre Augen sind schmal vor Misstrauen. »*So weit?*« Mehr sagt sie nicht, schafft es aber mühelos, diesen beiden Worten das Gewicht eines halbstündigen Vortrags zu verleihen.

Sven sieht mich an, nicht Nora. Ich glaube, einen leisen Vorwurf in seiner Miene zu entdecken. »Schon gut. Auch wenn ich eigentlich der Meinung bin, nach den Details solltet ihr ihn wirklich selbst fragen, wenn ihr sie so dringend wissen wollt – aber«, er hebt die Stimme ein wenig, weil Nora schon wieder Luft geholt hat, »bevor wir den Rest des Abends damit verbringen, das auszudiskutieren: Es geht ihm gut, okay? Es läuft nur gerade nicht so rund mit dem neuen Album. Alex sind einige der Songs noch zu … experimentell.«

Ich erinnere mich an unser Gespräch auf der Fahrt zum See, vor dem Reh: Morgans Unzufriedenheit darüber, dass No Way! nicht innovativer sind, oder vielleicht auch nur weniger bemüht, allen zu gefallen.

»Aber diese Jury-Geschichte ist vom Tisch, oder?«, fragt Nora. Sie klingt angespannt.

»Du kennst Alex doch, so schnell gibt er nicht auf, wenn er von etwas überzeugt ist.«

»Überzeugt!« Nora nimmt einen großen Schluck Prosecco. »Als ob Alex irgendwelche Überzeugungen bräuchte, um seinen Kopf durchzusetzen!«

Ich schaue zwischen Sven und Nora hin und her. Es ist ja kein Geheimnis, dass Alex so seine Vorbehalte Nora gegenüber hat. Es überrascht mich auch nicht wirklich, dass das wohl auf Gegenseitigkeit beruht. Noras finstere Miene allerdings und die Tatsache, dass Sven sie nicht aus den Augen lässt …

Nora schenkt sich nach und murmelt etwas, das ich nicht verstehe. Sven anscheinend schon, denn er rückt ein wenig von ihr ab, um sie besser ansehen zu können. »Ich bin auf Morgans Seite, okay? Trotzdem hat Alex genauso ein Recht auf seine Meinung. Du tust ihm unrecht, wenn du ihm Egoismus unterstellst. Immerhin ist er der Einzige von uns dreien …«

»… der eine Familie zu versorgen hat, ja klar!« Nora schnaubt. Die Diskussion scheint nicht ganz neu zu sein.

»Nora …«, sagt Sven vorsichtig, als sie zum dritten Mal innerhalb von ein, zwei Minuten nach ihrem Sektglas greift.

Aber sie ignoriert ihn, leert das Glas in einem Zug und schaut mir über den Tisch hinweg direkt in die Augen. »Ich wollte das eigentlich nicht so deutlich sagen, Franziska, aber wenn er hier«, sie nickt zu Sven hinüber, »sich nicht einmischen will, dann musst du jetzt endlich …«

»Nein!«, sage ich, bevor Nora etwas ausspricht, das ich nicht hören will, nicht hören kann. »Das geht nicht, versteht ihr das denn nicht? Ich liebe Stefan!« Der Satz kommt plötzlich wieder ganz leicht, ganz selbstverständlich über meine Lippen. Ich wundere mich, warum das die letzten Wochen so ein Problem gewesen ist, und lächle erleichtert. Was immer es war, es ist vorbei. Vielleicht habe ich einfach nur die Erkenntnis gebraucht, dass ich Stefan tatsächlich verlieren kann. Vielleicht musste ich nur wieder fühlen, wie mein Leben ohne ihn ist. Wir gewöhnen uns viel zu schnell, halten das Gute zu leicht für selbstverständlich, nicht wahr?

In Noras perfekt geschminktem Gesicht arbeitet es. Sie fixiert mich auf eine Weise, die mich unwillkürlich schlucken lässt. »Okay, ich verstehe ja, dass das alles gerade nicht einfach ist für dich. Lassen wir Morgan meinetwegen da raus. Aber Alex übertreibt es diesmal, und zwar richtig. Jemand muss ihn endlich zur Vernunft bringen!

Ich würde das ja selbst machen, aber ... Ich glaube, ich sollte euch beiden mal was sagen über Alex ...«

Sven greift nach ihrem Arm. »Nora, nicht!« Seine Stimme klingt seltsam dumpf – er weiß, dass es zu spät ist, dass er zu lange gewartet hat. Was auch immer er verhindern wollte.

Nora starrt erst auf die Hand auf ihrem Arm und dann in Svens Gesicht. Ihre Augen weiten sich, auf ihren Wangen blühen zwei rote Flecken auf. »Du weißt es!«, flüstert sie.

Sven lässt sie los und fährt sich über seinen kahlen Schädel. Er schaut zur Decke hoch, als ob da geheime Regieanweisungen stünden, dann wandert sein Blick langsam über das Durcheinander von leeren Pappschachteln, Tellern, Gläsern und Flaschen auf dem Tisch und schließlich zu Nora. »Es war ziemlich offensichtlich.« Er sagt das ganz sanft, als täte es ihm leid, die Worte aussprechen zu müssen.

Ich merke, dass ich angefangen habe, meine Finger ineinander zu verknoten. Diese beiden Sätze können schließlich nur eines bedeuten: Ich weiß, dass Nora während einer ihrer ersten Trennungen von Morgan, nachdem sie sich eine eigene Wohnung genommen hatte, eine kurze Affäre hatte. Das hat sie ihm auch gesagt, als sie wieder zusammengekommen sind. Nur ein Name ist dabei nicht gefallen.

Mit einem Stöhnen sinkt Nora in sich zusammen und vergräbt das Gesicht in den Händen. Ihre roten Locken, die sie heute offen trägt, schimmern metallisch im Kunstlicht und bilden einen wunderschönen blickdichten Vorhang. »Und Morgan?«, dringt es gepresst darunter hervor.

Sven seufzt.

»Warum hat er nie was gesagt?«

»Weil es nicht wichtig war für ihn. Wir treffen alle mal falsche Entscheidungen.« Svens Antwort ist für Nora bestimmt, trotzdem fixieren seine Augen mich, unergründlich hinter den randlosen Brillengläsern.

»Weiß es Susanne?« Noras Frage ist der letzte Beweis, falls ich noch einen gebraucht hätte. Ich gehe zu ihr, setze mich auf die Sofalehne und lege den Arm um sie. Nora lehnt sich an mich, lächelt zu mir hoch. In ihren Augen schimmern Tränen. Ich kann mir ausrechnen, dass Jack damals sechs oder sieben gewesen sein muss, Susanne war vielleicht gerade mit Emily schwanger.

»Ich glaube nicht«, sagt Sven, »und ich finde, das sollte auch so bleiben.« Er schaut von Nora zu mir und wir nicken beide. Ich denke an meinen Umzug, wie Alex Möbel zusammengebaut und versucht hat, mich mit seinen Witzchen aufzumuntern. Und an Florida, an seinen Umgang mit Jack und Emily. An die liebevollen Neckereien zwischen Susanne und ihm. Er ist ein toller Vater. Er führt eine glückliche Ehe.

Wir treffen alle mal falsche Entscheidungen.

Nora atmet tief durch und macht sich von mir los, greift aber nach meiner Hand, bevor ich aufstehen kann. »Du und Morgan ...«

Ich drücke ihre Hand und schüttle den Kopf. »Stefan ist der Richtige für mich, er gibt mir Geborgenheit. Bei ihm kann ich mich sicher fühlen.« Warum höre ich mich auf einmal so an, als müsse ich mich rechtfertigen? Als würde ich eine Mauer aus Worten um mich errichten, um das Wispern abzuwehren, das in der Stille lauert.

Mit einem komischen kleinen Geräusch, das ein trauriges Lachen sein könnte, bringt ausgerechnet Sven meine Mauer zum Einsturz. Muss er denn gerade heute beschließen, etwas von sich preiszugeben?

Er nimmt seine Brille ab und sieht über Noras Kopf hinweg zu mir herüber. Sein schmales Gesicht wirkt jünger ohne das Glas vor den Augen, verletzlicher. »Jemanden zu lieben, ist immer ein Risiko«, sagt er leise. »Liebe ist das Zeug, das jede Rüstung rosten lässt. Wenn es gut läuft, macht sie dich frei. Wenn nicht, wünschst du dir eine stabilere Rüstung. Und dann schleppst du diesen Panzer mit dir herum und wunderst dich, warum dir die Luft zum Atmen fehlt.« Er macht eine Pause, dann setzt er mit einem schiefen Grinsen seine Brille wieder auf. »Hast du schon mal durch ein vergittertes Visier geschaut? Es schützt die Augen – aber die Aussicht ist scheiße.«

Nora kichert, obwohl sie versucht, es zu unterdrücken. Wahrscheinlich hatte ich ebenfalls zu viel Prosecco, jedenfalls stimme ich mit ein.

Sven runzelt die Stirn. »Es war mir wie immer ein Vergnügen, euch junge Hüpfer zu erheitern. Aber für mich wird es langsam Zeit, ich habe morgen noch ein paar Kilometer vor mir.«

Ich bringe die beiden zur Tür und bedanke mich bei Sven mit einer langen Umarmung, dass er für einen einzigen Abend die Fahrerei auf sich nimmt.

Nora schickt ihn vor zum Auto und dreht sich dann noch einmal nach mir um. »Alex war nie mehr als eine Affäre für mich. Entweder nimmt er mir das bis heute übel, oder er hat Angst, dass ich ihn irgendwann doch noch auffliegen lasse. Eigentlich ist es mir egal, was es ist,

Hauptsache, er lässt seinen Frust nicht an Morgan aus.« Sie beißt sich auf die Unterlippe. »Wenn ich geahnt hätte, dass er das gewusst hat, all die Jahre … Alex war ein Fehler, und ein richtig dummer noch dazu. Morgan nicht, auch wenn es nicht funktioniert hat. Es kommt eben nicht nur aufs Ergebnis an. Und die richtige Entscheidung *nicht* zu treffen, ist auch nur eine falsche Entscheidung.«

Mit diesen kryptischen Worten lässt sie mich stehen und huscht auf klappernden Absätzen die Treppe hinunter, bevor ich noch irgendetwas sagen kann.

Ich komme den ganzen Tag nicht wirklich zum Arbeiten, der gestrige Abend scheint meine Gedanken in Geiselhaft genommen zu haben. Ich wehre mich zwar erfolgreich dagegen, über Morgan nachzudenken oder über Alex, aber der Rest des Gesprächs ist wie ein Echo, das einfach kein Ende findet: Soll Liebe denn keine Sicherheit bieten, ist es nicht das, was wir alle suchen? Wer will sich denn bitte schön andauernd schutzlos fühlen, ausgeliefert? Und was soll das mit Freiheit zu tun haben?

Als ob du das nicht wüsstest: Ein goldener Käfig bleibt trotzdem ein Käfig. Du kannst eben nicht gleichzeitig drinnen und draußen sein.

Die schon wieder! Ich kann beinahe das hämische Grinsen hören.

Und wenn du die richtige Entscheidung nicht *triffst …*

… ist das auch nur eine falsche – ja, schon gut, ich hab's kapiert! Allerdings kann man richtige – oder falsche – Entscheidungen nur treffen, wenn man vorher weiß, was richtig und was falsch ist. Ansonsten sind es einfach nur

Entscheidungen. Im Nachhinein zu urteilen, ist immer leicht. Und selten fair.

Ich schalte das Radio ein, um die Stimme loszuwerden, doch obwohl gerade weder eine Achtziger-Show läuft noch die besten Songs aus vier Jahrzehnten, jubelt der Moderator plötzlich: »Und jetzt habe ich eine besondere Perle für alle, die sich noch an Schulterpolster und hochtoupierte Dauerwellen erinnern: 1986 war das die erste Single der deutschen Synthpop-Helden von No Way!.«

Weil ich nicht weiß, wo ich die Fernbedienung hingelegt habe, die ich doch eben noch in der Hand hatte, hechte ich von meinem Schreibtischstuhl quer durch den Raum zur Steckdosenleiste, an der Fernseher und Stereoanlage hängen. Ich halte mich gar nicht erst mit den einzelnen Steckern auf, sondern reiße die Leiste mit einem kräftigen Ruck aus der Steckdose in der Wand. Anschließend weiß ich nicht, ob ich lachen oder weinen soll, weil ich mich derart idiotisch benehme: eine erwachsene Frau, die es nicht erträgt, einen albernen Song zu hören. Solche hysterischen Ausraster sind vielleicht ganz niedlich, wenn man siebzehn ist. In meinem Alter sind sie einfach nur lächerlich. Was könnte mir besser vor Augen führen, wie sehr ich mich inzwischen in diese ganze Sache hineingesteigert habe?

Morgan ist – *war* – mit Sicherheit der beste Freund, den ich je hatte. Möglicherweise hat er eine Lücke gefüllt, von der ich gar nicht wusste, dass sie existiert, bis ich ihm begegnet bin. Ich gebe ja zu, dass ich ihn vermisse – wie könnte ich ihn nach alldem nicht vermissen?

Aber das bedeutet noch lange nicht ...

Oder doch?

Ich presse die Handballen an meine Schläfen. Die Stimme ist zurück und wiederholt hartnäckig immer dieselbe Frage: *Warum lässt du den Gedanken nicht einfach mal zu?*

Weil ich nicht kann! Weil es zu gefährlich ist, verdammt!

Wegen Lukas?

Was? Nein! Was hat Lukas denn damit zu tun?

Vielleicht mehr, als du zugeben möchtest.

Vielleicht, denke ich plötzlich, beinahe triumphierend, *stimmt das sogar: Vielleicht weiß ich, dass es ungleich gefährlicher wäre – und zwar nicht nur für mich.* Dass es Lukas' Name war, den die Stimme in den Ring geworfen hat, und nicht Stefans, beschäftigt mich trotzdem mehr, als mir lieb ist.

Aha. Na sieh mal an, wir machen Fortschritte …

Das Piepsen meines Backofens schneidet der penetranten kleinen Rechthaberin das Wort ab. Zu schade aber auch. Ich hole die Pizza aus dem Ofen, stecke die Steckdosenleiste wieder ein und mache den Fernseher an, das sollte ungefährlich sein.

Es laufen irgendwelche Nachrichten.

Prima, so kann ich wenigstens für eine Weile Stimmen zuhören, die nicht aus meinem Kopf kommen und die auch ganz sicher keine toxischen Songs ankündigen. Außerdem erinnert mich das hoffentlich daran, dass es Wichtigeres gibt auf der Welt als mein hausgemachtes Drama! Ich habe eben angefangen zu essen, da wechselt das Bild auf der Fernsehwand im Nachrichtenstudio, und ich verschlucke mich an einem Stück Pizza. Ich huste und würge und habe für ein paar Sekunden tatsächlich Angst zu ersticken. Das wäre mal ein passendes Ende für diese verkorkste Geschichte.

Auf meinem Fernseher prangt – inzwischen formatfüllend – eine Aufnahme von No Way!, das Promo-Foto für die letzte Tour. Morgan lehnt mit verschränkten Armen an einem rissigen Baumstamm, er scheint dem Betrachter direkt in die Augen zu sehen; Alex grinst hinter ihm in die Kamera, und Sven schaut seitlich aus dem Bild, als würde ihn das Ganze nicht die Bohne interessieren, was vermutlich auch der Fall war.

Wenn ich nicht gerade jedes bisschen Sauerstoff zum Überleben bräuchte, würde ich schreien und mit den Fäusten aufs Sofa trommeln, weil das jetzt einfach zu viel ist! Hat sich denn die ganze Welt gegen mich verschworen? Mein Hals brennt und meine Augen tränen, aber zumindest ist das Stück Pizza draußen.

»... heute am späten Nachmittag ein einzelner Schuss zu hören«, dringt aus dem Fernseher, den Anfang hat mein Hustenanfall übertönt.

Etwas passiert mit mir, etwas Unheimliches. Es macht kaum hörbar *klick* wie zwei Teile, die lange getrennt waren und jetzt endlich zueinanderfinden. Sie passen perfekt, verbinden sich nahtlos. Das ist es, worauf alles hinauslief.

Ich muss aufgestanden sein, denn mein Schienbein schließt schmerzhafte Bekanntschaft mit dem Couchtisch. Wie kann er mir den Weg versperren? Das darf er nicht!

Ein erstickter Laut dringt aus meiner Kehle, dann klettere ich einfach über den Tisch, wische dabei den Teller mit der Pizza hinunter und krabbele zum Fernseher, den ich mit beiden Händen packe, als könnte ich ihn so dazu zwingen, seine Botschaft zu ändern. Die Nachrichtensprecherin redet ungerührt weiter: »Der Sänger der deutschen Elektropop-Band No Way!, die Ende der achtziger Jahre auch im Ausland große Erfolge feierte und zuletzt vor knapp drei Jahren durch ausverkaufte Hallen tourte, soll sich im Haus befunden haben, Näheres zu dem Zwischenfall ist allerdings noch nicht bekannt. Damit kommen wir zum Wetter für morgen ...«

Ich lasse den Fernseher los und hocke auf allen vieren auf dem Boden. Der Wetterbericht ist ein dissonantes Rauschen in meinen Ohren, das von sehr weit her zu kommen scheint. Vor meinen Augen flimmern schwarze Punkte. Mein Herz gibt sich alle Mühe, aus meinem Brustkorb in den Hals zu kommen. Wo es von da aus hinwill, weiß ich nicht. Vielleicht einfach nur weg von hier. Ich kann es ihm nicht verdenken.

Morgan – Schuss – im Haus.

Die Worte fahren in meinem Kopf Karussell, fliegen aus der Kurve, prallen von den Innenwänden meines Schädels ab und purzeln durcheinander. Morgan Schuss Morgan im Haus Schuss Morgan Schuss Morgan Schuss Schuss Schuss ...

Ich ramme mir den linken Handballen in den Mund und beiße zu, so fest ich kann, bis ich Blut schmecke. Langsam, ganz langsam, lässt das Toben in meinem Kopf nach. Nur besser wird es dadurch nicht. Denn jetzt kommen die Gedanken, geordnete Gedanken. Eine Stimme, die sagt: *Das ist deine Schuld! Du hast das alles angefangen, du hast mit dem Feuer gespielt, und dann hast du ihn zurückgewiesen am Telefon, zum zweiten Mal, weißt du, was ihn das gekostet haben muss, hier anzurufen, und du weist ihn ab und sagst »Bis bald«, das ist jetzt drei Wochen her und du hast dich nicht gemel-*

det, nicht mal eine WhatsApp, und jetzt hat er es getan und das ist deine Schuld …

Ich hole gurgelnd Luft und rapple mich irgendwie auf, stolpere in den Flur. Bekomme die Wohnungstür nicht auf, weil ich an der Klinke rüttle und zerre wie verrückt, statt sie einfach nach unten zu drücken, schaffe es schließlich doch und taumele in den Hausflur, wo ich mich mit einer Hand an der Wand abstütze. Ich merke nicht, dass ich dabei ein paar kleine Blutflecken hinterlasse.

Die Tür bleibt offen stehen, es ist seltsam, dass ich trotzdem das Telefon nicht höre, es verzeichnet zehn Anrufe in sechs Minuten.

Andererseits bin ich gar nicht wirklich hier: Ich bin in Morgans Villa, in Florida, im Waldhaus. Sehe Morgan mit einer albernen Kätzchen-Kaffeetasse in der Hand, Morgan am Mustang lehnen, Morgan von der Gitarre aufsehen, Morgan, der mich mit leicht geneigtem Kopf fragend mustert …

Ich sehe Morgan lächeln – nicht das selbstbewusste, breite Bühnen-Lächeln, sondern das, das ganz unscheinbar anfängt, mit einem Zucken um die Mundwinkel, um sich dann über sein ganzes Gesicht auszubreiten, kleine Grübchen auf den Wangen entstehen und schließlich seine Augen aufleuchten zu lassen.

Dann sehe ich dieses Lächeln langsam verblassen, als liefen alle Farben aus einem Bild, und was zurückbleibt, ist stumm und leer.

Kurz breche ich in die Knie, würge, als müsste ich mich übergeben. Ich habe die leise Hoffnung, dass mein Körper sich von dem Gift befreit, das längst wortlos durch meinen Kopf wirbelt, aber es kommt nichts. So leicht will er mich wohl nicht davonkommen lassen. Dafür habe ich es endlich zur Treppe geschafft und mache mich auf den Weg nach unten. Und dann? Weiter habe ich noch nicht gedacht. Ich habe keine Ahnung, wo ich überhaupt hinwill. Ich weiß nur, dass ich hier nicht bleiben kann, auf keinen Fall ...

Kann ich zu Stefan gehen? Wir haben noch nicht miteinander gesprochen, seit ich ausgezogen bin, aber wenn ich jetzt vor seiner Tür stehe, wird er mich nicht abweisen.

Dass ich keine Schuhe angezogen habe, merke ich erst, als meine strumpfsockigen Füße auf den glatt polierten Marmorstufen mehrmals ins Rutschen kommen, trotzdem schaffe ich es irgendwie, auf den Beinen zu bleiben. Bis zur drittletzten Stufe. Da rutscht mein rechter Fuß weg wie auf einer Bananenschale, ich kralle auch mit der freien Hand nach dem Geländer, bekomme es kurz zu fassen und tanze eine halbe Pirouette auf den linken Zehenspitzen, bevor ich der Länge nach unten im Flur aufschlage. Mein Kopf knallt auf den Boden, und die Welt um mich herum fließt in alle Richtungen davon.

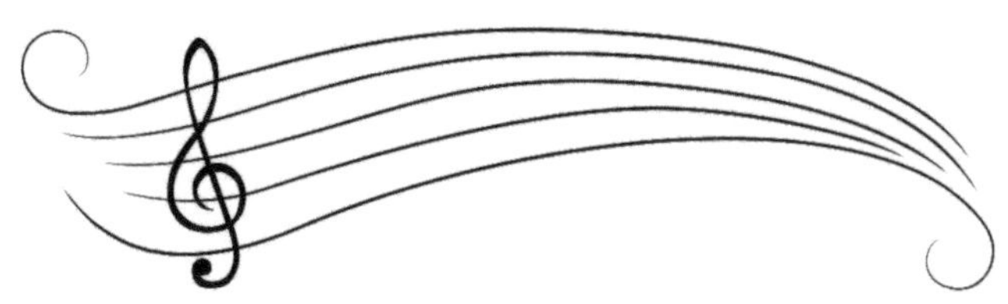

Achtzehn

Meine Erinnerungen an die Stunde direkt nach dem Sturz sind bruchstückhaft und verschwommen wie an einen schlechten Film, den ich vor Jahren gesehen und seitdem zu vergessen versucht habe. Einzelne Bilder blitzen durch trüben Nebel: das Gesicht der jungen Frau, die in der Erdgeschosswohnung wohnt – sie hat mich gefunden und den Notruf gewählt. Oder der Sanitäter, der das Kopfende meiner Trage hält, während hinter und über ihm der Himmel in zuckenden blauen Flammen steht.

Und dieses Heulen.

Ein hoher, an- und abschwellender Ton, der in den Zähnen schmerzt. Ich habe es erst für eine Art Sirene gehalten und mir dunkel gewünscht, jemand möge das abstellen. Dem Heulen habe ich es vermutlich zu verdanken, dass man mich dann für ein paar Stunden ruhiggestellt hat.

Als ich im Krankenhaus zu mir komme, sitzt Nora an meinem Bett. Sie war zu meiner Wohnung gefahren, nachdem sie mich telefonisch nicht hatte erreichen können, und gerade rechtzeitig eingetroffen, um den Krankenwagen abfahren zu sehen.

Das Erste, was sie sagt, als ich die Augen aufschlage, löst die nächste Flut von Tränen aus. Aber es erlöst mich auch von einfach allem: »Er lebt, Franziska. Morgan lebt.«

Nach einer abschließenden Untersuchung und einer Unterschrift, mit der ich bestätige, das Krankenhaus nach Aufklärung über die möglichen Risiken auf eigenen Wunsch zu verlassen, darf Nora mich nach Hause fahren. Ich habe eine Platzwunde am Hinterkopf, die mit drei Stichen genäht werden musste, und eine leichte Gehirnerschütterung. Außerdem ein großes Pflaster über meinem linken Handballen. Noras fragendem Blick danach weiche ich aus.

Jemand hat meine Wohnungstür geschlossen, Nora wahrscheinlich, denn jetzt hat sie die Schlüssel in der Hand, an die ich gestern überhaupt nicht gedacht habe. Sie sperrt auf, und ich erwarte, das Murmeln des Fernsehers zu hören, aber alles bleibt stumm. Der Bildschirm ist schwarz, die Fernbedienung liegt ordentlich an der Kante des Couchtischs, und der Teller, an dessen Klirren ich mich undeutlich erinnern kann, ist ebenso verschwunden wie die Pizzareste.

Jetzt ignoriert Nora meinen Blick und schiebt mich sanft aufs Sofa, bevor sie in der Küche verschwindet. Ich höre Wasser laufen, das Klappern von ein paar Schranktüren, ein leises Rascheln und schließlich das laute *Klack*, mit dem sich meine Kaffeemaschine einschaltet. Ich sehe mich um und staune darüber, wie unschuldig dieses Zimmer wirkt. Nichts erinnert mehr an gestern Abend. Und nichts erinnert wirklich an mich: Das schwarze Sofa, der

Couchtisch, der Fernseher und der dreiarmige Strahler an der Decke stammen noch aus meiner alten Wohnung, aber sie sind mir fremd geworden in den Jahren, in denen sie in Stefans Haus im Gästezimmer standen. Ich habe mir noch nicht die Mühe gemacht, Dekogegenstände aufzustellen oder Bilder aufzuhängen, bis auf eines, an der Wand links neben mir. Und meine Bücher? Wenn ich die Augen zusammenkneife, kann ich die Titel auf den Buchrücken lesen – von meinem Schreibtisch aus schaue ich auf mehr oder weniger weiße Buchschnitte. Da steht eine Goethe-Biografie neben Ken Follett, John Irving leistet Terry Pratchett Gesellschaft und Stephen King scheint sich gut mit E. T. A. Hoffmann zu verstehen.

Aber wo bin ich?

Vorsichtig berühre ich meinen Hinterkopf, nur um sicherzugehen, dass gestern wirklich etwas passiert ist. Vielleicht fühlt sich das alles realer an, wenn ich weiß, was genau sich eigentlich zugetragen hat. Also frage ich Nora, als sie sich endlich neben mich setzt, bewaffnet mit Milch, Zucker und zwei gut gefüllten Kaffeetassen.

Sie erzählt, dass Susanne dieselbe Nachrichtensendung gesehen hat wie ich. Alex ist auf ihren Schrei hin ins Wohnzimmer gestürzt und dann direkt aus dem Haus gerannt, rüber zu Morgan, wo er Sturm geläutet hat. Susanne hat Sven angerufen, der es erst bei mir versucht hat und dann bei Nora.

Nora sagt, dass Morgan betrunken war, als er Alex endlich aufgemacht hat. »Na ja, sturzbesoffen trifft es wohl eher. Alex hat ihm ›ordentlich eine geknallt‹, wie er es ausgedrückt hat – gar nicht so sehr wegen dem, was passiert ist, sondern weil er es danach nicht mal für nötig gehalten hat, einem von uns Bescheid zu geben.« Nora scheint ausnahmsweise mit Alex einer Meinung zu sein. »Darauf hat sich rausgestellt, dass Morgan gar nicht gewusst hat, dass das Ganze in den Nachrichten war. Ein Nachbar war mit seinem Hund draußen, hat den Knall gehört und die Polizei verständigt. Die haben bei Morgan angerufen und zwei Beamte vorbeigeschickt. Er hat denen gesagt, der Schuss habe sich versehentlich gelöst, er habe nicht gemerkt, dass die Waffe geladen war, was ja eigentlich auch nicht der Fall sein sollte. Die Beamten haben sich noch kurz im Haus umgesehen, und damit schien der Fall erledigt. Nur hat der Nachbar wohl Kontakte zu einem gewissen Fernsehsender ...«

Ich versuche, das alles zu verarbeiten, und Nora lässt mir Zeit. »Hat er ... Ich meine, weißt du, ob er ... Also, wollte er ...?«, stammle ich schließlich.

Nora versteht mich auch so. Sie legt mir den Arm um die Schultern und drückt mich kurz. »Ja«, sagt sie dann einfach. »Das hat er zumindest Alex gesagt. Er wollte, aber er konnte nicht. Hat die Kugel in die Decke gejagt statt in seinen Kopf. Und sich dann betrunken.« Sie sagt das frei von Emotionen oder irgendeiner Wertung. Stellt lediglich die Tatsachen fest. Dann hält sie mir ein Taschentuch hin, und ich merke, dass mir Tränen übers Gesicht laufen.

»Er wird sie nicht wegwerfen, oder?«, frage ich und sehe Nora an, dass sie genau weiß, worauf ich eigentlich hinauswill.

Ich bin ihr dankbar, dass sie trotzdem ehrlich antwortet: »Nein, ich denke nicht.«

Ich nicke, schnäuze mich ein paar Mal und versuche, gleichmäßiger zu atmen.

Nora streicht mir über den Rücken. »Er hat es nicht getan, Franziska.« Sie macht eine Pause, greift nach meiner Hand. In ihrem Lächeln flackert kurz ein alter, tief sitzender Schmerz auf, bevor er von einer überwältigenden Zärtlichkeit verdrängt wird. »Er hatte ein Foto von dir in der Hand, als er Alex die Tür aufgemacht hat.«

Mehr sagt sie nicht.

Das muss sie auch gar nicht, die Botschaft ist klar genug. Vielleicht gab es mal eine Zeit, in der ich etwas in der Art für romantisch gehalten hätte. Jetzt macht es mir einfach nur Angst. Mit einer Stimme, die kratzig klingt von nicht geweinten Tränen, erzähle ich Nora von Morgans Anruf vor drei Wochen, wie ich ihn vertröstet und mich seitdem nicht mal bei ihm gemeldet habe.

Nora wird blass, während sie mir zuhört, und schlägt sich schließlich die flache Hand vor die Stirn. »Ich dumme Kuh! Ich habe überhaupt nicht daran gedacht, dass du denken könntest ... Es tut mir so leid, das soll doch nicht bedeuten ... Ich wollte doch nur ...« Sie spricht unzusammenhängend und außerdem zu schnell, es macht mich ganz nervös, sie so zu erleben.

»Du hast mir keine Schuldgefühle eingeredet«, wehre ich ab, weil ich diese Gedanken schließlich schon lange vor unserem Gespräch hatte.

Nora fasst mich an den Schultern, als wollte sie mich schütteln. »Doch, das habe ich. Das mit dem Foto, das hätte ich auf keinen Fall sagen dürfen! Ich war so blöd zu glauben, es würde dir helfen ... Wahrscheinlich ist es das Letzte, das Morgan wollen würde, dass du das weißt. Du bist ihm wichtig, Franziska – aber das bedeutet nicht, dass du die Ursache bist. Oder die Lösung.« Sie unterbricht sich und legt ihre beneidenswert glatte Stirn in zaghafte Falten. »Ich bin wirklich furchtbar in so was! Das klang jetzt ganz schön hart, oder? Kann ich dir nicht vielleicht noch ein paar Schränke einräumen oder so?«

Ich muss lächeln, weil sie mich blitzartig losgelassen hat und schon halb aufgestanden ist. »Lieber nicht – ich habe bis heute meinen Lieblingsbademantel nicht gefunden.« Was vermutlich daran liegt, dass ich nicht danach gesucht habe.

Nora zieht einen entzückenden Schmollmund und wirft ein Kissen nach mir. Ich will es zurückwerfen, dabei rutscht es mir aus der Hand und landet auf dem Tisch. Wo es schwungvoll gegen Noras Kaffeetasse schlittert, deren unberührter Inhalt überschwappt und sich eilig auf dem Couchtisch ausbreitet. Nora springt mit einem Quietschen auf. Sie ist mit einem Lappen aus der Küche zurück, bevor es mir gelungen ist, das Taschentuch, mit dem ich den Kaffeesee stoppen wollte, aus der Verpackung zu befreien. Ich komme mir ein wenig überflüssig vor, aber Nora scheint glücklich darüber zu sein, etwas tun zu können.

Als sie sich wieder neben mich setzt, fällt ihr Blick auf das Foto an der Wand über meiner Schulter: Stefan und ich in unserem ersten Urlaub, am Strand von Phuket bei Sonnenuntergang. Es ist kein besonders gutes Foto, die Gesichter sind zu dunkel geworden im Gegenlicht, sodass man ihren Ausdruck nicht erkennen kann, aber mir gefällt, wie Stefan den Arm um mich gelegt hat, wie ich mich an ihn lehne. Wir sehen glücklich aus.

Nora betrachtet das Foto nachdenklich. Dann fragt sie mich, ob ich noch immer zurück zu Stefan wolle.

Ich antworte nicht sofort, nehme mir Zeit, lausche auf die Gefühle, die diese Frage in mir auslöst. »Nein«, sage ich endlich, »ich glaube nicht. Jetzt nicht mehr.«

Es tut noch immer weh, ihn verloren zu haben, aber nicht mehr auf diese grelle, kaum zu ertragende Weise. Und es laut auszusprechen, hat auch etwas Befreiendes. Stefan und ich – das ist Vergangenheit. Ich habe etwas Wunderbares kaputt gemacht, darüber werde ich mir Rechenschaft ablegen müssen. Doch ein Zurück gibt es nicht. Das ist keine Frage des Wollens. Es ist eine schlichte Tatsache.

Nora hat Stefan Bescheid gegeben, nach meinem Unfall, gleich in der Nacht. Er hat mir gute Besserung ausrichten lassen. Ich bin ihm nicht böse deswegen. Natürlich habe ich mir gewünscht, er hätte alles stehen und liegen lassen und wäre zu mir ins Krankenhaus geeilt. Für einen winzigen Moment habe ich den Traum zugelassen, dass er plötzlich doch noch in der Tür steht, mich in die Arme nimmt und sagt: »Lass uns das alles vergessen und einfach nach Hause fahren.« Aber mir ist klar geworden, wie grausam der Gedanke war, zu ihm zu gehen – ausgerechnet wegen Morgan. Ich habe lange gebraucht, zu lange, um zu erkennen, dass sich das nie wieder ändern wird. Es macht keinen Unterschied, ob ich Kontakt zu Morgan habe oder nicht. Er hat einen Teil von mir in Besitz genommen, einen Teil, den ich Stefan weggenommen habe. Und den ich ihm nicht zurückgeben kann. Deswegen gibt es für mich kein Zurück zu Stefan.

Nora mustert mich prüfend, untersucht meine Mimik, den Ausdruck meiner Augen auf Wahrhaftigkeit. Ich halte ihrem Blick stand. Dann seufzt sie. »Glaub mir, ich weiß, wie das ist. Ihn zu lieben. Morgan ist ... kompliziert ...«

Das Lachen bricht einfach so aus mir heraus, eine reine, kraftvolle Eruption. Weil nichts, aber auch rein gar nichts an diesem simplen Wort auch nur annähernd beschreibt, wie Morgan ist. Wer er ist. Was er für mich ist. Was hätte sein können.

Kompliziert!

Wenn das Leben doch einfach nur kompliziert wäre ...

Nora wirkt irritiert.

»Tut mir leid«, sage ich schnell, weil ich sie auf keinen Fall kränken will. »Es ist nur gerade alles ein bisschen viel.«

Sie nickt. »Natürlich. Mir musst du das nicht erklären.«

Nein, sicher nicht. Ich lächle dankbar und will Nora eben sagen, wie viel es mir bedeutet, dass sie so für mich da ist, als sie mir ihren Zeigefinger vor die Nase hält und in einem Ton, der keine Widerrede duldet, verkündet: »Aber du musst mit Morgan reden, Franziska. Versprich mir das.«

Erst als sie gegangen ist, fällt mir auf, dass ich ihren ersten beiden Sätzen vor dem ›kompliziert‹, dem, was sie impliziert haben, gar nicht widersprochen habe. Wahrscheinlich, weil sie recht hat. So, wie Stefan recht hatte. Nur glaube ich nicht, dass das jetzt noch wichtig ist.

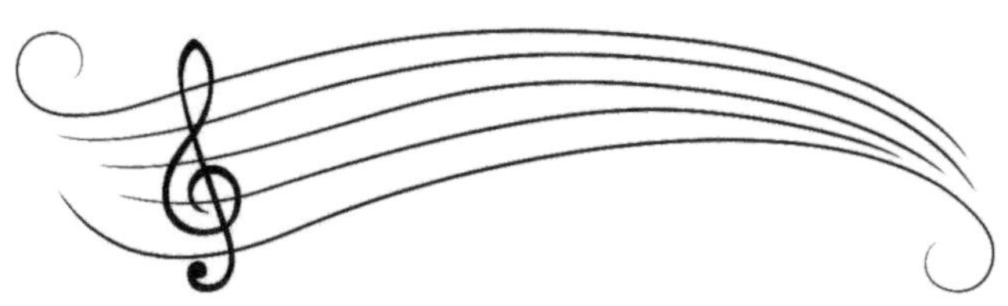

Neunzehn

Ich brauche fast zwei Wochen, bis ich so weit bin. Dann möchte ich es allerdings auch endlich hinter mich bringen.

Nora hat mich die ersten Tage regelrecht bemuttert, auch wenn wir nicht mehr über Morgan gesprochen haben. Ich habe ihr gesagt, dass sie recht hat, dass ich mit ihm reden muss, das schien ihr zu genügen. Sven hat ein paar Mal angerufen. Ich dachte, dass er sich vielleicht Vorwürfe macht, weil er sich eingemischt hat, als er Morgan meine Nummer gegeben hat. Das würde zu ihm passen. Also habe ich ihm gesagt, dass Morgan mich ebenso gut auf dem Handy hätte anrufen können.

»Das hätte er nicht getan«, hat Sven gesagt. »Aber darum geht es auch gar nicht. Ich will nicht behaupten, dass ich verstehen kann, wie du dich jetzt fühlst, Franziska. Aber ich weiß ein paar Dinge über Morgan. Ich kenne ihn seit dreiunddreißig Jahren … Das ist nicht deinetwegen passiert.« Er hat eine lange Pause gemacht, während der ich es aufgegeben habe, gegen die Tränen anzukämpfen. Im letzten halben Jahr habe ich mehr Tränen vergossen als in den zehn Jahren davor. Vielleicht sollte ich mich einfach daran gewöhnen. Dann hat Sven weitergesprochen:

»Das hört sich furchtbar an, ich weiß, aber ich denke ... was ich sagen will ... Ach, verdammt, ehrlich gesagt habe ich darauf gewartet, dass das irgendwann mal passiert. Dass er es ausprobiert. Ich schätze, er musste an diesen Punkt gehen, über das reine Gedankenspiel hinaus. Er hat diese Entscheidung getroffen. Dann hat er seine Meinung geändert. Das sind die Tatsachen. Das ist Morgan. Er ist ...«

»Er ist kompliziert«, habe ich gesagt und mir die Tränen abgewischt.

Svens Schnauben hat im Telefon geknistert. »Wenn es mal nur das wäre! Aber er ist er selbst, ob zum Guten oder Schlechten. Das ist selten genug. Und wertvoll – weil er das nämlich auch uns zugesteht.« Noch eine Pause, kürzer diesmal, und ein Räuspern. Danach hat Sven so sanft geklungen wie an dem Abend mit Nora. »Ich weiß, dass er sich manchmal wie ein Idiot benimmt. Und er weiß das auch. Wir treffen alle mal falsche Entscheidungen. Versuch einfach, das nicht zu vergessen.« Damit hat er aufgelegt, bevor ich mich verabschieden konnte.

Ich habe mich mit Morgan in einem Café verabredet, in dem ich noch nie war und in das ich auch ganz sicher nie wieder gehen werde, egal, wie das hier heute endet: eine erinnerungsfreie, neutrale Zone. Außerdem sind wir quasi auf meinem Territorium, Morgan hat die vierstündige Autofahrt nach Hause, das gibt mir zumindest ein kleines bisschen Sicherheit. Eine Art Fundament, wenn auch nicht annähernd so stabil und vertrauenerweckend wie das, das ich in Stefan hatte. Und ich habe die ganze Kommunikation, die für dieses Treffen nötig war, ausschließlich über WhatsApp geführt – keine Telefonate. Darum hatte ich Morgan gebeten, und er hat sich daran gehalten. Natürlich.

Es war notwendig, um das, was ich heute tun muss, nicht zu gefährden. Mir ist klar, dass dieses Gespräch sein muss, anders geht es nicht. Das bin ich uns beiden schuldig. Uns allen, im Grunde. Aber es muss zu meinen Bedingungen stattfinden. Weil ich es sonst nämlich nicht aushalten werde. Weil ich sonst schwach werde.

Morgans Stimme macht mich hilflos. Für einen absurden Moment sehe ich ihn unter dem Balkon meiner Wohnung stehen, eine Gitarre im Arm.

> Don't fight the flood,
> let it rush over you, let it tear you away
> to the shore of another day …

Ich will mich aber nicht mehr mitreißen lassen – mir fehlt schlicht die Kraft, dabei den Kopf über Wasser zu halten! Und, ja, wohl auch der Mut. Ich bewundere Nora dafür, dass sie das Wagnis eingegangen ist, immer wieder, jahrelang. Wenn ich ein bisschen mehr wie sie wäre … Nur bin ich das eben nicht. Ich möchte einfach wieder festen Boden unter den Füßen haben, nichts weiter.

Ich sehe auf, als am anderen Ende des Raumes die Tür aufgeht, zum vierten oder fünften Mal, seit ich hier bin. Diesmal ist es Morgan.

Das Café ist ein Schlauch, lang und schmal, mit einer Art Bartheke auf der linken Seite und lauter kleinen Alu-Tischchen mit dazu passenden Stühlen, die alle in Reih und Glied stehen. Zu meinen Vorbereitungen hat auch gehört, dass ich eine halbe Stunde vor der vereinbarten Zeit hier war, weil ich nicht wusste, ob ich es schaffen würde, durch einen ganzen langen Raum auf Morgan zuzugehen. So ist er derjenige, der dieses Hindernis überwinden muss. Und das tut er.

Ich habe mir einen Tisch ganz hinten ausgesucht, in der Ecke, und mich mit dem Rücken zur Wand gesetzt. Unwillkürlich halte ich den Atem an. Und stelle fest, dass sich die Köpfe der anderen Gäste nach Morgan umdrehen, als hätte er das Café mit einem Tusch betreten. Die meisten, vor allem jüngere, wenden sich nach einem interessierten Blick wieder ihrem Gesprächspartner oder ihrem Smartphone zu, aber zwei Frauen Mitte vierzig fangen aufgeregt an zu tuscheln.

In diesem Moment erhasche ich einen Blick auf einen anderen, einen öffentlichen Morgan, und das liegt nicht nur daran, dass er Schuhe trägt und ein seidig schimmerndes blau-lila Hemd zur schwarzen Jeans. Es ist auch nicht so, dass ich diesen Morgan nicht kenne. Ich habe ihn nur noch nie so, so … privat erlebt. Der Mann, dem sich automatisch alle Blicke zuwenden, der scheinbar mühelos ein Strahlen auf Gesichter zaubert, der steht normalerweise auf einer Bühne. Natürlich ist das derselbe Mensch, der mir vor fast zweieinhalb Jahren barfuß in einem dunklen Hauseingang gegenübergestanden hat. Trotzdem macht er mich plötzlich nervös. Nicht, weil er unnahbar wirkt – das tut er nicht, im Gegenteil. Auch nicht, weil ich mich jetzt plötzlich frage, weshalb ein Mann, dem so viele Frauen zu Füßen liegen würden, wenn er sie denn ließe, sich ausgerechnet für mich interessieren sollte. Darüber sind wir doch längst hinaus. Denke ich.

Ich weiß nicht, was es ist: was er ausstrahlt, das so anders ist. Fast schon überwältigend. Es zerrt an mir und lässt mich gleichzeitig wünschen, irgendwo anders zu sein, ganz gleich wo, nur nicht hier ...

Die beiden Frauen haben sich inzwischen offenbar über Google Gewissheit verschafft und lassen Morgan nicht aus den Augen. Das hätte mir noch gefehlt, dass sie gleich in unser Gespräch platzen und um ein Autogramm bitten. Vielleicht denkt Morgan dasselbe, jedenfalls bleibt er stehen, als er ihren Tisch erreicht hat. Sie scheinen ein paar Worte zu wechseln, dann zücken die beiden kichernd ihre Handys. Es gibt zwei Gruppen-Selfies, mit jedem Smartphone eines, anschließend fotografieren die Frauen sich noch gegenseitig mit Morgan. Sie bedanken sich überschwänglich, schütteln ihm sekundenlang die Hand. Morgan nickt und lächelt.

Jetzt nimmt er die letzten Meter in Angriff. Und ich begreife endlich, wie sehr ich mir selbst etwas vorgemacht habe.

Es ist nicht einfach nur seine Stimme: Es ist die Art, wie er den Kopf zur Seite neigt; es ist dieses verdammte Leuchten in seinen Augen, als er mich ansieht; es ist das winzige, hoffnungsvolle Lächeln, das sich schüchtern in seine Mundwinkel schmiegt.

Ich leere das Glas Sekt, das ich mir bestellt hatte – ebenfalls Teil der Vorbereitung –, in einem Zug. Als er meinen Tisch erreicht, habe ich mich so weit unter Kontrolle, dass ich aufstehen und sein Lächeln erwidern kann. Es gibt keine Umarmung, Morgan hält einen beinahe respektvollen Abstand. Wir stehen uns einfach einen Augenblick gegenüber, sehen uns an, dann setzen wir uns.

Eigentlich habe ich eine Ansprache vorbereitet, habe mir jedes einzelne Wort zurechtgelegt, das ich zu ihm sagen will: wie leid es mir tut, dass ich uns in dieses Chaos gestürzt habe, weil ich nicht in der Lage war, für klare Verhältnisse zu sorgen. Weil ich mich selbst belogen und mir eingeredet habe, wir könnten einfach nur Freunde sein. Dass ich mir das noch immer wünsche, auch wenn ich jetzt, im Moment, nicht weiß, wie es möglich sein soll. Dass ich aber – falls er das auch will – hoffe, einen Weg zu finden, wenn ich es erst geschafft habe, mein Leben in den Griff zu bekommen, mich neu einzurichten, irgendwo zwischen den Trümmern der Vergangenheit. Dass das aber etwas ist, das ich allein tun muss. Und das Zeit brauchen wird. Doch die Veränderung an Morgan, die mich vorhin schon hat nervös werden lassen, hält mich zurück. Zwischen uns dehnt sich Schweigen aus. Diesmal macht es mich kribblig, ist nicht vertraut, einvernehmlich, sondern fast elektrisch aufgeladen.

Als ich eben denke, dass ich es nicht mehr aushalte, sagt Morgan: »Ist es okay, wenn ich anfange? Ich habe das hier geübt, aber ich weiß nicht, ob ich es richtig mache. Unterbrichst du mich, wenn ich wirres Zeug rede?« Seine Hände haben den Zuckerstreuer gefunden und schrauben den Deckel ab. Und wieder drauf. Und wieder ab. Und …

Ich reiße mich vom Anblick seiner Finger los, die sich langsam bewegen, konzentriert. Ich nicke.

Morgan stellt den Zuckerstreuer ab, was ihm einige Mühe zu bereiten scheint. Seine Finger schließen sich stattdessen um die Tischplatte. Er holt tief Luft. »Ich kann mich nicht entschuldigen für das, was ich getan habe …«

Ich nicke wieder, will etwas sagen, dass ich das schon verstehen würde, aber Morgan stoppt mich mit einem sanften Kopfschütteln.

»Nicht, weil ich es nicht will. Es ist nur so, dass es keine Entschuldigung dafür gibt. Ich wusste, was ich tue. Was ich tun wollte. Und ich war mir sicher. Oder zumindest dachte ich, dass ich das wäre.« Er beugt sich vor, und ich erkenne plötzlich, was sich verändert hat: Seine Augen – sie sind irgendwie … heller. Strahlender. Sie blenden mich beinahe, obwohl jetzt gerade wieder ein Schatten darüberfällt. »Es tut mir unendlich leid, Franziska. Nicht nur wegen der Nachrichten …« Er macht eine Pause, lehnt sich wieder zurück. »Nora hat mir erzählt, was passiert ist. Sie hat mich den dümmsten Kerl genannt, der ihr je untergekommen sei, womit sie vermutlich recht hat. Genau wie Alex, obwohl er seine Meinung weniger verbal zum Ausdruck gebracht hat.«

Ein selbstironisches Lächeln huscht über Morgans Gesicht, als er versucht, meinen Blick einzufangen. Ich weiche ihm aus, betrachte stattdessen seine Finger, die einen langsamen Rhythmus auf die Tischplatte trommeln. Es wirkt eher nervös als ungeduldig.

»Es gibt zwei Dinge, die ich dir sagen muss«, sagt er dann so leise, dass ich ihn doch ansehe. »Alex ist … Nachdem er mich geohrfeigt hat … Er war weiß wie die Wand, hat sich einfach auf den Boden gehockt und ist in Tränen ausgebrochen.« Morgan schließt die Augen, fährt sich mit beiden Händen übers Gesicht und durch die Haare, die noch immer genau die richtige Länge haben. Er hat wohl einen Friseur gefunden. Eine Strähne, dieselbe wie immer, denke ich, schlüpft zwischen seinen Fingern hindurch und fällt ihm in die Stirn, als er wieder aufsieht. »Alex glaubt, dass es seine Schuld ist, weil er nicht lockergelassen hat wegen einiger Songs und der Jurysache. Nora macht sich Vorwürfe, weil sie sich nicht gemeldet, sich nicht mit mir ausgesprochen hat. Und vermutlich wegen einiger anderer Dinge, die längst Jahre zurückliegen. Und du ... Na ja, das weißt du selbst am besten.« Ein weiteres Lächeln, kummervoll diesmal. Und zärtlich.

Ich merke, wie ich die Hand nach ihm ausstrecke, und wische in letzter Sekunde einen imaginären Fussel von meinem Ärmel.

»Es scheint, als würde sich im Moment jeder verantwortlich fühlen. Aber das seid ihr nicht, keiner von euch. Es ist ... Ich denke, es ist etwas, das ihr fühlen *wollt*, verstehst du? Schuld bedeutet zwar, dass du etwas falsch gemacht hast, aber du hast auch Einfluss genommen. Das heißt, du kannst etwas verändern. Ich glaube, es ist viel schwerer zu akzeptieren, nichts tun zu können.«

Er seufzt, und in meinem Kopf hallen Svens Worte wider: *ob zum Guten oder Schlechten* ... Nora wollte mich vor allem trösten, als sie beteuert hat, dass mich keine Schuld träfe. Morgans Worte spenden keinen Trost, im Gegenteil. Es stimmt, Ohnmacht und Hilflosigkeit schmerzen mehr als der Gedanke, einen Fehler gemacht zu haben.

»Ich weiß, dass das kein Trost ist«, sagt Morgan prompt. »Und es ist auch nur die eine Hälfte der Wahrheit. Die andere, das Zweite, ist, dass ich dir nichts versprechen will, von dem ich nicht mit absoluter Gewissheit sagen kann, dass ich es auch werde halten können.« Er hat sich wirklich gut auf dieses Gespräch vorbereitet, legt alle Karten offen auf den Tisch. Seine Stimme wackelt nicht, er sitzt jetzt ganz ruhig da, bewegungslos, und wartet auf meine Antwort wie auf ein Urteil.

Ich lächle, obwohl mir nach Weinen ist. »Danke für deine Ehrlichkeit.« Beim Einatmen spüre ich ein Zittern in der Brust, ich denke an Lukas, daran, wie viel Schmerz ich uns beiden zugefügt habe und was ich möglicherweise noch bereit war zu tun. Ich denke auch daran, was ich Stefan angetan habe. Obwohl ich zu jeder Zeit zu schwören bereit gewesen wäre, dass ich ihm nie, niemals, würde wehtun wollen. Wie könnte *ich* Morgan irgendetwas versprechen?

Was Morgan mir nicht versprechen will, nicht versprechen kann, ist nicht schwer zu erraten. Er wird sie nicht wegwerfen. Sie ist ein Teil von ihm, Ausdruck einer Möglichkeit. Einer unter vielen, natürlich. Vielleicht wird er sie nie wieder zur Hand nehmen. Oder er wird beim nächsten Mal ... Nein, daran will ich nicht denken! Weder jetzt, noch irgendwann sonst! Sie ist sein Abgrund, und sie wird immer in der Nähe sein, wird immer in den Schatten lauern, ebenso bedrohlich wie verlockend. Sie wird mich nie vergessen lassen. Und manchmal wird sie mich anziehen.

Vielleicht.

Aber dieses Vielleicht genügt.

Ich schlucke die Enge weg, die mir die Kehle zuschnüren will. Sammle jedes bisschen Kraft. Doch bevor ich den Mund aufmachen kann, sagt Morgan: »Ich würde dir gern etwas zeigen.«

»W-was?«, stammle ich – nicht als Antwort, sondern

weil in meinem Kopf Sätze kollidieren und die Worte durcheinanderpurzeln, mit denen ich ihm sagen will, was ich sagen muss.

Aber das kann Morgan nicht wissen. Seine Augen leuchten auf. »Alles.« Er breitet die Arme aus. »Na ja, für den Anfang vielleicht Oregon? Ich glaube, es würde dir gefallen.«

Die Bilder sind da, ohne dass ich etwas dagegen tun kann, als hätte er mich hingebeamt. Diesmal ist es ein stürmischer Tag, die Sonne blitzt wie ein Leuchtturmsignal hinter dicken grauen Wolken hervor, die sich von Horizont zu Horizont zu jagen scheinen. Der Wind singt in meinen Ohren und übertönt beinahe das Donnern, mit dem sich meterhohe Wellen übermütig gegen die Felsen tief unter mir werfen. Eine Möwe versucht mit weit gespreizten Flügeln, die Böen auszubalancieren, und Morgan steht hinter mir, hält mich fest umschlungen, und sein Lachen mischt sich mit dem krächzenden Protest der Möwe ... Ich schmecke Salz auf meinen Lippen, das sicher nicht von der Seeluft kommt, und zwinge mich, dieses Trugbild zu verlassen und zurückzukehren in die wirkliche Welt, in dieses Café und mein Leben, das zu eng und zu zerbrechlich ist für ... das.

Ich zwinge mich, Morgan in die Augen zu sehen.

»Ich kann nicht«, flüstere ich, weil jedes Wort ein Glassplitter in meiner Kehle ist. »Es tut mir so leid ... Ich wünschte, es wäre anders, wir wären anders!« Ich weiß, was jetzt kommen wird, kommen muss. Das war das dritte Mal. Ich habe Morgan eben zum dritten Mal zurückgewiesen. Wer sagt eigentlich, dass aller *guten* Dinge drei sind?

Jetzt wird er aufstehen und gehen. Zum letzten Mal.

Doch die einzige Bewegung, die Morgan macht, ist ein leichtes Neigen des Kopfes. Seine Augen verengen sich ein wenig, zwischen seinen Brauen entsteht eine milde Falte. Ich kenne diesen Blick, er betrachtet mich, als würde er etwas suchen. »Denkst du wirklich, dass es an uns liegt?«, fragt er dann, ganz sanft. »Die Schatten, der Abgrund – denkst du, das wäre besser ohne mich?«

Hilflos zucke ich die Achseln, denn ja, genau das denke ich: Mit Stefan waren sie weit fort, die Schatten. Ich sehe Morgan an, dass er mir diesen Gedanken ansieht.

»Wenn du ihn wirklich liebst, dann findest du einen Weg zurück.« Seine Stimme klingt plötzlich heiser, ich kann nur ahnen, was ihn diese Worte kosten. »Ihr könnt immer noch von vorn anfangen, Liebe kann das. Ich will nur nicht … Bitte leb dein Leben nicht so, Franziska. Voller Angst.« Jetzt lächelt er, und ich muss mir über die Augen fahren, weil dieses Lächeln so viel Leid enthält. Das ich verursacht habe. Schon wieder. »Ich wünsche mir, dass du glücklich wirst.«

Wie kann er das sagen, ausgerechnet jetzt? Er sollte mich beschimpfen, mich albern nennen oder mir vorwerfen, nicht zu wissen, was ich eigentlich will, oder einfach aufstehen und gehen – ganz egal, nur nicht das! Ich klammere mich an einen einzigen Gedanken, weil ich das sonst nicht aushalte: Mit Stefan war ich doch glücklich.

Oder nicht?

Hin und wieder durchaus. Und die restliche Zeit warst du zumindest nicht unglücklich – jedenfalls nicht sehr, stellt meine innere Stimme fest. Beinahe hätte ich sie vermisst.

Morgan greift nach meiner Hand. Ich zucke zusammen,

weil seine Berührung wie ein Stromschlag ist und sofort dieses morganförmige Loch in meiner Brust wieder aufreißt, das ich jetzt seit vier Monaten zu stopfen versuche. Wie kann etwas so Kleines nur so verdammt wehtun? Ich lasse zu, dass er seine Finger mit meinen verschränkt, ganz behutsam, als müsste er ein kompliziertes Muster arrangieren. Er sucht meinen Blick, und diesmal bleiben meine Augen einfach an seinen hängen. Es hat keinen Sinn, sich dagegen zu wehren. Warum sind mir eigentlich die winzigen goldenen Pünktchen am äußersten Rand seiner Iris noch nie aufgefallen? Wie lauter kleine Sonnen, die Licht und Wärme in ein dunkles Universum bringen …

Oh verdammt, ich fasse es nicht, dass ich das tatsächlich denke! Ich schüttele heftig den Kopf, befreie mich aus Morgans Bann.

Er gibt meine Hand frei, zögert einen Moment. Dann steht er auf.

Jetzt ist es also so weit. Nur noch dieses eine Mal, dann habe ich es geschafft. Das Herz kann er mir nicht mehr brechen, das habe ich längst selbst getan. Ich muss bloß noch den Rest davon hinter mich bringen, damit ich irgendwann auch wieder nach vorne sehen kann. Ich versuche, ruhig und gleichmäßig zu atmen, immer in den Schmerz hinein, der inzwischen wie ein stählerner Ring um meine Brust liegt und sich langsam zuzieht. Gleich ist es vorbei, du hast es fast geschafft, es ist gleich vorbei …

Ich warte auf Morgans Abschiedsworte. Ich sollte wohl aufstehen, aber das geht gerade nicht. Meine Haut fühlt sich kalt an und trotzdem feucht. Mein Herz schlägt zu angestrengt, es gelingt ihm kaum, das Blut an diesem

Ring vorbeizupressen. Wenn ich jetzt aufstehe, wird mir schwarz vor Augen werden.

Morgan kommt um den Tisch herum. Will er mir die Hand geben oder so? Ich muss mich zusammenreißen. Keine Tränen mehr. Es ist fast geschafft. Ich konzentriere mich aufs Atmen.

Neben meinem Stuhl bleibt er stehen.

Und kniet sich hin.

Kniet sich hin, sodass sein Gesicht fast auf einer Höhe mit meinem ist, ganz nah.

Ich spüre seine Hand auf meinem Knie. Warm. Fest, während alles andere zu wanken scheint: mein unbequemer Alu-Stuhl, der schlauchartige Raum um mich herum, die ganze Welt – Morgans Hand hält alles an seinem Platz. Gerade eben so.

»Hey«, sagt er, und seine Stimme übertönt mühelos den tobenden Sturm in meinem Kopf. »Tut mir leid, ich wollte nicht wie einer von diesen Idioten klingen, die besser wissen, was das Beste für dich ist, als du selbst. Du schaffst das – egal, was. Was immer du möchtest.« Seine Hand drückt mein Knie. »Vielleicht bist du genau richtig auf dieser kleinen Insel, die du dir gebaut hast. Du bist wirklich gut darin, Ertrinkende an Land zu ziehen und wieder aufzupäppeln, weißt du.« Dieses Leuchten in seinen Augen durchdringt mich wie ein Pfeil aus Licht, und ich kann nicht sagen, ob es wehtut, weil ich so viele Dinge gleichzeitig fühle, dass ich ganz taub bin … »Nur falls du da mal weg möchtest, hab keine Angst vor dem Wasser, ja? Du kannst schwimmen, Siska, das weiß ich.«

Er hat mich Siska genannt. Ich horche dem Klang nach, warte darauf, dass die Vergangenheit mich einholt. Doch

Lukas ist weit fort. So weit, dass er seltsam unbedeutend wirkt. Ein gebrochener Arm, der vor Jahren schon verheilt ist. Zwickt die Stelle wirklich, wenn es kalt ist oder feucht, oder habe ich mir das nur eingebildet? Ich weiß es nicht, weil ich überhaupt nichts mehr weiß, alles verschwimmt, und ich werde abgetrieben und weiß nicht, wohin …

Wieder steht Morgan auf. Lächelt auf mich herunter. »Ich will dich nicht überreden. Das ist ganz allein deine Entscheidung. Aber eine Sache *kann* ich dir versprechen: Wenn du springst, Siska, werde ich im Wasser sein und auf dich warten.«

Dann ist er verschwunden, einfach so.

Morgan

Ich kann nicht sagen, wie lange ich werde warten müssen, um Gewissheit zu haben. Ich traue meinen Gefühlen nicht. Da ist mehr Wunschdenken dabei als dieser seltsame Instinkt, der mich hat wissen lassen, dass sie zum Waldhaus kommen würde.

Ich habe es in ihre Hände gelegt. Was hätte ich auch sonst tun können? Ich habe eine Menge falsche Entscheidungen getroffen in letzter Zeit. Eine davon war, kein Licht anzumachen.

Ich wollte ihr versprechen, dass so etwas nie wieder vorkommen wird. Dass sie keine Angst zu haben braucht. Dass mit ihr alles anders sein wird ... Den ganzen Mist eben, das volle Programm. Alles, was den Hauch einer Chance hätte in sich tragen können, sie umzustimmen. Aber ich will sie nicht belügen. Wahrscheinlich kann ich das gar nicht, sie kennt mich viel zu gut. Sie weiß, was sie erwarten darf. Und was nicht.

Natürlich hat sie Angst. Zu Recht.

Angst ist eine seltsame Sache: Manchmal macht sie uns wacher, schneller, stärker, als wir eigentlich sein dürften. Und manchmal lähmt sie uns und hält uns am schlechtesten Ort fest, den es gibt. Woher soll man wissen, wann man die Angst für sich nutzen und wann man sie bekämpfen muss?

Vielleicht liege ich falsch. Vielleicht ist ein Leben ohne Schatten wirklich besser, und Franziska findet einen Weg, ohne sie glücklich zu werden. Dann werde ich sie nie wiedersehen.

Die Möglichkeit muss ich einräumen.

Aber.

Sie hat »wir« gesagt. Nicht unbedingt in dem Kontext, in dem ich es gern gehört hätte. Trotzdem bedeutet das, dass ein Wir existiert. Ich habe mir das nicht nur eingebildet. Da war etwas und wird immer etwas sein. Weil es Dinge gibt, die man nicht ungeschehen machen kann. Etwas davon war noch immer in ihren Augen, tief unter der Oberfläche. Tief unter Schmerz und Angst und Zweifel. Es war winzig, dieses Licht, aber es war da.

Es gibt keine Schatten ohne Licht. Das ist meine Wahrheit. Ich bin nicht sicher, ob das auch umgekehrt gilt, vielleicht nicht für jeden Menschen. Vielleicht gibt es manche, die immer in der Sonne stehen. Allerdings denke ich nicht, dass ich das wollen würde. Es ist in Ordnung, wenn es auch mal dunkel ist – solange ich weiß, dass es nur Schatten sind. Es gibt keine Schatten ohne Licht.

Es ist in Ordnung, weil das Licht dann umso heller leuchtet. Es ist in Ordnung, weil ich keine Songs schreiben würde, wenn ich immer in der Sonne stünde. Es ist in Ordnung, weil ich weiß, dass ich mich verirren und wieder hinausfinden kann.

Es gibt keine Schatten ohne Licht. Wenn man die dunkelste Stelle gefunden hat, muss es unweigerlich wieder heller werden.

Also werde ich warten.

Es ist eine recht praktische Eigenschaft der Zeit, dass sie vergeht, auch ohne dass wir etwas dazu beitragen. Selbst wenn es sich manchmal nicht so anfühlt. Außerdem ist es nur fair: Ich habe Franziska schon so oft warten lassen. Ein Mal hat sie über zwei Stunden auf dem Boden vor der Tür meines Tonstudios gesessen. Ich war schon zu lange da drin, um einfach hinausgehen zu können.

Ja, ich weiß, wie sich das anhört.

Sie fährt vier Stunden hin und vier wieder zurück, nur um auf dem Fußboden vor einer geschlossenen Tür zu sitzen. Das lässt mich immer noch staunen. Und hoffen.

Ich werde warten, und wenn es dunkel wird, werde ich Licht machen.

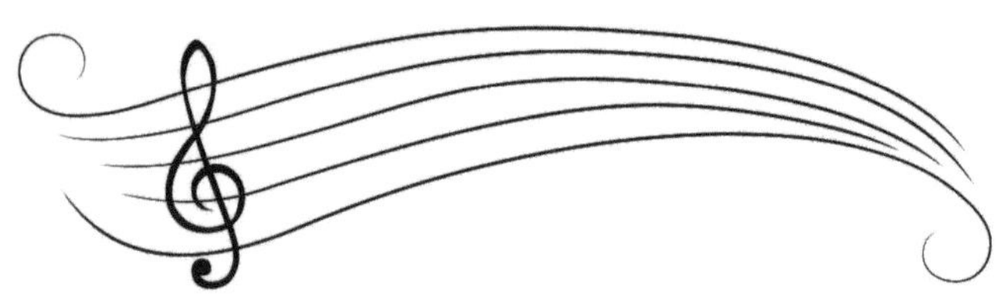

Zwanzig

Ich sitze noch eine halbe Ewigkeit auf diesem harten Stuhl in diesem gesichtslosen Café und schüttle jedes Mal stumm den Kopf, wenn die Kellnerin fragt, ob sie mir noch etwas bringen könne.

Irgendwann schaffe ich es dann doch aufzustehen, obwohl das Geräusch, mit dem der Alu-Stuhl dabei über den Boden schrammt, derartig an meinen Nerven zerrt, dass mir übel wird und ich mich beinahe wieder setzen muss. Ich zahle die Rechnung an der Theke, gebe der verdutzten Kellnerin ein viel zu hohes Trinkgeld und gehe auf Beinen, die mir nicht zu gehören scheinen, in Richtung Tür: Sie ist aus Milchglas und scheint in dem langen Raum mit seinen billigen LED-Lampen geradezu zu leuchten. Schritt für Schritt kämpfe ich mich auf dieses Licht zu, denn wenn ich es erreicht habe, wird der Rest einfach hier zurückbleiben.

Doch als es endlich so weit ist und ich die Tür öffne, erweist es sich als optische Täuschung: Draußen erwartet mich trübes Grau. Es gibt kein Entkommen.

Ich rette mich die wenigen Meter zu meinem Auto, steige ein, stecke den Schlüssel ins Zündschloss und sitze so lange da, bis eine Politesse an die Fensterscheibe klopft und fragt, ob alles in Ordnung sei. Dann fahre ich nach Hause.

Ich steige die zwei Treppen zu meiner Wohnung hoch, sperre die Tür auf und lege Handtasche und Schlüsselbund auf die Ablage im Flur. An meinem Anrufbeantworter blinkt ein Licht. Nora will wissen, wann wir uns am Sonntag zum Kaffeetrinken treffen wollen. Ich rufe sie zurück und frage, ob fünfzehn Uhr okay ist. Es ist verrückt, wie normal sich meine Stimme anhört.

Anschließend sehe ich mich in einer Wohnung um, in der ich noch immer nicht angekommen bin. Das Urlaubsfoto habe ich wieder abgenommen, es gehört so wenig hierher wie ich. Vielleicht gehört es in einen Karton, aber das möchte ich jetzt noch nicht entscheiden. Vorerst liegt es umgedreht unten in meinem Kleiderschrank.

Vielleicht bin ich ja gar nicht wirklich hier, vielleicht habe ich das Waldhaus in Wahrheit nie verlassen ...

Wir treffen alle mal falsche Entscheidungen.

Manchmal glaube ich, dass die Welt ohne Schatten flacher aussehen muss, ärmer an Kontrasten, wie ein altes ausgeblichenes Foto. Die andere Wahrheit ist jedoch, dass es manchmal so dunkel wird, dass kein Weg mehr zu sehen ist, kein Vor, kein Zurück ...

Er könnte nicht fliegen, wenn er Angst vorm Fallen hätte.

Es geht nicht – ich kann nicht!

Ich ziehe mich aus und gehe duschen, halte den Kopf unter die Brause, bis das Prasseln alle Gedanken in winzige Stückchen zerteilt und fortgespült hat. Ich bleibe so lange unter dem heißen Wasserstrahl stehen, bis er abzukühlen beginnt. Dann lege ich mich ins Bett.

Als ich aufwache, ist es stockfinster, es muss mitten in

der Nacht sein. Ich versuche ein paar Mal, die Augen wieder zu schließen, aber meine Lider klappen hartnäckig nach oben.

Ich weiß nicht, wo ich bin: Hier natürlich, doch hier ist nirgendwo. Eine Durchgangsstation, ohne Bedeutung. Auf dem Weg wohin?

Die Dunkelheit beginnt sich mit Bildern zu füllen, obwohl ich die Augen ganz sicher noch immer offen habe: Ich sehe einen unwirklich blauen Sommerhimmel. Türkisfarbenes Wasser, das wie flüssige Seide schimmert. Tausende Sterne wie glitzernde Strasssteinchen auf einem schützenden Mantel aus nachtschwarzem Samt. Ich rieche würzigen Waldboden und frische, sonnenwarme Erdbeeren. Ich schmecke fluffige Pancakes mit süßherbem Ahornsirup. Und die salzige Reinheit von Tränen.

Also stehe ich auf. Ich mache kein Licht, ziehe mich im Dunkeln an. Seltsamerweise fürchte ich mich nicht vor dem, was sich in den Schatten verbergen könnte. Nur davor, was ich im Spiegel entdecken würde: eine wirre Mischung aus Angst und Hoffnung, zwei Geister, die sich streiten. Wenn ich ihnen zuhöre, werde ich zurück ins Bett gehen.

Bin ich gerade dabei, den Schatten Paroli zu bieten, oder renne ich mitten hinein, direkt auf den Abgrund zu? Was, wenn es am Ende gar keinen Unterschied gibt? Wenn es nichts zu bekämpfen gibt, weil die Wahrheit zwei Seiten hat, mindestens zwei, und weil sie auf dem Rand balancieren kann? Aber ich kann das nicht – jedenfalls nicht, ohne ab und zu auch mal den Halt zu verlieren, und dann ... Ich schüttele mich, als müsste ich einen ganzen Schwarm Fliegen vertreiben, schnappe mir Schlüssel und Handtasche von der Ablage im Flur, eine Jacke von der Garderobe, ich sehe nicht, welche, spielt auch keine Rolle.

Draußen ist es kalt. Richtig kalt. Ich habe keine Handschuhe mitgenommen, stehe einen Moment auf dem Gehsteig und reibe meine Hände. Wir haben Anfang Dezember, fällt mir ein. Es ist ziemlich unwahrscheinlich, dass es gestern sehr viel wärmer war. Habe ich gefroren? Ich kann mich nicht erinnern. So wenig wie an den letzten schönen Tag in diesem Jahr. Dabei liebe ich den Herbst, vor allem, wenn die Sonne noch Kraft hat, der Himmel aber schon beinahe gläsern wirkt.

Wann war ich das letzte Mal laufen? Ich bin ein Schönwetterläufer, ich mag es nicht, wenn die kalte Luft in meine Lungen schneidet. Und wann habe ich die Sommer- gegen die Winterjacken ausgetauscht? Ich habe die wärmste erwischt, wattiert, mit Kapuze. In der linken Tasche steckt eine Kinokarte vom letzten Jahr.

Ein bisschen komme ich mir vor wie Dornröschen, eben noch mit einer simplen Handarbeit beschäftigt, und plötzlich sind hundert Jahre vorbei. Nur dass an meinem Bett kein Prinz sitzt, um mich wach zu küssen.

Du hast ihn ja nicht gelassen.

Na danke für den Hinweis!

Ich steige mit einem Seufzen ins Auto. Es dauert einen Moment, bis meine zitternden Finger den Schlüssel ins Schloss bugsiert haben. Ich atme ein paar Mal tief ein und aus. Dann ziehe ich den Schlüssel wieder ab. Starre ihn an, als hätte er die Antworten auf meine Fragen.

Man bereut im Leben eher die Dinge, die man sich nicht getraut hat …

Mag sein, aber hier geht es nicht darum, ein paar Wochen Hausarrest zu riskieren. Es geht um so viel mehr.

Zum Beispiel darum, die Sonne auf dem Wasser funkeln zu sehen?

Ich schlage aufs Lenkrad und ramme den Schlüssel zurück ins Zündschloss. Lasse den Motor an. Die Finger meiner rechten Hand krampfen sich um den Schalthebel, mein linker Fuß hält die Kupplung gedrückt. Eine Sekunde, zwei Sekunden, drei Sekunden … Ich beiße die Zähne so fest aufeinander, dass es knirscht. Und fahre los. Der Plattenteller in meinem Kopf spielt drei Zeilen aus ›Dreamhunter‹, immer und immer wieder.

Don't you dare to let your fears
take control and put your soul
in that cage of broken dreams …

Morgans Stimme in Endlosschleife. Scheint, als wäre er jetzt derjenige mit den klugen Sprüchen.

Ich fahre vier Stunden durch die Nacht und denke bei jeder Autobahnausfahrt daran, umzudrehen und nach Hause zu fahren. Einmal habe ich sogar schon den Blinker gesetzt.

Ich fahre blinkend an der Ausfahrt vorbei.

Als ich ankomme, ist es fast fünf Uhr morgens. Das Villenviertel liegt da wie ausgestorben. Ich stelle den Wagen am Straßenrand ab, brauche aber noch einen Moment, bis ich es schaffe auszusteigen. Während ich den Code eingebe, zittere ich leicht – wofür die Winternacht die perfekte Erklärung liefert. Fast erwarte ich, dass das Tor geschlossen bleibt, doch es öffnet sich so selbstverständlich wie all die Male zuvor. Dafür scheint der Weg zum Haus plötzlich sehr viel länger zu sein, als ich ihn in Erinnerung habe. Ich starre auf die geteerte Auffahrt und mache mich an die eigentlich simple Aufgabe, einen Fuß vor den anderen zu setzen. *Das ist wirklich keine große Sache, Franziska: erst ein Schritt, dann noch einer, und immer so weiter, bis ...* Das Licht geht an und beleuchtet die drei Stufen vor der Haustür. Warum sind es eigentlich immer drei?

Mein Finger schwebt über dem Klingelknopf.

Es ist fast fünf Uhr. Man kann um fünf Uhr morgens nirgendwo klingeln, das geht einfach nicht! Ich könnte irgendwo in der Nähe in einem Café warten. Oder mir vielleicht erst mal ein Zimmer nehmen, etwas schlafen, das Ganze noch mal überdenken.

Ich lasse die Hand sinken.

In dem Moment wird die Tür geöffnet.

Und ich stehe ein drittes Mal an Oregons Küste. Mondlicht zittert auf winzigen Wellen, der Pazifik tief unter mir scheint im Schlaf ruhig und gleichmäßig zu atmen. Die Welt um mich herum ist wild und weit, ohne Zäune und Geländer, unter meinen Zehenspitzen bröckelt der Fels.

Alles ist möglich.

Nichts ist sicher.

Fallen oder Fliegen, macht das wirklich einen Unterschied?

Wind und Wolken hüllen mich in ein Wechselspiel von Sternenlicht und Schatten, ganz wie es ihnen beliebt. Ich habe keinen Einfluss darauf, keine Kontrolle.

Ich bin ausgeliefert.

Und ich bin frei.

Das ist die Wahrheit, meine Wahrheit: ich. Balancierend, taumelnd, fallend, fliegend. Fühlend.

Ich stehe da, sehe in die Tiefe. Mein Blut rauscht in meinen Ohren. Oder ist es der Wind? Ich kann das Hämmern meines Herzens spüren: als wäre ich gelaufen, eine steile Steigung hinauf oder vielleicht auch einfach nur eine sehr lange Strecke. Ein leichter Schwindel erfasst mich, dann breitet sich auf meinem Gesicht ein Lächeln aus.

Ich hole Luft und mache einen Schritt nach vorn.

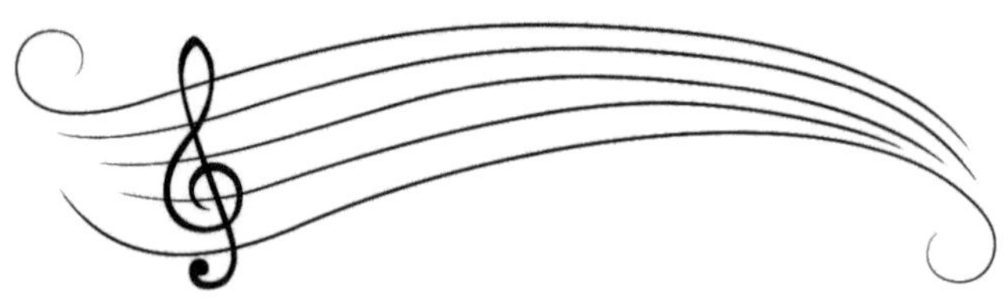

Playlist

In order of appearance:

- ♪ Depeche Mode, Damaged People (Album ›Playing the Angel‹, 2005)
- ♪ Depeche Mode, Strange Love (Album ›Music for the Masses‹, 1987)
- ♪ Deine Lakaien, Bells of another land (Album ›Deine Lakaien‹, 1986)
- ♪ Silke Bischoff, On the Other Side (I'll See You Again) (Album ›Silke Bischoff‹, 1991 & ›The Man on the Wooden Cross‹, 1993)
- ♪ Peter Schilling, Major Tom (Album ›Fehler im System‹, 1982)
- ♪ Sweet home Alabama (Original von Lynyrd Skynyrd, Album ›Second Helping‹, 1974; im gleichnamigen Film gecovert von Jewel, 2002)
- ♪ Pet Shop Boys, Heart (Album ›Actually‹, 1987)
- ♪ a-ha, Take on me (Album ›Hunting High and Low‹, 1985)
- ♪ O.M.D., Secret (Album ›Crush‹, 1985)

Dank

Vermutlich schulde ich deutlich mehr Menschen Dank dafür, dass ich diese Danksagung jetzt schreiben kann, als mir bewusst ist: für all die Begegnungen, Worte und Gedanken, Erlebnisse und Erfahrungen, die Teil meines heutigen Ichs und damit unweigerlich in diese Geschichte mit eingeflossen sind – auch wenn, das sei an dieser Stelle ausdrücklich gesagt, Figuren und Handlung vollständig fiktiv und frei erfunden sind.

Dir, liebe Leserin, lieber Leser, gebührt ein besonders herzliches Dankeschön, denn ohne dich wäre das hier kein Buch, sondern lediglich bedrucktes Papier beziehungsweise Bits und Bytes. Ich hoffe, du hattest eine mindestens ebenso gute Zeit mit Franziska, Morgan und den anderen wie ich. Ich freue mich immer über eine Nachricht an hallo@tausend-welten.de, einen Kommentar bei Facebook (facebook.com/1000Welten) oder Instagram (instagram.com/konstanze42) und natürlich über jede Rezension.

Meinen Testleserinnen danke ich für ihre wertvollen Tipps und all die positive Energie, die mir über sämtliche Zweifel hinweggeholfen hat – allen voran meiner Schwester, die mein allererster Realitätscheck war: Danke, ihr wart großartig!

Meine Eltern sind natürlich schuld daran, dass ich überhaupt auf die unvernünftige Idee gekommen bin, Romane schreiben zu wollen: Danke für unzählige Vorlesestunden, Buchgeschenke und endlose Diskussionen über alle Themen dieser Welt.

Dass ich auf der Suche nach einer ganz anderen Fortbildung auf die ›Schule des Schreibens‹ gestoßen bin, war ein ausgesprochen glücklicher Zufall (wenn man an Zufälle glaubt ...). Ja, die Arbeit an einem Roman ist in großen Teilen Handwerk, und der Gebrauch der Werkzeuge ist erlernbar. Über das rein Fachliche hinaus möchte ich mich aber vor allem fürs Mutmachen bedanken: Konstruktive Kritik zu üben, ist eine Kunst für sich.

Und dem unglaublichen Mann an meiner Seite habe ich es schließlich zu verdanken, dass ich die Zeit und, wichtiger noch, die Energie zum Schreiben gefunden habe: Ohne deine Unterstützung bei furchtbar unvernünftigen, übers Knie gebrochenen Entscheidungen wäre das hier nie möglich gewesen. Danke ist ein kleines Wort dafür, aber es kommt von Herzen.

Last but not least: Thank you for the music, Depeche Mode. That's my light in the dark.

So geht es in ›Don't fear the Tides!‹ weiter:

Melanie Treber
Don't fear the Tides!
Seelenschatten 2
ISBN 978-3-7693-0205-9

Was passiert, wenn dein Happy End erst der Anfang ist?

Franziska hat auf ihr Herz gehört und ist zu Morgan gefahren. Der Sänger ihrer Lieblingsband ist mehr als nur ein Traumprinz: Er ist ihr Seelenverwandter. Aber wie gelingt ein Neuanfang, wenn ihr beide heimlich Ballast mit euch herumtragt?
Seelenschatten verschwinden nicht, nur weil gerade die Sonne scheint. Franziskas Entscheidung wird immer wieder auf die Probe gestellt – durch Kleinigkeiten, aber auch durch diese eine große Sache, die seit Jahrzehnten in den Schatten lauert. Eine ominöse graue Schachtel enthält etwas, das Morgan Stück für Stück in die Dunkelheit zieht. Dann braucht Nora ihre Hilfe, und der Zeitdruck für das neue Album lässt die Spannungen innerhalb der Band wachsen, bis ein Streit heftig eskaliert. Als der Mann, den sie liebt wie keinen anderen zuvor, für Franziska immer unerreichbarer wird, tut sie etwas, das Morgan ihr unmöglich verzeihen kann.

Morgan

[…]

Mit den ersten Takten von ›Don't fight the rain‹ macht mich mein Handy auf den Eingang einer WhatsApp aufmerksam. Ich habe Franziska nach ihrem Lieblingssong gefragt, weil ich ihr einen eigenen Klingelton zuordnen wollte. Ihre Antwort war nicht gerade eine Überraschung, trotzdem ist es merkwürdig, einen unserer Songs aus meinem Telefon kommen zu hören. Als wäre ich ein wenig zu eingenommen von unserer Arbeit. Ich werfe einen Blick auf die Nachricht: Franziska hat die Autobahn verlassen – höchste Zeit, dem Nudelwasser ordentlich einzuheizen!

Während ich darauf warte, dass das Wasser kocht, erscheint mir die Zeit, die bis zu Siskas Ankunft bleibt, gleichzeitig zu kurz und zu lang; je nachdem, ob ich es aus der Perspektive des Abendessens oder meiner eigenen betrachte. Zeit ist ein Phänomen, das ich umso weniger verstehe, je mehr ich darüber nachdenke. So gesehen hat sie wohl etwas mit mir gemein …

Okay, Spaß beiseite. Es ist jetzt sechs Wochen und zwei Tage her, dass ich sie in diesem Café getroffen habe. Dass sie »Ich kann nicht« gesagt hat und ich nur hoffen konnte, dass sie sich irrt und ich recht behalte. Dass ich nach Hause gefahren bin, ohne zu wissen, ob ich sie je wiedersehen würde. Wie kann es sein, dass sich die Erinnerung an diesen Tag gleichzeitig anfühlt wie ein ferner Traum und so lebendig, als würde das alles genau jetzt passieren?

Ich kann unmöglich schlafen in dieser Nacht, wie auch? Es gibt zu viele Möglichkeiten. Zu viele Wenns und Vielleichts, zu viele Abers. Einerseits bin ich mir so sicher, es diesmal richtig gemacht zu haben – andererseits raubt mir die Angst beinahe den Verstand, dass sie sich trotzdem gegen mich entscheiden wird. Dass sie das Verlässliche und Kontrollierbare eines Lebens ohne mich vorzieht. Also gehe ich im Wohnzimmer auf und ab und bleibe ab und zu an der Glasfront stehen, um auf den dunklen Garten hinauszublicken. Im Haus brennt kein Licht, damit die Scheibe nicht zu einem Spiegel wird. Trotzdem ist da draußen absolut nichts zu sehen, das mir irgendeine Art von Antwort geben könnte. Ich kann beim besten Willen nicht sagen, warum ich meine Schritte dennoch immer wieder ans Glas lenke.

Die Boxen meiner Surround-Anlage lassen den Raum noch größer klingen, als er ohnehin schon ist. Meine Wanderung wird in die warmen, melancholischen Klänge von ›Unversed In Love‹ gehüllt, ein altes De/Vision-Album, das meine Nerven beruhigen soll. Es läuft inzwischen wahrscheinlich zum neunten oder zehnten Mal, nach dem vierten habe ich aufgehört zu zählen. Eben wispern die sphärischen Windböen durch den Raum, die ›Like A Sea Of Flames‹ ankündigen, als draußen über der Haustür das Licht angeht.

Es ist kurz vor fünf Uhr morgens am dritten Dezember. Noch ist es stockfinster. Die LED-Lampe über der Tür ist nicht besonders hell, und das Licht hat einen weiten Weg: Von den beiden kleinen Fenstern im Eingangsbereich muss es sich durch etwas mehr als die Hälfte des Hauses kämpfen. Dann erreicht es das Sofa, vor dem ich gerade stehe. Mit dem Rücken zur Glasfront, sonst hätte ich es vielleicht gar nicht gesehen. Ein weiterer winziger Zufall. Wenn man an Zufälle glaubt.

Für den Bruchteil einer Sekunde starre ich beinahe geblendet auf diesen kaltweißen Schimmer, der einen Pfad vom Sofa zu meiner Haustür bildet. Eine Aufforderung. Eine Chance – aber eine zeitlich begrenzte. Jetzt oder nie. Ich falle beinahe über meine eigenen Füße bei dem Versuch, die Strecke in einer neuen Rekordzeit zurückzulegen. Schon habe ich die Hand auf der Klinke, um die Tür aufzureißen, hole dann aber doch lieber noch mal tief Luft und ziehe sie ganz behutsam auf.

Obwohl Franziska direkt unter der Lampe steht und ich sie deutlich sehen kann – in Jeans und Stiefeln und einer unförmigen Winterjacke, das honigfarbene Haar zu einem Pferdeschwanz zurückgebunden, aus dem sich wie immer ein paar kinnlange Strähnen gelöst haben –, kann ich kaum glauben, dass sie wirklich hier ist. Wie beim allerersten Mal scheint es zu unwahrscheinlich, zu sehr meinem verzweifelten Wunsch zu entsprechen, um real zu sein. Und genau wie damals ist ihre Hand, mit der sie vielleicht die Klingel hatte drücken wollen, schon wieder im Sinken begriffen. Mein Zeitfenster schließt sich bereits.

Das lässt sie augenblicklich um einiges realer wirken. Ich wage nicht, mich zu rühren, als ob die leiseste Bewegung sie verscheuchen könnte wie ein scheues Tier. Eine ganze Weile steht sie einfach nur da und sieht mich an, wobei ich keineswegs sicher bin, dass sie wirklich mich sieht. Ihre Miene zeigt ihre Gefühle so deutlich wie die spiegelglatte Oberfläche eines Sees den Himmel und die Wolken, die darüber ziehen: Unsicherheit, Furcht, Erstaunen, Hoffnung; und dann, ganz plötzlich, Freude. Rein und ungetrübt.

In dem Moment erlischt das Licht über der Tür. Wir haben uns zu lange nicht geregt, der Bewegungsmelder war der Meinung, es sei niemand mehr hier. Die Dunkelheit einer bewölkten Winternacht hüllt uns ein, und Franziskas Gesicht ist nur noch ein heller Schemen, der vor mir schwebt, nicht mehr als eine Armlänge entfernt und dennoch unerreichbar. Ich balle die Finger zur Faust, um nicht versehentlich die Hand auszustrecken. Um nicht zu versuchen, einen Traum durch eine Berührung zu zwingen, in die Realität hinüberzuwechseln, weil ihn das nur platzen lassen würde wie eine Seifenblase, die für Berührungen nun mal nicht geschaffen ist.

Jetzt, wo nichts mehr meinen Blick ablenkt, kann ich die Kraft spüren, die von Franziska ausgeht, diese stete Flamme, die in Regen und Sturm vielleicht zischt und flackert, aber niemals ganz erlischt. Auch wenn sie zuletzt zu einem winzigen Funken heruntergeglommen war, durch meine Schuld. Nun brennt sie wieder hell und klar, und ich kann ebenfalls spüren, wie sehr ich sie brauche – sie schon immer gebraucht habe, lange bevor wir uns begegnet sind. Was ich ihr auch geben kann: Ich brauche sie mehr als sie mich. Diese Erkenntnis sollte mich nicht so sehr überraschen, aber sie tut es. Und sie lässt mich zögern. Beinahe weiche ich zurück, vergrößere den Abstand zwischen uns auf etwas Sicheres. Etwas, das sich vielleicht nie wieder überbrücken lässt.

Da stemmt sich der Mond hinter einer Wolke empor und gießt silbriges Licht auf meine Türschwelle, und Franziska lächelt und macht einen Schritt auf mich zu, direkt in meine Arme. Ich kann sie nur festhalten, stumm, mir sind sämtliche Worte abhandengekommen. In meinem Kopf dröhnt ihr Herzschlag, den ich an meiner Brust spüre: *ba-bamm, ba-bamm, ba-bamm …* Ein Trommelwirbel, der sich mit einer Melodie verbindet, zart zuerst und leise wie Sommerregen, um dann zu einer gigantischen Welle anzuschwellen, die sich genau über mir bricht, auf mich hinabstürzt und mich fortspült, to the shore of another day …

Ich ringe nach Luft und weiß nicht, ob ich das wirklich aushalte. Ich habe nicht geglaubt, dass ich das noch einmal fühlen würde, diese überwältigende Intensität, die keinen Platz lässt für Gedanken; nichts als rauschendes, wirbelndes, wunderbares Chaos. Ich dachte, diese Art zu fühlen wäre Teenagern vorbehalten.

Und doch ist etwas anders: Wo sich damals das Glück ganz langsam, fast zähflüssig, mit einer wagen Furcht gemischt hat, mit einer Ahnung davon, was Verlust bedeuten könnte, da manifestiert sich heute dank hinreichender Erfahrungen eine sehr konkrete Angst. Ich keuche und frage mich noch mal, ob ich ihr zu viel versprochen habe, ob ich … Ob ich wirklich so ein jämmerlicher Feigling bin, der sich vor seinem eigenen Schatten fürchtet! Herrje, fange ich jetzt ernsthaft damit an, mir mehr Gedanken um das zu machen, was sein *könnte*, als um das, was *ist*? Leben können wir nur im Augenblick, daran kann alle Planung dieser Welt nichts ändern. Und auch nicht daran, dass der Augenblick flüchtig ist, vergangen in dem Moment, in dem wir uns seiner bewusst werden. Um dem nächsten Platz zu machen, und immer so weiter …

Okay, das reicht jetzt!

Als die Kälte, die von draußen herein drängt, meine Gesichtshaut taub zu machen beginnt, angle ich etwas ungeschickt mit dem Fuß nach der Haustür, um sie zuzustoßen, weil ich Franziska nicht loslassen kann, nie wieder. Meine Finger haben sich ins Rückenteil ihrer Jacke gekrallt, die vorne offen ist und ihr ein Stück von den Schultern rutscht. Ich konzentriere mich auf ihren warmen Atem an meinem Hals und bringe endlich ein zittriges »Hey« zustande. Sie antwortet mit einem leisen Lachen.

Die Erinnerung wirkt auch jetzt wieder so real, dass ich gleichzeitig grinse wie ein Idiot und ein Frösteln unterdrücken muss, weil ich nicht weiß, was überwiegt: Freude oder Angst. Was, wenn es Franziska genauso geht?

Ich bin es gewohnt, zwischen Extremen zu leben: zwischen der schallisolierten Eremitage meines Studios, zurückgeworfen auf mich selbst, und der rauschhaften Ekstase einer Konzerthalle voller jubelnder Menschen, um nur ein Beispiel zu nennen. Es gibt Tage, an denen ich nicht besonders gut damit zurechtkomme, das möchte ich nicht leugnen. Trotzdem will ich es nicht anders haben, nicht mehr.

Aber Franziska? Sie hatte sich mit Stefan ein Leben ausgesucht, in dem es keine Tiefen, aber dafür auch kaum Höhen gab. Ich wollte ihr zeigen, dass sie etwas verpasst auf diese Weise. Weil ein Vogel zum Fliegen geboren ist und nicht dazu, in einem Käfig zu sitzen, wie groß und golden er auch sein mag. Weil leben bedeutet, zu fühlen. Weil es ohne Schatten auch kein Licht gibt, jedenfalls nicht für uns. Weil …

Weil ich sie an meiner Seite haben will. Weil ich nicht mehr allein sein möchte in den Schatten. Weil ich sie brauche. Weil ich sie liebe.

Ich.

Das ist nicht unbedingt das Pronomen, das in diesem Zusammenhang überwiegen sollte, oder? Ich komme vom Weg ab, schließlich sollte es um sie gehen und nicht um mich. Daran glaube ich doch heute genauso wie in diesem Café: dass ich ihr etwas geben kann. Oder etwa nicht?

Ich habe sie schon einmal beinahe gebrochen, trotz all ihrer Stärke. Das darf sich nicht wiederholen, auf gar keinen Fall! Also gut – dann sollte ich mich wohl besser endlich zusammenreißen. Das Nudelwasser nicht überkochen zu lassen, wäre sicher auch keine schlechte Idee.